真把爱情当回事

张儒学 著

山西出版传媒集团
北岳文艺出版社
·太原·

图书在版编目（CIP）数据

真把爱情当回事 / 张儒学著. —太原：北岳文艺出版社，2019.1

ISBN 978-7-5378-5683-6

Ⅰ.①真… Ⅱ.①张… Ⅲ.①长篇小说-中国-当代 Ⅳ.①I247.5

中国版本图书馆CIP数据核字（2018）第208974号

书名：真把爱情当回事	特约编辑：李 路 韩玉龙	封面设计：侯 建
著者：张儒学	责任编辑：张 丽	排版设计：西橙工作室

出版发行：山西出版传媒集团·北岳文艺出版社
地址：山西省太原市并州南路57号 邮编：030012
电话：0351-5628696（发行部）
0351-5628688（总编室） 传真：0351-5628680
网址：http://www.bywy.com E-mail：bywycbs@163.com
经销商：新华书店
印刷装订：合肥市星光印务有限责任公司

开本：660mm×960mm 1/16
字数：300千字 印张：22.75
版次：2019年1月第1版
印次：2019年1月安徽第1次印刷
书号：ISBN 978-7-5378-5683-6
定价：69.80元

人心是一粒种子,在欲望的土壤里,会长出杂草。

第一章

一

那天，我走进了人才市场。人才市场里前来应聘的人很多，显得十分热闹。我看着那些戴着眼镜的、穿着时髦的，有的还专门包装过的、显得信心十足的年轻人，我都有点不自信了。但我还是鼓起勇气去了许多招聘点，尽最大的努力表现自己，却没有得到明确的答复。我看了看，每一个招聘点前都立着一个牌子，第一个，适应岗位：招聘商业领头，要求独占鳌头，叱咤风云；第二个，招聘适应岗位：居委会主任，要求管辖的区域，没有事端；第三个，适应岗位：顶级销售员，要求人长相老实，有种发自内心的信任感……

其实，我这张文凭是成人自考获得的，比起他们那正儿八经的文凭，还是有差距的。可不管怎么样我这个也是盖过印的，网上也是可以查到的，学历也是国家承认的。这文凭一到手时，我就对未来充满信心，总是想自己能有点出息。因为我再也不是以前的我了，我不但有了文凭，而且还有让人信服的学问，不像有的人论本事没有，还随便弄张假文凭去骗人。

也许是他们被人骗怕了，就是真的也被看成是假的了。难怪现在的人凡事都会留个心眼，凡事都用怀疑的眼光去看待。我也去过一些单位，做过许多自我推荐，人家就是不要我，哪怕我有天大的本事，一句话：就是不要。

难道天底下就没我一处容身之地了吗？因为我自己认为我是有真才实学的，就像金子，现在被埋在地下，相信总有一天，我不敢想会遇到什么伯乐，但希望遇到一个淘金人，将我发现。我不是金子，至少是一块玻璃，放在太阳下，会发出光芒。但这只是我的想法罢了，现实却不是这样的，要有人说你行才行，说你不行那你就是真的不行。谁来评判是与否，谁来为你叫不平。

在进单位无门、进企业无路的情况下，我还得生活，为了生活就得想办法去找工作。有本事的人有了工作却不想干，硬要辞职去下海，那些人是不是有点神经？有一个正规单位，整天过着无忧无虑的日子，上班混混时间，下班到处胡吃海喝，这样的神仙日子不过，却要想着去吃苦受累，说实话，我真不能理解。像我们这群没有工作的人，却想方设法地要找一个工作，这就是没本事的人。

我到处转了转后，由希望变成失望，有些失落地准备走出这鬼地方时，又走到那个招聘顶级销售员的台前，因为我看见台前坐着一个十分高傲又气质不凡的女人。我一看就很吃惊，因为她看上去有点像我过去的女友鸽儿，我又认真地看了一眼，又不像。于是，我带着好奇心走上前去，问道："你们这儿还在招人吗？"

那女人答道："是的，请问你所学的专业？"

"企业管理。"我忙把手里的各种证件复印件递上去，"这是我的证件与文凭，还有毕业论文与学院的推荐材料。"

我一看她长得很漂亮，骨子里透出一种高傲的气质。我认真打量了她一下，像她这样的人我见多了，有什么值得在我面前炫耀的，说不定还是谁的情人呢。哎，这个时代，女人长得漂亮就是本钱，长得漂亮能升官发财，长得漂亮就是一笔财富。我羡慕她，天生就有这优越的条件，所以她有资本骄傲。

她接过这些材料，粗略地看了一下，抬起头问道："你想应聘我们公司什么职位？"

我说："经理。"

"什么？"她好像听错了似的，抬头上下打量着我。我知道她这时肯定是在想：真是初生牛犊不怕虎，你小子真是自不量力，敢这样轻狂！但敢说才敢干，将来才有出息。这样的人是用的好还是不用的好？用肯定是难以驾驭的驴。

过了好一会儿，她抬起头说："你来当经理，那你就是老板了，就该你来招聘人了，而不是我们来招聘你了。"

亏你说得出，我就是一个当经理的人才，不管从哪方面讲我都会比你强。但人在屋檐下，不得不低头，退一步海阔天空，大丈夫能屈能伸，今天的大度，说不定就会换来明天的辉煌。我轻声地说："我从小到大都想当经理、当厂长。所以，不经意间就说了出来，实在是让您见笑了哟。"

她看了看手中的材料，又看了看我，然后与旁边的一个男人对视了一下，说："这样吧，我们这次是招聘一个销售科长和销售员，如果你对这个科长的岗位有兴趣，我们可以优先考虑。"

"那行，我就应聘这个销售科长吧。"

"那就委屈你了。"她说。

我明白她的话里充满着幽默，我白了她一眼，看她的年龄也与我差不多，我猜测她顶多只是公司里的秘书什么的，有什么本事在我面前炫耀，到时我会干出点成绩给你看，看你还敢不敢小瞧我。再说，以我的才能，当个销售经理也是绰绰有余的，但我还是答道："什么委屈不委屈的，只要有事干就行。"

我嘴上这么说,心里却不服。说真的,我今天来应聘这个销售经理,是我在没办法的情况下,才答应下来的。要说委屈,我还真觉得有那么一点点。有啥办法呢,委屈就委屈吧,大丈夫能屈能伸,我问道:"这事是不是就这么定了?"

她笑了一下,那笑里藏了讥讽,那笑里也充满着鄙视,那笑里还含有一种怜悯。她说:"是的,可以这么说,你被我们公司录用了。"

我还是有点不信,心想,其他的公司招聘人,总要研究来研究去,往往少则三五天,多则三五个月,要综合许多人的意见后才能定,哪有一个人说了算的道理。但看她说得这么肯定,那她在公司里肯定是举足轻重的人物。不然,她说话能这么有底气吗?我问道:"真的呀?"

她说:"你这人怎么了?我和你说了好几次了,你还不相信,我是代表公司来招聘人的,我说了就当公司定了。我再说一遍:你——被——我——们——公——司——录——用——了,听明白了吗?"

这下我相信了,说:"好,谢谢,我一定好好干。"

二

回到那个便宜的小旅馆,我不知是高兴还是难受,说高兴还合乎情理,说难受怎么也讲不出理由。这些天,从省城找到县城,梦比天高,心比天大,心想,在省城发展的空间可能要大得多,如果能在省城找到工作,哪怕是最累最脏的活,我也愿意干,而且也不会觉得委屈,因为省城是大都市,是很多人为之向往的地方。可找来找去,不仅没能找到工作,还花了我很多心血,寄托着我梦想的那张大学文凭,在省城就像一张废纸。人家就是擦屁股的纸,或许都比我这张管用。

在带着希望而去,抱着失望而归后,我又去了县城,我想县城比省城小,在高个中是矮子,在矮子中就是高个了。在县城里,我先去了一些机关单位,可找来找去,都没人要我。后来我才明白,机关单位是什么地方,是吃皇粮的地方,是人都想往那里跑,所有人也都想往那里钻,你说那里能随便进人吗?如今都是关系时代,又是圈子社会,没有关系能挤进那个圈子吗?

我跑了好多单位,也找了好多领导,还通过层层关系请他们吃过饭,拼命地陪他们喝酒、赔笑脸、说好听的话,当时谁都说我是人才。可酒醒了之后,我就什么也不是了,就是偶尔碰见,也只是形同陌生人,更不用说喝酒时说的:"来我单位没问题的,我们单位就需要你这样的人才。"现在想来全是屁话,听一回新鲜,听两回就恶心。

在县城找来找去都找不到工作,看来县城也不是我所想象的那样,县城虽不比省城大,"水"却并不比省城浅,人际关系网也不像县城的面积那样一点点大,让人站在这头就能望遍整个县城。虽然,我这张大学文凭在县城还算有用,比起有些单位的职工,我还算高学历了,但学历高有什么用?有的职工只是初中高中,一样进了好的单位,一样当上了科长主任。

我迷茫了,我失落了,但还得想办法找,我想总会找到我想干的工作。因为要生存,所以要有个落脚的地方。进不了正规单位,去企业也行。我找来找去,在县城里不但正规单位进不去,就是企业也进不去。

在对县城也失望的同时,我来到一个工业小镇上,那儿企业多,在省城县城找不到工作,在这个巴掌大的小镇上,总有我的一个落脚之地吧。可事情不像我想象的那样,地方不论大小,情况大致一样,就像河虽不大,但水一样会淹死人。我找了很多企业,不是说人满了,就是不招人;不是说我大材小用,就是说用不起我这么高学历的人才。我明白,是他们不想要我,因为我常听人说,宁可用小学文化的人也不愿用初中的人才,宁可用高中的人也不愿用大学的人才,用庸才不用人才,这是人们常说的"用人之道"。

我在这个小镇上苦苦找了好多天,也跑遍了镇上的所有企业,都没找到活干。真是皇天不负有心人,就在我彻底失望,准备回乡下老家时,却碰上了这个现场招聘会。我满怀信心地来到这里,因为我相信,我是有能力的,虽然别人瞧不起我,但是我得自己瞧得起自己;因为别人不相信我,所以我更要相信自己。

三

这样,我终于被这个华华公司聘用了,成了销售科长。

华华公司是一家生产型企业,坐落在小镇的最南端。由于是新建的厂房,管理规范,整个办公大楼显得比较干净整洁,在这里上班的人穿得时髦,看上去跟向往的正规单位差不多。这种办公环境,让我为之一动。进不了正规单位,能进这里也是上天有眼,哪怕是有意捉弄我一回,给我开了一个玩笑,但最终还是让我如愿以偿。

上班之后，我才知道那天来招聘我的那个长得很漂亮的女人，说是公司老板李总的老婆，其实只是情人。李总真正的老婆在乡下，因为作为农村妇女，一是没有文化帮不到他什么忙；二是看不惯他那拈花惹草的生活作风，眼不见心不烦。李总不是官二代更不是富二代，而是靠收购废品发迹后几经努力办起公司的。他考虑到自己没有多少文化，专门去招聘了一个女大学生来公司当秘书，没过多久，这位女大学生就成了他的情人。他老婆先前也找他吵过闹过，但没用，财大气粗、事业有成的他，还能听她的吗？还能由一个女人左右自己的思想和行为？她一气之下干脆就回乡下去了，过点清闲的日子算了。而这个叫溪溪的女人，也就自然而然地成了他老婆，不管是不是正式的，反正大家都这样认为，全公司的人也都叫她老板娘，叫来叫去，不是真的也变成真的了。公司里多半都是由她暗地操纵，所以李总非常喜欢她，凡事也就十分信任她。

难怪那天她招聘我时，说话这么有底气，果然我真的没有猜错，她是老板的情人，行使着老板的权力。可我不得不佩服她，她将自己的优点发挥到极致，用有限的资源换来无限的财富。别说是她，凡是人都有欲望。天底下又有几个能经得起金钱地位的诱惑呢？

但不管怎么说，我相信鸽儿不一样，因为她在我心目中是一个好女孩，不贪图钱财，更不看重名利。要不然，她怎么会喜欢上我，我作为一个农村娃，有什么值得她喜欢的呢？

进了华华公司后，我很快就进入到工作状态中。先对公司做了详细的了解，并对目前的情况进行了分析，尤其是销售的状况不容乐观。正当我对销售工作有所思考时，那天，李总把我叫到办公室，他说："想必这几天你对公司的销售情况有了一些了解，不容乐观呀！现在你是销售科长了，你要好好思考一下，公司积压了上万台健身器，现在是年底了，成本不能压得太多，得赶紧想办法销售出去。按公司规定，得先写个计划书来，等公司审批后才能实施。"

我听李总这样说，既高兴又担忧。公司积压了这么多产品，要我想办法销售出去，能行吗？他们把我当神仙了，好像我无所不能似的。如果真这么容易销售出去，那还用得着招我进来吗？但不管怎么说，虽然责任重大，可同时也证明这里还是有我施展才华的空间的。

对于写计划书，那是我的强项，我学的就是企业管理。我暗自庆幸，学以致用。但我又一想，我没来时，难道他们就没有计划书？我估计这个企业里，也没几个像我这样上过大学的，但他们一样干得好好的。今天我一来，他就叫我写什么计划书，是不是在考我的水平呢？考就考吧，我自认为我还是很有能力的，小小的计划书简直就是小菜一碟，要不了两天我就会搞定。

我认真地听着，看来李总对我寄予了很大的希望呀，心中不免沾沾自喜。我说："那好吧，我会认真思考一下，我先拟个计划书交上来。"

李总说："小刘，听说你是学企业管理的，对销售这一行业也应该很熟悉吧。你的前任科长，是没上过大学的，他是从销售员一步一步才升上科长，很不容易的。但前几天他刚辞工走了，所以我们才招你。你看你一来就是科长，这不仅是我们对你的信任，而且也看重了你的才华。你别小看这个科长，一般人要奋斗好多年却不一定能混到这个职位的。"

我明白李总说这话的意思，我不是从销售员干起的，有点一步登天的味道。我却不这么认为，更不一定要对他有多大的感恩，我是凭本事得来的，信不信由他。再说，我认为我当这个科长是绰绰有余，我不敢保证能把所有积压的产品推销出去，但我肯定会让销售部门的工作有所起色，不信走着瞧。

由于刚来，不说是为了巴结老板，就是想给他留点好印象，也得坐下来说说话，听听他的意思。就是江湖上也得讲究拜把子，摸摸他的习性，以后好投其所好。当然，那是别人做的事，老是琢磨上级的意思，哪还有心思去做好手中的工作，但不琢磨吧，就更做不好事情。可我与他们不一样，我干我的，我有我的主见，干吗要去揣摩他的意思呢？不然，这样做人还有什么意义，不就成了别人使来唤去的工具？

虽然我心比天高，但真人不露相，露相不真人。我还是表现出十分谦虚的样子，笑着说："感谢李总的提拔，我一定好好干。"

李总笑着说："有文化的人说话就是不一样，我就喜欢这样知书达理的人。年轻人，好好干，我想你一定能干出成绩的。我在这个圈子里混了这么多年，不会看错人的。"

当我还想和李总说点什么，他却挥手示意我出去，似乎他还有更重要的事要忙。我可以理解，人家毕竟是老板，在这里，他就是天，全公司的人整天都要围着他转，所有人都要看他的脸色行事。我只是看着他笑笑，然后就走出了他的办公室，却看见那天来招聘的溪溪，我忙叫道："老板娘，好！"

她冲我笑了笑，我搞不懂她这笑是什么意思，笑得极不自然。然后，她点头说："这么快就进入角色了啊，好好干，说不定你能干出一番成绩来。"

我也笑了，说："谢谢老板娘！"

她说："好，那你去吧！"

她在这儿，更显出了她的不凡，虽然脸上看起来有笑容，却让人摸不透，看人的眼睛都抬得高高的，有一种高高在上的感觉。这是可以理解的，人嘛，总是要分场合，特定环境里就有一种特定的身份。这是在企业里,企业是她的,这里就像她的家,人在家里就是一个真实的自己,不需要掩饰,不需要伪装,只要显示出真实的一面。

我回头看了看她的背影,看背影就不用躲躲闪闪。她高挑的个儿,齐肩的披发,显示出她的不凡和高贵;她的背影里还存留着她的另一面,善良、大方、美丽;她走路时的姿势,一摇一摆的,表现出她生活的无忧,多少还有点闲情逸致。我想象得出,她过去也是一个性格开朗、天真烂漫的女孩,走到今天这一步,我想也许是无意当中的。或者这是她希望拥有的生活,不用理会别人说三道四。每个人都有自己的活法,更有自己的选择。世界是多元化的,生活是五彩缤纷的,但是人都离不开两个字:名利。

夜里,我的寝室里静静的,桌上的台灯发出十分柔和的亮光,将这间小屋映照得格外的温馨,有一种浪漫在无形中浸染着我,点缀着我。我起身,站在窗前,远远望去,整幢大楼里虽然灯火通明,但也略显冷清。工人们早已下班走了,那些楼层里仿佛变得空荡荡的。一缕清风吹来,在这略带诗意的夜里,在这迷人的灯光下,我的脑海里总是浮动着我的女友鸽儿。

四

鸽儿是我们镇镇长的女儿,读初中时,我与她就是同班同学。因为她爸是镇长,天生优越的她在我们的眼中就像天上的星星一样高贵,更是可望而不可即。老师也对她特别关照,让她当上班里的学习委员,后又兼了文体委员,年年都是"三好学生""优秀学生干部"等,弄得全班同学都嫉妒她，不与她来往。

我也恨过她，恨她有一个当镇长的爸，恨她为什么一出生就拥有不凡的一切，恨她为什么偏偏来到我们班里，全校这么多个班，随便去哪个班读，总比整天在我的眼前晃好，眼不见心不烦。班里的好事，什么表彰，什么评奖都被她占完了。

不知怎么的，恨了好久一段时间后，我渐渐地被她那不凡的穿着打扮所吸引了。我当初只觉得好奇，便特别关注她，发现她所穿的衣服都特别好看，几乎是每天不重样。也许是恨有多深，爱就有多深吧，在那个时候说不上爱，但至少也不恨她，不说别人搞不懂，就连我自己也说不出为什么。

记得那时爱好文学的我，整天读着席慕蓉、戴望舒的诗，总想象着她就像诗中的那个美丽的少女一样，走进我的梦中。为此，我还偷偷地为她写过好几首情诗。可写好后，都是自我欣赏，没给同学看，更没有给她看，就像我的一个小秘密，一直保存在我的心里，直到现在也没有人知道。

特别是在热天，别的女同学都不敢穿的超短裙或特别透明的衣服，鸽儿就偏爱穿一件像纱巾一样半透明低领口的上衣，下面穿着超短裙，白白的大腿在眼前晃来晃去的，弄得我都不敢看她，却又想偷偷地看她，可总也看不够。哪怕看上一眼，心就咚咚地跳动着。有时看着她，就像患病一般的神情恍惚，像在梦游一样。有几回，老师看到我这样子，问我是不是病了，我心虚地摇头说："老师，我没病，我很好的。"

其实，我也搞不懂，为什么每次见到鸽儿，都会很激动，都会进入梦一般的境界中，更不明白我是不是爱上她了，不敢相信我对她的爱是真的。因为在那个时候，爱就像神话一般，既神圣又美好。说不清那是幸福，或是遐想，又或是痛苦。就这样我痛并快乐着。

我总是有事没事就找她说话，比如："你今天作业做了吗？"

她在高兴时，会笑着回答说："做了，你呢？"

如果赶上她不高兴，要么不回答，要么说一声："你问这个干什么，你又不是学习委员，我做不做关你什么事？"

不管她生气也好，不生气也好，我都很高兴。因为见到她，就像见到了雨后的阳光，又或是像见到了十五的月亮，让我有一种说不出的喜悦，心里也像吃了蜜一样甜滋滋的；但有时也怕见她，见到她就是不知道再找什么话来和她说。哪怕是先前想好的话，一时间好像喉咙被堵住了。一次两次这样，多次都这样，她有时从我身边走过，也好像不认识了。有时，我在梦中还见到了她，比白天见到的还要美，像电影里看到的大明星，又像神话中的仙女，更像天上的云彩，总在我眼前飘来飘去。

有一次，学校开展植树活动，没人与鸽儿合伙，老师见我老实就安排我与她合伙。我是农村孩子，在老师眼里，农村孩子没有镇上的孩子调皮，在女同学面前不会去说些下流话，更不会有意去对她有点什么想法。所以把我与鸽儿分在一起栽树。谢天谢地，老师是为了照顾鸽儿，可却无意中照顾了我。我用锄头在前面打树窝，鸽儿就在后面栽树苗。在她蹲下去栽树苗时，我无意间就从她那宽口的衣领里看见了鸽儿那正在发育的乳房，我的心在怦怦地跳着，仿佛就要一下子蹦出来了。

那一刻，我尽量控制自己，可就是控制不住，鸽儿见我心不在焉，便问："怎么了，是不是我栽的树要不得？"

我笑着说："不，你栽得很好！"

她笑了笑，说："那你为什么老是看着我，是不是我脸没洗干净，还是什么？"

我说："没什么，你的脸洗得很干净呀！"

为了放松情绪，我有意转移视线，就用手指了指对面的山，我说："你看,那山上的树好绿,那山上的花开得好鲜艳,从那边飘来的花香也好闻,这三月的春光多美呀!"

她抬头看了看,说:"这山哪里美哟。去年我和我爸去黄山旅游,那山才真美,才是天下第一山,有句话说得好:'黄山归来不看岳'。还有峨眉山,我也去过,那里也号称天下奇山。还有泰山,那里更好玩,我呀,跟着我爸去了好多地方,看了很多山。"

我说:"你有一个当镇长的爸真好,能带你出去旅游真让我羡慕。我爸呀,每天除了叫我干活外,就没有别的安排,就是走个亲戚也一般不会叫我和他一起去的。"

她笑着说:"不是我爸带我去,是他单位组织的,本来他不让我去,我就天天缠着他,因为我爸最疼我,所以就带我去了。"

随后,我正在一个劲地打树窝,听见鸽儿"啊——"的一声大叫,我抬头一看,只见她胸口有一只小毛虫在爬,她要我赶快拿走,我伸出手,可愣住了,那毛虫爬的地方正是那让我为之心动的地方,我不知怎么是好,帮她拿吗?不敢动手,不帮她拿吧,看她被吓得快哭了。

我呆愣愣地站着,鸽儿说:"快拿呀,你愣着干什么,吓死我了。"我赶忙伸手去拿下虫子,仿佛我的那只手已触摸到了她那富有弹性而又柔软无比的乳房,我的手像触电似的。这情景一直留在我的记忆里。

第二章

一

那天,我没事在办公楼下看花草,忽然一股浓浓的香味飘过来,这香味不是花香,因为花的香味是淡淡的。那又是什么香呢?我抬头看去,老板娘溪溪正在洗头。她洗头的姿势比平时要好看得多,不再显得那么冷冷的,那么趾高气扬,那么让人捉摸不透。而这时的她,仿佛变成了另一个人,美丽成熟,温柔大气,浪漫开朗,尤其是她弯腰的姿势,更是充满着女人味。

我像在欣赏一朵花一样,看了一会儿准备走开时,溪溪忽然叫住我说:"刘科长,快过来,能不能帮我一把,帮我头上浇点热水。"

我走了过去,慢慢地向她头上浇热水。她低着头,不断地往头上倒香香的洗头剂,清香扑鼻,让人心醉。我不停地往她头上浇热水。她穿的衣服又宽松又薄,虽然我觉得她是我的老板娘,是不应该看的,但又非常想看,一时间只觉得脸发红、心发慌。

她洗得很细致,用手慢慢在搓她长长的头发。她搓一会儿,又叫我冲水,来回好几次,我就在她身边站立着,站了好一阵。我便说:"老板娘,我是不是可以走了?"

她笑着说:"反正现在我也不用坐办公室上班了,就自个儿慢慢地洗,你有事我就不麻烦你了，你去吧。"

我就赶忙走开，真是谢天谢地！本来我还想去办公大楼外面的花园前看看，去那池子边坐坐，可这时却再也没有那种闲情雅致了，径直回到我的办公室里，可怎么也坐不住……

我花了好几天时间，终于把销售计划书写好了。写这个计划书真的很费力，因为我对公司的情况不熟悉，只有去办公室要一份总结和产品论证报告。当我去办公室时，那个漂亮的女秘书连看都不看我一眼，她自以为她了不起，有什么值得骄傲的呢？论能力，我肯定不比她差，论文凭说不定我也不比她低，她凭啥在我面前显得这么傲慢？如果就因为她比我先来几天，又或者说，她是凭本事爬上这个位置，那我就无话可说了，但我就是不知道她为什么这样对我，我找不到说服自己的原因。

不管怎样，我对她的态度只能视而不见，男子汉大丈夫还能跟女人一般见识，那也太没风度了。不信走着瞧，看今后谁发展得更好，看今后谁瞧不起谁？当然，她还有一个优越的条件，还有一个提升的资本，因为她是女人，说不定哪天也像溪溪一样，成为老板的又一个情人。

我说："请问，我要一些公司的资料，是在你这儿拿吗？"

她抬起头，打量了我一下，爱理不理的。记得那天我来，李总还特意向她介绍了我，她怎么就忘了呢？她问："啥资料？"

本来心中的不愉快已平和了许多，听她这么一问，心里的气就来了，好想说她几句，但还是压住怒火，说："关于公司的产品介绍，还有公司的销售情况。"

她冷冷地问道："你要这个？这是公司的秘密，不能外传的，你拿这个干吗？"

我说："我要写个销售计划书，只是用来参考一下。"

她坐着还是没动，似乎是不想给我。这下我就再也忍不住了，提高声音说："我说你这人怎么这样？我是外人吗，告诉你，我是华华公司新来的销售科长。"

她也生气地说："我不管你是什么科长，我都得按公司的规定办。还有，你说我不能这样对你，那要我怎样？"

我大声地说："其他的别说了，好不好？请你赶快把材料给我，这是李总安排的，我得赶快写。不然要是完不成任务，你负得起这责任吗？"

她站起来，更没好脸色说："我说你这人今天怎么了，一走进来就冲我发火？你今天是买彩票没中到奖，还是失恋了？是不是找不到出气的地方，才专门来找我闹？"

她一边骂骂咧咧，一边在找资料，我忍住了自己的情绪，没再继续说什么了。只要她把资料给我，就谢天谢地了。她找了好久，终于找出了资料，没有直接递给我，只是往桌上一放，我拿起资料转身就走出了她的办公室。回到办公室认真地看了看这些材料。我原以为这真是独一无二的材料，但看完后，极其失望，这些材料都跟我在书上学的内容大同小异，一点创新意识都没有，这还叫工作吗？难怪公司里积压了这么多产品，难怪公司要急着招聘人。

我的这份计划书不能说是很好，但至少是我个人的观点和理念。不说是做得如何的详细，但至少面面俱到。写好后，我又认真读了两遍，生怕漏掉了什么，在确认准确无误也自认为满意后，才起身伸了个懒腰。一下子就感到轻松了许多，瞌睡也一下子就来了，哈欠连天的。也许是因为我为这个计划书左思考右思考，连睡觉都在思考怎么写，怎么才能写出新意。要说只是写，我不加思考就能弄出来，但那有用吗？关键是要对公司的销售有用。

我把那份销售计划书送到李总办公室，说："李总，这份计划书已写好，请审阅吧！"

李总接过计划书后，大致翻了一下，随手扔在一边说："小刘，你这计划书写得不错。不过，要等董事会通过后，才能实施。"

我有些不理解，怎么这么简单的事也要经过董事会，是不是有点小题大做，我说："这个也要经董事会通过呀？"

李总笑了，他仿佛觉得我什么都不懂似的，说："小刘呀，这个你也不懂？你是学企业管理的，难道你没学过这方面的东西？不管公司大小，也不管公司里的大小事，都得经董事会通过才能实施，这是规定更是对董事们的尊重。"

我好端端地又被李总教育了一顿，有点想不通，但是这有什么法子？他是老板，在这个公司里他怎么说都是正确的。其实，我哪里不懂得这个呢，只是随意说说，没想到一句随口而出的话，却让老板找到批评我的理由。虽然，从他说话的语气上看，他不是在批评我，也不是在教育我，只是在显示他的权力，显示他的地位。不管他说得好与不好，我都默认了，因为我常听别人说，人有时还是糊涂点好。

二

下午公司召开董事会，在李总讲了关于我的情况后，我把销售计划书的复印件给了各个董事。他们拿到这份计划书后，我不知道他们认真看没有，同时也担心他们看不看得懂。也许是出于面子，或是出于行使权力，他们还是在认真地看着，看完后都认为不错，条理清楚，对市场的分析准确，有一些观点是公司以往没有的，公司如果按这份计划书执行，肯定在销售上是有很大突破的，也很具有操作性，然后举手通过。

看到我费了心血写出的计划书通过了，我十分高兴，初来乍到，给人留下了不错的印象。我虽不是学心理学的，但也多少懂得一点，不管在什么场合，一个人的第一印象是非常重要的，如果给人的第一印象好，以后的事往往会很顺利；相反，如果第一印象不好，以后不管是与他相处或者谈业务，就是付出十倍的努力，也难达到那种效果。

会后，李总通知我去他办公室，我不知有什么事，因为有了上次的教训，我去了要尽量少说话，弄不好又要被他批评。他笑着说："这份销售计划通过了，就按上面提出的方案去实施吧。这下，就看你的了。"

我说："好的，严格按这计划书执行。"

李总愣了一下，他没有马上说话，而是看了我一会儿，仿佛想用最准确的方式表达出来似的，他说："其实，我想写在纸上的只是一个方面，而实际的也许会有用得多。有的却不一定要严格按这计划书上执行，灵活多变才能立于竞争的不败之地。当然，怎么执行，还是你自己看着办，我一般不看过程，只看效益。"

这时，溪溪走了过来，笑着说："哟，我没看错人吧，刘科长看来真是一个人才，计划写得这么好，还在董事会上全票通过，值得祝贺！当然，成功与失败，是相辅相成的，现在就看你自己的造化了。"

我说："谢谢李总，谢谢老板娘，我一定会好好干的。"

于是，我就按计划书上提出的方案，组织全体的销售人员，奔赴各健身娱乐场所，发挥自己的特长，更是通过自己的一切关系，只要能把产品销售出去就行，我不听虚报数字，我要看实际效果。我这规定一出，有个男销售员变得愁眉苦脸的，说他啥关系也没有，怎么个销法，而且任务这么重，完不成怎么办？我叫他想想办法吧，天底下只有不去办的事而没有办不成的事。几个看起来有点风骚的女销售员，表现得满不在乎。好像她们心中早就有办法或者说已有目标，这些我不便过问。

女销售员小李问道："刘科长，完不成任务要扣工资，那如果我超额完成任务呢，有奖金吗？"

我十分肯定地回答："有惩就有奖，只要你们超额完成了，超额的部分我按比例给奖金。"

她睁大了眼睛看着我，好像不相信我说的，我明白她在想：你才来几天，就敢这样表态，公司毕竟是公司，哪个说了都不能算，啥事都要李总说才算。可李总有时说了的，只要不涉及发奖金的问题，他说的话都能算数，可涉及发奖金，有时他说了的，在会上定的，也不一定兑现的，你这个表态能信吗？

我看出了她的心思，更知道他们心里在想什么。我说："你放心，我说话算数，你们销售完不成任务的扣工资，完成了的奖励，超额完成的按比例给奖金，要是公司不给，我就拿我的工资来奖励给你们。"

听我这么一说，他们都睁大了眼睛。从他们的眼睛里看出，有的还是不相信，有的为我这种做法而感到吃惊，有的是在怀疑我，是不是有病？我却不在乎这些，不管他们怎么看我都行，不管他们信不信，我一定会兑现我的承诺。现在说得再多也没用，相信他们早晚会明白我的为人。

三

不知是我这个销售计划制定得好，还是销售科人员的努力，一个月下来，厂里积压的健身器，已销售出去了一大半。我把给他们承诺的奖惩给李总做了汇报，李总二话没说，显得十分慷慨地说："你这个规定好，超额完成销售任务的奖金，上报给公司发放。"

我终于给超额完成销售任务的员工发了奖金，兑现了我当初对他们的承诺，这让他们从那之后就对我十分的尊敬。对没完成销售任务的人员，也按规定扣了工资，被扣工资的人刚开始有点想不通，但慢慢地也就想通了。

由于这事我做得好，李总高兴地夸我行，可溪溪的脸上似乎还有不满意的神情。我不明白她是什么意思，是不是我在李总面前抢了她的风头，天下最大的是女人心，最小也是女人心。她平日里看似百事不管，一个只讲究穿着打扮、吃闲饭的人，实际上她才是一个说话比李总还管用的人。那她为什么对我不满意呢？是不是看到了我的某种潜力，说不定后悔当初聘用我呢？

坐在办公室里，我感觉到浑身不自在，老是觉得身体里的血液流得很快，有一种说不出的滋味，也许是一种冲动，也许是一种梦想，或者是一种渴望。本来今天闲着无事，想静静地坐坐，喝喝茶，尽情地享受一下悠闲自得的人生。哪知却与老板娘溪溪近距离接触，看到了不该看的，仿佛心中的平静被完全打乱。她是老板娘，我强迫自己不去想她，也不能去想，真难。想就想吧，"万恶淫为首"，古人这话说得好，就是想想又何妨？

我起身，看着外面的阳光很好，就想出去走走，不知是没有心情，还是怕再看到老板娘溪溪。不是我怕看到她，是怕再看见她后心中就真的忘不了，那就麻烦，真是英雄难过美人关呀。古人云："窈窕淑女，君子好逑。"自古以来，美女的魅力几乎是势不可挡，为博美人一笑，周幽王可以烽火戏诸侯，最终丢了天下……如今，美女已从生活中走上舞台，什么"美女秀""美女经济""美女组合"……已占据着媒体的主要版面，美女已成为城市里的一道亮丽的风景，更成为人们茶余饭后的话题。如此想来，和我的好色相比真是小巫见大巫了。想着想着，我还是情不自禁地又想起关于鸽儿的往事，因为鸽儿才是我心中的最爱。

四

初中毕业后，我和鸽儿同时考上了高中，本来镇上的高中有三个班，不知怎么的我又与她分到了一个班。上高中的鸽儿就像一朵花一样，是开得最美最艳的时候，身体变得更加的丰满，该发育的地方总是不断地长大，一头漂亮的头发映衬出她的天真，浑身上下散发出一种迷人的青春气息。

这时的鸽儿好像对我有了好感，虽然她也没有向我表达过，但我是从她的眼睛里看出这份情愫的，或者说是从她的一举一动中感觉出来的。其实，这都只是我的猜想，也许是我有点自不量力，癞蛤蟆想吃天鹅肉。是不是不切实际，我根本没想这么多，天上的七仙女还喜欢董永呢，白娘子还喜欢许仙……喜欢就是喜欢，喜欢一个人没有错。

因鸽儿家就在离学校不远的街上，所以，她时不时请我去她那镇上的家里玩，还送我许多书，如《钢铁是怎样炼成的》《第二次握手》《红与黑》等。我吃惊，鸽儿家里怎么有这么多书，她难道也很喜欢读书吗？她笑着说："这些书是我爸给我买的，我通通读过了。"

我一听感到很吃惊，问道："这么多的书，你全读过了，那要读多久才能读得完呀？"

鸽儿笑着说："我说你真傻，读书是慢慢地读，谁叫你一下子读完呢。我呀，我从小就爱读书，没事时就拿一本来读，长年累月，你说能读不完吗？"

我终于明白了，也相信她说的是真的，并对她投去羡慕的目光。说："你真好，家里有这么多书，我家里只有几本书是我买的，我读过的很多书都是从别人那儿借来的，我好羡慕你家里能有这么多书哟！"

鸽儿笑了，指着书柜里的书，十分豪爽地说："大为，这些书我都读过了，你想要哪本，你随便挑就是。"

我原以为她天生家庭优越，就像许多有钱人家的小姐那样，只图吃好的穿好的，在别人面前展示自己如何如何的好，如何如何的有钱而已。可她却是一个爱学习、求上进的女孩，她读的书比我多，她知道的事比我更多。我在心里对鸽儿更加佩服了，难怪她的作文总是全班第一，学校的墙报上还贴着她的作文呢。我就不客气地挑选了《红与黑》《艾青诗选》等好几本，她叫我多挑点，我说："读了再来拿嘛。"

　　我拿着从她那儿挑选的书，回到寝室里没事时就读，越读越入迷。因为总觉得这些书是鸽儿读过的，仿佛书上还留存着她的余香，我从这些书上还能感受得到她的体温。我读这些书，不知道是在为鸽儿读，还是在为自己读，或者是真的读入了迷呢？我弄不清。总觉得鸽儿送我的书，就该认真地读。

　　一晃三年高中就毕业了，我没考上大学，鸽儿也没有考上。后来鸽儿去复读了，可我家里穷，没钱复读，就在家里干农活。总是不想这样就算了，更多的是想到鸽儿有机会复读，将来一定能考上大学，她考上大学了，还会嫁给我吗？我再也不敢往下想了，就当她是我心中的一段记忆，一个梦想，一缕永远收藏在心中而且照亮着我心灵的阳光。

　　于是，我也试着写些不成形的文章，写好了就投，投出去的稿子几乎都是石沉大海。我灰心了，我想我哪里是这块料，是哪只虫就得钻哪根木。读了这么多书，这个简单的道理其实我懂，但就是不甘心一辈子就这样算了。随后，又拿起笔写，终于功夫不负有心人，有一篇文章上了县报。那天我拿着发表在县报上的那篇散文跑去镇上的学校，等到鸽儿放学出来时，我拿给她看，她也为我高兴。这是这么多年来，我认为是她最开心的时候，那笑是从心底里发出的，连说话的声音仿佛也温柔了许多，像话里加了蜜一样，让我听起来甜滋滋的。她说："没想到，你能发表文章，将来一定能成为作家的。"

　　看到鸽儿高兴，我也跟着高兴，我说："我就是想将来能成为作家。"

　　鸽儿听我这么一说，用手轻轻打在我胸口，说："好的，有志气，有志者事竟成。只要你不放弃，一直坚持下去，我相信你总有一天会梦想成真的。"

那天的阳光照得大地暖暖的，就连树都绿得诗情画意，花开得芬芳迷人。也许是这个好天气，才让鸽儿有了好心情。鸽儿陪我在学校外面的那条小道上走了走。我们并排走着，她没有看我，我也不好意思地看她。她只是一会儿看天空，一会儿看绿树，我不懂她心里想的什么，但我感觉到了她心中有我，这就是人们常说的女孩的那种羞涩。一路上，我们谈了很多，都是关于人生、理想的话题，具体说的什么我记不清了，但谈得很愉快。其实，在那种环境下，说什么并不重要，心灵感应才是主要的。走时鸽儿又送了我许多书，叫我认真读，要继续写，如果文章再发表了，一定拿来给她看。回到家里，看着鸽儿送给我的书，仿佛乡村那孤独、枯燥的日子也有了诗意，每天跟着父亲去干农活的劳累也烟消云散，变得那样的充实。我真的很感谢鸽儿，是她让我看到前景，看到曙光，看到希望。为了不辜负鸽儿对我的期望，我更努力地写稿子，可自那之后，就再也没有文章发表过了。但我还是一样认真地读着鸽儿送我的书，为了有借口见到鸽儿，为了自己能当上作家，更得努力写，相信假以时日，我一定能当上作家的。

有一天，我忽然收到鸽儿的信，她叫我快去镇上找她，她有事告诉我，是好事。我纳闷了，我上不沾天下不沾地，整天在家干农活，像一个被外面的世界遗忘了的孩子，还能有啥好事轮到我呢？想归想，就是没什么好事当去见见她也行。我下午就跑去镇上，仍在校门口等她，她放学后见到我，拉着我往镇里跑去，还说："就怕你没收到我的信，来了就好。快，去镇广播站，陈叔快下班了。"

我问她："陈叔，陈叔是谁？他找我有啥事？"

鸽儿十分着急，她拉着我就走，边走边说："你去了就知道了。"

一会儿，我们就来到陈叔的办公室，鸽儿说："陈叔，这是刘大为，就是我给你说过的，在县报上发表了文章的那个刘大为。听我爸说你这个广播站要招一个编辑广播稿的人,他的文章写得不错,又在县报上发表过文章,就聘用他吧,这是我爸说的。"

陈叔是镇广播站的站长,他见我们来了,取下眼镜,放下手中正在看的报纸,十分热情地给鸽儿和我各倒上一杯水,说道:"鸽儿,你好久没去我家玩了,你王姨还天天念叨你,说你去了她最开心,因为她把你当闺女了,每次和你说说话都感到很亲切。哎,你爸去县里开会还没回来吧?他对我们广播站呀,特别地支持,对我更是特别地关照,你告诉你爸,叫他一定注意身体!"

鸽儿听陈站长说完,她赶忙介绍我的情况,陈站长听后戴上眼镜,又认真看了看我,仿佛要从我脸找出点毛病,或是想看透我心里是怎样想的,看了好一阵儿,他说:"那好吧,鸽儿,既然是你爸说的,那就是镇长定的人,就这么定了。哎,你叫什么名字?"

我说:"我叫刘大为。"

陈站长说:"哎,你看我这记性,刘大为,你明天就来上班吧。"

从此,我就在镇广播站干起了采编工作。每天除了编几条新闻稿,就是出去采访。广播稿不像报纸,是靠人播报,对个别错别字没有严格要求。这工作真是轻松,反而让我多了一些读书写作的时间。

事后,我问鸽儿:"我来镇广播站工作,真是你爸定的?"

鸽儿笑了,笑得前仰后合,觉得我问她这话真可笑。她说:"我不说是我爸定的,他能要你吗?你想,是不是我爸说的,他能去问我爸吗?"

我明白了鸽儿的意思,是她在偷偷地帮我。鸽儿她为我做的也只有这些了,以后的发展就全靠我自己了。从此,我与鸽儿几乎天天都能见面了,她放学后没事就跑来镇广播站与我聊天,也帮我编广播稿。有时,陈站长看见鸽儿来了,也主动走开,说:"我有事,你们聊。"

五

很快,鸽儿复读一年又结束了,但鸽儿还是没考上大学,她爸找各种理由,最后自然也就归结到我的身上。他找去陈站长说:"刘大为那小子是你请来的?"

陈站长说:"镇长,不是你安排来的吗?你是我们镇的主要领导,你不发话我敢随便进人吗?"

"放屁!明明是你弄来的,你还反说是我。这么着,责任就不追究了,马上给我辞退了。"

于是,就因为鸽儿爸的这句话,我被辞退了。

陈站长叹息地说:"哎,我原以为你小子是哪辈子修来的福哟,没想到是这样,只可惜呀,原以为我也能跟你沾点光,不想差点把我也卷了进去。"

我走那天,鸽儿偷偷地跑出来送我,沿着那条弯曲的小路,我们走了好久。已是接近黄昏,夕阳的余晖已把整个大地映得金黄金黄,鸽儿一把抱住我,含着泪水在我脸上亲了一下,说:"大为,对不起,没想到我没考上大学,还连累你被辞退。对不起,我真的舍不得你走。"

我说:"鸽儿,我应该谢谢你才对,真的。这事让我学到了很多,也懂得了很多。我一定要去上大学,将来好当经理、当老板,总之一定要有出息,再来找你。"

"嗯。"……

"哟,想什么呀?想得这么入神。"溪溪走来,在我办公桌对面坐下,那刚洗过的头发特别的乌黑漂亮,随着身体时不时地摆动着。

我定了定神,微笑着说:"老板娘,你有事?"

"别叫我老板娘了,叫老板娘多难听呀,就叫我溪溪吧!对了,听说这段时间的销售情况不错?"

"厂里积压的健身器已销售出去一大半。"

"一大半是多少?准确点。"

"是百分之七十。"

"为什么不是百分之九十或者百分之百,要干事情就得努力。你也是受过高等教育的,而且你学的还是企业管理,我学的是营销,百分之百这个数字意味着什么,金钱、地位,换句话说是实现某种自身价值最起码的条件,你懂吗?"

我吃惊了,没想到,看上去整天不坐班,整天只讲究玩乐打扮的老板娘,却这么有学问,我从心底里佩服着点了点头。

她随后起身说:"本来这些不该我管,也不该我来说,不管怎样,你是我出面招聘来的,我也要提点提点你。"

第三章

一

接下来的一段时间，公司里的销售情况不是很好，我采取了很多措施，销售科的人也尽了全力，仍不见好转。

我也苦苦思考，这到底是怎么回事？是我们公司生产的健身器存在问题吗？不会吧，产品是经过合格认证的。现在，人们生活质量提高了，吃不愁、穿不愁的，每天不是坐办公室就是坐在麻将室，运动少，身体大都在不停地发胖，以前那叫发福，是官相是福相。现在却恰恰相反，长胖了难看，长胖了病多，长胖了三高也出来了。

在城里，地价如金，房子在城市就是"无孔不入"，一些活动场地也被房子"吞食"了，人们只能走进健身场所健身，想让每天吃进去的脂肪消耗一些，想让自己的身体健康一点。有钱的家庭，也购买了健身器，自己在家里健身，不受时间限制，有空就锻炼一下。按理说健身器是现代人生活的必备品，销售应该不成问题，那销售情况怎么不是很好呢？

在一次讨论会上，销售科的老佟说："我们公司的健身器落伍了。要是按过去十年的标准，那肯定是最先进的。这种设计现在是人家早就淘汰的，我们却捡来生产，是不是有点儿跟不上时代的步伐了，哪个还买呢？再说，国外先进的健身器也打入了中国，中国人都有一种崇洋媚外的消费心理，我想这也算是滞销的原因之一吧。"

我听后没出声，又示意小李说说自己的看法，她说："我说呀，刚才老佟说的也有一定的道理，但不是主要原因。最主要的是我们没有加大宣传力度，你看电视上天天播的，从吃的到穿的，再到用的，比如儿童用品、女人用品，翻来覆去地播，像一个疯疯癫癫的老太婆一样，唠叨来唠叨去，不管你喜欢听也好，不喜欢听也罢，久而久之，他这产品让你听熟了，就在你心中产生了一种记忆。最后你想买也好，不想买也好，都认为这产品真如广告所宣传的那样好。其实，真正买来后才知道，哪有宣传的好呀！因此，我才说宣传重要，只有通过宣传才能让消费者了解我们的产品，只有他们了解了，才能买我们的产品。"

虽然大家说得都有道理，都有各种理由说明责任不在他们，而是在于产品和宣传的问题，但我听后仍感到一种很大的失望，他们说的健身器落伍和国外先进的健身器打入了中国，我也明白，确实是这个理。至于宣传问题，我更是清楚，公司里从来没有去电视或报纸等媒体上宣传过，因为那得要钱。媒体是什么，是面向大众的东西，要在那些媒体上打广告，不拿钱去堆行吗？华华公司才多大点的一个企业，能和全国百强千强甚至二十强十强企业相比吗？人家财大气粗，有钱能使鬼推磨，拿了钱要人家怎么宣传就怎么宣传，有钱就是老大！如果还请一个大明星来做形象代理人，那简直是想都不敢想。

但我还是极力避开他们说的各种原因，作为销售科长，对他们说的也都心知肚明，但不能说出来，我只能给他们鼓鼓气。我说："你们刚才说的都有道理，我也理解你们的心情。既然我们是公司的销售人员，那就要从我们自身去找原因，我还是那句话，天下只有不去办的事，没有办不成的事。"

听我这样一说,他们都不再发言了。

随后,我又调整了一下情绪,用给他们打气加油的语气说:"你们想想,公司为什么要设立我们这个销售科,为什么还专门要我们来干这个工作呢?证明公司生产的产品需要我们推销出去,只有产品销售出去了我们才有收入,有收入公司才能发展,你们说对不对?"

这时,有人说:"不是我们没努力工作,是我们努力了而效果不好。"

又有人说:"对,我们是费了好多精力,付出了成倍的劳动,收到的却是别人的不理解、公司领导的不满意,这工作我不干了,我想换个工作。"

我这下生气了,大声地说:"难道我们公司的产品就这样压在仓库里,几年后当作废品卖不成?这些话你们怎么不对李总说去?他是个实在的人,不看过程只看结果,你说自己有天大的本事,他信吗?他只看你能销售多少产品出去,为公司收回多少钱,你们懂吗?"

小李却说:"刘科长,我明白了你的意思。我们是搞销售,啥叫销售,是先要去宣传、推销,最后一步才是售,售还有售后服务,我们公司有吗?电视上没有广告,媒体上没有宣传,健身场所没有去推广,你说我们怎么去售,不可能我们拿到大街上去摆地摊卖吧?"

我一听她这么说就更生气了,在这个销售科,到底我是科长还是她是科长,在安排事情时,她只是当耳边风,做事时她也总是三心二意。那些我一直没有追究,可她却得寸进尺,现在不光是在我面前这样,就是有时在公司李总那儿也敢说三道四。我没有直接批评她,只是说:"我想,你说的也不是没有道理,那些可能就是我们下一步要加强的工作。关键是现在,我们必须完成公司下达给我们的销售任务,不管再难,都得完成,我还是那个规定,完不成的扣工资,超额完成的按比例给奖金。"

二

我也亲自跑出去，对本市内的各大健身场所做了调查，在本市范围内，只有百分之五十的健身场所在用我们公司的产品，而另外百分之五十是国外所谓的先进产品，我心里很纳闷，到底要怎样才能扭转这一局面呢？

回到宾馆，我泡上一杯茶，苦苦地思考着，瞬间觉得头脑里很乱，简单地说是一片空白。产品要适合这个时代，那是最根本的，而作为销售人员，怎么才能找到一个突破口呢？

随后，我便放下这个事不想了，来到离宾馆不远的长江边散步。我一个人无拘无束地走在江边，吹着江风，看着江边的风景，十分惬意。天还未完全黑，太阳还在用它微弱的光普照着这个大地，也许它也在留恋这里的美景。慢慢地，夜随着我的脚步悄悄地来了，没有什么突兀，如一个神秘的女子，降临到这个人间。江堤坝上已略有些人，但大都是成对的男女，而我选择了在人少的堤坝下漫步。

我就这样沿着那个堤坝走着走着，此时心中也不再为那些销售的事而发愁了，慢慢地被这美丽的江景所吸引，那倒映在水中的灯光，比岸上的更迷人。天已黑了，路上的行人也多了起来，大多是手牵手的男男女女。偶尔还可以看到几位老人随着人流走动，但逆行的就只有我一个。我静静地走着，抱着双手，一群群的、一对对的人擦肩而过。夜渐渐地深了，我感觉到有些冷，我把领子竖了起来，也好，这一丝凉意可以让人冷静下来。

随后，我便回到了宾馆，正当我想睡觉时，我的手机响了，一个刚失恋的朋友发过来的短信。我感到好笑，她怎么失恋了才想到我，在她与男友手牵手快乐开心时,怎么就忘了我呢?我被一个失恋而且为此十分痛苦的女孩想起,不知是好事还是坏事。我轻轻地叹气,该怎么安慰她呢?对她说天下没有不散的宴席,生活总是要分分合合的,这一次的失去还会有新的收获。还是告诉她坚持下去,总会等到他回头的。此时,我说什么都已显得苍白无力,喜欢对方就是希望对方幸福,他也在追求他自己的幸福呀!

不管我怎么说,她都坚持说她放不下他,她就想见见他,可他就是老躲着她。她打他电话,却换号了。她想不通,他为什么这样讨厌她,为什么这样绝情?我只听着她诉说,她把心里那些不愉快的事全都告诉了我,有这个必要吗?我不是当事人,对他们的事我也没有一点兴趣,因为当局者迷旁观者清。她再怎么伤心,我都不会因为她的伤心而影响我此刻的心情。但我看在相识一场的份上,还是劝了她几句:"你不要太难过了,记住:不是你的早晚要走的,是你的早晚也会回来的。"

她听后,一下子就平和了很多,她说:"你说的是真的,他早晚都会回到我身边?"

我知道这些话对她管用,我肯定地说:"是的,你相信我这话没错,你要对自己有信心,你应该为他高兴,纵然有时候幸福不在你的身上,你也是幸福的。因为他原本就不属于你的,你就不必强求,你就当和他相处了一段美好的时光,也只是你人生的一段插曲罢了,曲终了,人总要散的。或许,那个真正属于你的还在下一个路口徘徊。"

说完后,我为自己所说的话而感到好笑,又有点难过,用这种语气去劝别人,可如果真正爱上一个人,能忘得了吗,能这样洒脱地说分手吗?像我心中的鸽儿,时时都在我眼前晃动,想忘都忘不了。生活往往会让人不如意,爱往往会捉弄许多人,你属于谁,谁属于你,这需要时间来验证。

那晚,也许是那个电话,让我又失眠了。不知是为朋友的分手而伤感,还是因为想起了鸽儿。总之,就在床上翻来覆去,难以睡眠,折腾了整整一夜。

三

第二天早上起来,退掉房间后,我又去一些健身场所宣传我们公司的健身器,情况大致一样,有的说先试试,有的说看看再说,有的说等请示领导后再定……我知道,这些都是模棱两可的话。当然,我这次出来,主要是宣传,为以后的销售工作打好基础,做好铺垫。

一天中午,我从一个叫"天堂"的健身房出来,正好碰见我的同学阿蓝,对她没有太深的印象,不是她长得不很漂亮,也不是她学习成绩不好,只是她在班上不是很特别,没引起我的注意罢了,尽管多年不见,但我看到她,还是一眼就认了出来。我惊喜地叫住她:"阿蓝,你来这儿健身呀?"

阿蓝先是一愣,估计是一时间想不起是谁。也难怪,我们只是初中同学,一晃又是多年不见了,突然间碰到,肯定一时想不起来的,这也是很正常的。最后,她想起后,笑着说:"哦,刘大为,怎么是你呀?"

我说:"阿蓝,我可是记得你哟。哎,你是来这儿健身的吧?"

阿蓝十分高兴,笑起来跟读书时一样,很漂亮。她说:"也对,也不对。对的是,我每天都在这儿健身,不对的是,我在这儿做健身教练呢。"

我吃惊地问道:"才近十年时间不见,你怎么摇身一变就成了健身教练了呢?"

阿蓝笑得前仰后合,是发自内心的开心,说:"哈哈!十年了,时间还短吗?你说我摇身一变,但我告诉你,不是摇身变来的,我以前上大学就是学校的业余舞蹈演员嘛!"

"那你为什么不去搞舞蹈,当演员呢!"

"天不遂人愿!"阿蓝说,"既然老同学相见,走,现在已到吃饭时间,我们先去吃饭。"

"那好吧,不过,今天我请客。"

"随便,你请我请都一样。"

我和阿蓝并排走着,一路上有说有笑,什么开心的或是不开心的她都对我说。那时在学校我没特别注意她,现在想起来,她当时也是很优秀的,各方面都不比鸽儿差。但当时我心里只有鸽儿,所以就忽略其他人了。现在见到她,我说不上是高兴,也说不上是不高兴。

我问道:"阿蓝,你知道鸽儿在哪儿吗?"

阿蓝笑着说:"你不说我还真把她忘了,好像是从毕业后,我们就再也没见过面,所以我也不知道她现在哪儿。哎,刘大为,你今天怎么突然问起她来了?"

我笑了笑,忙说:"今天看到你来了,当时在班上就你和她最漂亮嘛,所以见到你就想起了她。"

不知是阿蓝真不明白怎么突然问起鸽儿,还是知道原因却有意在装糊涂。她说:"你呀,还像当年读书时一样,老是说些让人好笑的话。你们男人呀,就只记得长得漂亮的女孩子。"

这时,我感觉我不是和阿蓝走在大街上,而是和我心爱的鸽儿走在学校外面的那条林荫道上。我们看春天一抹绿意消融在大地上,聆听着鸟儿的欢唱，对未来充满着希望和梦想。我们更像两片白云，飘呀飘，飘浮在那时的幸福和憧憬里。

不知有多少夜，我望着窗外月光明朗的夜空，回忆那些过去，很怀念从前的自己，想念着鸽儿。风吹着甜蜜的往事，翻阅着流年的记忆，刹那间的喜怒哀乐弥漫心底，时间仿佛回到当初的轨迹。

回想这些年来我所经历的这些事情，好像是梦一般。曲折的故事，动人的情节。不过，梦终会有醒来的一天。倒不如早些醒来，梦醒之后或许会有些许悲伤，或许会有些许难过。

阿蓝发现我没心思听她说话，而在沉思着什么，她呆愣愣地看着我，问道："大为，你今天怎么了，是不是有什么心事？"

我猛然从幻想中醒来，看着她，有点不好意思地笑了笑，说："没什么心事，只是现在公司积压的健身器销不出去，我又是销售科长，所以压力很大。"

阿蓝明白似的点了点头，说："没事的，工作上的事别太认真，慢慢来，世上没有过不去的坎。虽然我们多年不见，但今天一见，我发现你发展得很好，一步登天了，还成了科长。在这个岗位上，才更能展示你的能力，更有你施展才华的空间。我相信总有一天，一切都会好起来的，你一定要相信自己，一定要有一个好的心态！"

四

阿蓝的这番话,句句说到我的心坎上。

我说:"谢谢你,阿蓝,你这番话说得真的很好,我一定记在心里,以后要懂得释放压力,要懂得珍惜自己。我也相信,就像你说的那样,凭我的能力,我一定会发展得更好,一切都会好起来的。"

我们穿过繁华热闹的街道,那川流不息的车辆,那来来往往的行人,还有动听诱人的音乐,让人心旷神怡。很快,我们来到了一家高级餐厅,随便点了几个菜,又要了一瓶葡萄酒。阿蓝倒上酒,递了一杯给我,说:"为老同学相见,我们干杯。"

"干杯!"我也举起酒杯,"阿蓝,你是怎么干起这健身教练的,能否和我说说。"

其实,我不是真想知道她的情况,更谈不上喜不喜欢,反正只是很普通的同学关系。再说,她上过高中,后来也考上了名牌大学。不论从哪方面讲,不需要问也知道肯定会有人喜欢,她也肯定有喜欢的人。只是为了营造某一种氛围,我才这么说。

阿蓝喝下了一杯酒,深深地叹息了一声,还没等她开口,我就猜到十有八九是不如意,或者说没有想象的那么好。她说:"我毕业后就进了一家公司当秘书,整天都有忙不完的事,又常常要受老板的气,真是费力不讨好。后来我想去找一些专业文艺团体,可就是进不去,也碰了不少钉子。还好,这个天堂健身公司的老总是我爸的好朋友,就让我去他那儿当了个健身教练。本来我是搞舞蹈的,对健身教练这东西有点陌生,但没承想一学便会！"

我也深有感慨，上天似乎是在有意捉弄人似的。但我深信只要够努力，肯定会有自己的一片天地。我说："其实，舞蹈跟健身是一码事，舞蹈也是健身，而健身也类似于舞蹈，也算是专业对口！"

我俩又喝了一杯。此时的她好像找到一个知音一样，喝得红红的脸上，又出现了甜甜的笑容。阿蓝天生就是一个美人胚子，一笑起来就更加的迷人了。尤其是喝了酒，那种充满青春活力的美，也发挥到了极致，像一朵盛开的花，在一场春雨的浸润后，更加的娇艳，更加的让人喜爱。

阿蓝又问："你呢，你这个大作家，现在怎么做起销售来了？"

我深深地叹息了一声，觉得愧对作家的这个称呼，更是愧对自己当初拥有作家这个梦想。轻声地说："什么作家，当时读书时，就是帮同学写了几封情书，那时谁还敢公开谈恋爱呢，大家都是没事闹着玩，写呀写的，也就对这写作产生了兴趣，因此大家就戏称我为作家嘛。当然，我那时不知天高地厚，事实上，现实却是残酷的，当作家能这么容易吗？我早就把那些忘得一干二净了。现在在这家健身器材公司任了个什么销售科长。其实我也明白，什么销售科长，说白了就是一个推销员，要想干好这工作，难呀！可为了生活，又不得不干。"

聪明的阿蓝全明白了，她赶忙端起酒，又给我倒上一杯，与我碰起杯来，喝完酒后，她说："你搞健身器销售，那销售情况怎样？"

"公司里已积压了一批产品，得想办法，可就是不好推销出去。"

阿蓝想了想，说："这样吧，我待会回去找一下我们天堂健身公司的老总，看他能不能帮你，因为我知道我们公司每年都要进购一批健身器材的。"

"那太感谢你了。"

"别,别!"阿蓝又举起酒杯,"来,先干了再说。哎,我说刘大为,你这时说谢谢,是不是太早了点?"

"那什么时候谢你才是时候呢?阿蓝,其实没想到你能帮我。真是踏破铁鞋无觅处,得来全不费功夫,我在四处碰壁后,今天因为你这句话不知让我有多高兴,更不知对我是多大的鼓励。暂不说这事能不能成,就凭你的这份心,我已是万分的感动,真的。"

阿蓝听我这么一说,也显得很激动,她说:"大为,说真的,自从初中毕业后,我就去我爸工作的县城上高中,我们就再也没见过面。许多同学我现在都忘了,唯独还记得起你那时的样子,除了知道你爱好写作,想当作家,还有一个重要的原因,让我一直记得你。"

她这么一说,我还真为我那时有这点爱好而庆幸。难怪那么多人都想当作家,写作虽然不值钱,但在人们的心目中,写作是一种多么高尚的行为,写作人也让人敬仰。但她说还有一个重要的原因,那我就不知道了,我只看着她,想让她告诉我。

也许是喝了酒的缘故,我们似乎没有先前的那种拘束,也变得开朗起来,毫无顾忌地说着话,没有想到还拉近了彼此的距离,更有一种亲切感。阿蓝说:"记得那年我们初中快毕业时,我突然看到我书包里有一封情书,我当时很吃惊,也很害怕,就偷偷地拿回家,一个人躲在被窝里看。我连看了很多遍,那封情书写得很好,也写得很动情,让我看了很动心。可一看名字是黄少国,我当时就想不明白,黄少国在我们班是成绩最差的一个,也最调皮,要不是看在他父亲是我们学校的副校长,估计早就被老师开除了,他怎么可能写得出这样好的情书呢?那晚,我想来想去,脑子里一下就想起了一个人,肯定是那个人帮着写的。"

我又给她倒上一杯酒，心想着转移她的思路，让她说点别的。我说："黄少国虽然成绩差点，但人还是很聪明的。哎，你是不是喜欢上他了，如果真喜欢，我真心地祝福你们！"

阿蓝端起酒豪爽地一口喝下，说："说真的，他是很聪明，人也长得不错，父亲又是副校长，所有的条件都没得说的。但你说，我会喜欢他吗？"

我说："那他现在哪儿工作呢？"

阿蓝说："前不久，我在市里碰到过他，他现在开了一个大超市，成大老板了。"

我笑着说："那好呀，我说嘛，黄少国这小子肯定会有出息的。"

阿蓝继续说："我还没说完呢。我当时想到帮他写这封信的人，肯定是你，对吧？"

我自己又倒了一杯酒喝下，看着阿蓝，真不好回答。

阿蓝再一次问道："你告诉我，是不是你帮他写的。刘大为，我没别的意思，我知道你是一个很讲信誉的人，你们肯定有约定不会告诉任何人的。你放心，我只是想求证一下我当时的猜测，都过去这么多年，我也不会去找他的。他也不会来找我的，我根本没机会告诉他这事的。"

我听阿蓝这么一说，也理解这是她藏在心底这么多年一直未解开的秘密，我只好如实地告诉她："他那封追你的情书，确实是我帮他写的。"

我们都喝了好多酒，虽然有点醉意，但我和阿蓝脑子都还比较清醒。阿蓝回家后，我就赶回了公司，公司里的人都下班了，我坐在自己的办公桌前，无心处理一些事务，只觉得似醉非醉的，便坐在椅子上半闭着眼睛，好像什么也没有想，又好像什么都在想。总之，心里为碰到阿蓝而高兴。

可过了好长一段时间，都没有阿蓝的电话，我这才想起阿蓝找她老总的事，可能就是随口而出的，或者她已经去找过她的老总了，而那天堂健身公司的老总对我们的健身器一点都不感兴趣，这事可能没指望了。

第四章

一

这些日子，李总明显对我的销售情况不满意，动不动就冲我发火，大会小会上点名批评销售科的工作不力，最后使整个公司的运作都很困难。我听了心里难受极了。

正好是礼拜天，我想轻松轻松，或者是想换个环境去静静，一大早我就起来了，拿上钓鱼竿，准备去离公司不远的河边钓鱼。刚要出门，不知老板娘溪溪什么时候走了过来，看着我拿着钓鱼竿和装鱼的网子，说："刘科长，好雅兴呀，今天起来这么早，是要去钓鱼吧？"

我看了看溪溪，穿着一身运动服，头上戴着一顶遮阳帽，脚上穿着一双白色运动鞋，看样子也是要出去踏青或者搞野外活动的打扮。我问道："溪溪，你这是要去哪儿呢？"

溪溪笑了，用那双充满神秘、含有挑逗的眼睛看着我说："你猜？"

我真不明白，也不想猜她要去哪儿，因为她去哪儿与我无关。溪溪是老板娘，我时时都在躲着她，除了工作上的事必须要找她，我一般都不去找她。她虽然长得漂亮，更有一种与众不同的女人味，但在这个公司里，她就是一团火，谁与她走得近，肯定会烧着谁，甚至会烧得遍体鳞伤。

但不管我怎么躲都好像躲不开她，她总是像幽灵一样跟着我，不管我想做什么,她都好像事先知道一样,不管我去哪儿都好像被她掌握一般。我弄不明白,她为什么要对我这样,我与她有啥关系呢?她虽是老板娘,是公司里举足轻重的人物,但出于对公司的考虑,也用不着这样,我虽然在公司上班,但也有我的自由空间。

突然,一个让我兴奋更让我担心和害怕的猜想,猛然跳进了我的脑子,溪溪是不是喜欢上我了?这还得了,她是老板娘,我是她的员工,若她真有这种想法,不知道对于我来说是天大的好事或是天大的坏事?我真的不敢想,也不敢期望,更不知怎么面对。

我说:"不知道。"

溪溪收起了笑容,显得有点生气了,愣了一会儿说:"你再猜嘛,我说你平时很聪明的,这时怎么变成傻子了?这有点不像你刘科长的风格吧。你是真不知道我这是要去哪儿,还是知道只是不想说出来?"

我说:"我真不知道。"

溪溪又笑了,说:"我想,你啥都知道,更知道我今天要去做什么,我看你是在装傻。不过,我还真喜欢你这样儿,人有时还真的要傻点好,省得吃亏,聪明反被聪明误呀!好吧,我告诉你,我今天要去钓鱼。"

溪溪说得对,我早就知道她的想法,她是想跟着我去钓鱼。但我不知道她是怎么知道我今天要去钓鱼的。哦,想起来了,昨天下午我从街上买钓鱼竿和装鱼的网回来被她看到了。就这么一个小小的细节她都看在眼里,那我其他的行踪她也知道吧?她真是个心细的人。

也许没有我想象的这么严重,她这么一整天都好像没事干,而且养尊处优的女人,不找点这样那样的事,怎么打发无聊的时间?她去找点啥事不好,可偏偏跟我过不去,我和她又有什么关系呢?不外乎我是她招聘来的,但她也是代表公司招聘,不是她招聘我呀。也许是她对我真有那么一点爱或者喜欢，不可能，人家是老板娘，她怎么会喜欢我呢？

想到这儿，我虽不是害怕，但至少认为离她远点好。趁她这时拿东西去了，我得赶紧走。一个人悠闲悠闲的，想去哪儿就去哪儿，想怎么玩就怎么玩，多好！

可我刚走出厂门不远，溪溪把车开过来，在我身边停下，伸出头来，有点生气地说："我说刘科长，你这人不够义气吧，你知道我今天是想和你一起去钓鱼，可你却悄悄地走了，我真这么让你讨厌吗，你是不是不想要我去？"

我看着溪溪这样子，笑也不是，气也不是，只说："我是知道你要去钓鱼，但哪里知道你是想和我一起去，我以为你是和李总去哟。"

不知怎么的，一提到李总，她更生气了，说："你是不是想拿李总来压我？告诉你，他昨晚出去到现在还没回来。你说，他会陪我去钓鱼吗？你是有意躲我，不想让我和你一起去。你不让我去，我就偏要去。"

我看她真生气了，笑着说："溪溪，你别生气，我哪敢不让你去呢，你能陪我去钓鱼，是我巴不得的，我高兴还来不及。"

溪溪听我这么一说，不再生气了，笑着说："真的？"

我肯定地回答："真的！"

溪溪打开车门说："好，上车。难得出去钓回鱼，干脆去远点的江边钓。"

二

我上了车后,溪溪把车开得飞快,我叫她开慢点,她说:"没事,说别的不行,开车我绝对在行。整天待在公司里,闷死了,今天出来玩,真开心。人只要开心了,做啥事都会有精神,你就放一百个心吧,感受一下坐在我车上的滋味。"

我说:"当然,但还是开慢点好,安全。啥事都没有安全重要嘛!"

大约开了半小时,终于到了江边。由于今天的天气很好,又是礼拜天,江边钓鱼的人很多,我们就选了一处稍微偏僻点的地方钓。

溪溪告诉我,她小时候最爱看爷爷在小河边钓鱼,爷爷钓鱼时总是聚精会神、屏息静气地等着鱼上钩。哪怕等上大半天没鱼来,爷爷也仍这样等着,从不灰心丧气。等着等着,往往就有鱼来了,爷爷兴奋地说:"嘿,鱼咬钩了。"她也高兴起来,眼睛紧紧地盯着钓线,目光好像要穿透浑浊的河水看清钓上了什么鱼。爷爷更是兴奋得想大叫,又生怕惊动了鱼,就只能在心里叫着:上钩了的鱼,别让它跑了!爷爷紧皱眉头,一步步地向后退,一边使足力气收钓线,鱼却和他作对,一会儿被什么东西绊住,一会儿又卡在什么地方。爷爷蹲着马步,一咬牙,两手一用力,"哗"惊呼一声:"啊!"又失望地喊声:"哦,天哪!那不是鱼,那是一节枯树干!"

溪溪说完忍不住大笑了起来,我听着她讲的故事,觉得真有趣,我跟着笑了。

其实,我也有过这样的经历,读小学的时候,每年夏天自己在读书之暇经常和三三两两的玩伴一起去塘边垂钓,也常常经受不住清澈塘水的诱惑而偷偷地下水洗澡嬉戏。往事如烟如幻,当时的心情如何现在已无从分辨,只剩下一些记忆的零碎片段。现在只能嗟叹青春不在,只能对美好的过去会心一笑。

  暖暖的阳光照在江面上,反射出微微的波光,照得我们身上暖洋洋的。我和溪溪坐得很近,似乎看上去,我们不是来钓鱼的,而是来这儿看风景的。扔在水里的鱼钩似乎从没动过,我们也不急,并不真正为了要钓好多鱼而迫切想要鱼来上钩。

  刚刚还躲在云层里的太阳又冒出了头,天气越来越热。溪溪脱掉外衣,毫无顾忌地在我身边晃来晃去,透过她那薄薄的花衬衣,能看清她衣服里面的全部,或许她是无意的,而我自己却有心。但谁有心谁无意,谁也说不清。快到了吃午饭的时候,我们一条鱼也没钓到,我提议该回去了,溪溪说:"好吧,回去,可今天却一条鱼都没钓到。不过,也很高兴,钓鱼真是太好玩了,不然那么多爱钓鱼的人,还能这样天天来吗?"

  我看到溪溪今天真的很开心,本来我是真想来钓鱼的,可有了她,我一心想要钓几条鱼的初衷,却改变了,变成出来看风景了,所以钓多钓少不重要,只要开心。我说:"是的,钓没钓到鱼不重要,关键是来这江边坐坐,感受一下美丽的江景,放松一下心情,比真正钓到鱼还开心,对吧?"

  溪溪冲我笑笑,那笑里有一种挑逗,或者说有一种爱意,她说:"是的,我也这样认为。但今天最大的收获,是有你陪我,总比一个人待在家里好。外面的风景多美,尤其是这江边更美,多么让人留恋呀!"

  我说:"溪溪,你怎么感叹起来了,要是你喜欢来这儿钓鱼,我随时陪你来就是。别再感叹了,走,老板娘,回去。"

三

　　由于公司的销售情况不好，李总除了大会小会上批评我，他也在尽力想办法，也时时一个人坐在办公室沉思。我懂得李总的心情，公司上下一百多人，每月都要发工资，还有各种必须开销的费用，一句话，全公司的人要吃饭就需要钱。公司是为了赚钱，而赚钱的主要环节是产品销售，何况这个华华公司是个不大的公司。这样的状况，对于公司里的每一个人来说，都是不小的压力，何况李总呢？

　　我这段时间去各大健身场所调查之后，也对市场有了进一步的认识，发现其实是我们销售的路子不对。得先宣传。先让大家了解我们的产品，要先培养一些健身爱好者，这样才能打开销路，才能不断地增加销售额。一个大胆的构想便随之产生。在我经过深思熟虑之后，终于写成了一份计划书，送到李总的办公室。

　　李总本来就对我的销售工作不满意，加上他为了这销售的事也心情不好，就大致翻了一下，还给了我，说："你整天就是这个计划、那个方案的，我才不信这个，我只认你能够销售多少产品出去，能够收多少钱回来。年轻人，要干实事，实事……懂吗？"

　　我接过这份花了我很多心血的计划书，又被李总莫名其妙地训斥一番，感到非常难过，有一种无言的苦衷，也不知向谁说，更为没人理解我，没人站在我这角度上想想而生气。平心而论，我是努力了的，我为这销售尽心尽责，虽然没取得满意的效果，这也不光是销售这环节没做好，产品生产上肯定有原因。我没说什么，只好起身走出李总办公室，心里总觉得不是滋味。

回到自己的办公室,我把这份计划书往桌上一扔,自言自语道:"别觉得委屈,这个世界就是这样,没文化、没脑子的人偏偏是老板、是富翁、是领导,而有能力的人偏偏是下属、是穷光蛋……哎!"

难道我这份辛辛苦苦拟定的销售与公司长远发展的计划书,就这样搁在一边了吗?不能,绝对不能!我得想办法去找溪溪,要千方百计让她认可。我想她一定能看懂的,这个计划不光是产品销售上的问题,更是华华公司长久的发展构想。

但回过头来又想,如果去找她,她就真的会帮我吗?她说什么也是老板娘,得站在老板一边,她不为公司着想,也得为自己着想吧。再说,我如果去找她,她真的帮了我,欠她人情拿什么去还?现在她像幽灵一样跟着我,我明白她的心思,如果我主动去找她,不用想我也知道和她会发生什么,更知道是什么结果!

我想来想去,就是想不出别的办法,在我实在没办法的情况下,还得找老板娘溪溪,她有文化,只有她才读得懂这份计划书,只有她才懂得公司长远发展的重要性。现在,溪溪就是我唯一的救命稻草了,我得抓住,只要渡过当前的难关,就别管以后会发生什么,车到山前必有路,船到桥头自然直嘛。但我还在想,这事万一被李总知道了,就麻烦了,肯定前功尽弃。通过我对溪溪的了解,她是一个很有心计的女人,有很多事她都没让李总知道,她也分得清孰重孰轻吧,所以肯定不会告诉李总的。

我在办公室里想,这个机会一定是夜里,因为夜里李总一般都要外出,不是出去喝酒就是打牌,或在娱乐厅里玩,只有这时溪溪才感到寂寞,才有心情看我的这份计划书,我才能直接地与她交换意见。

想着要去找溪溪,我却左右为难。不去找她呢,我那新的计划新的设想就无法在公司董事会通过；去找她呢，怕引起不必要的麻烦，会冒很大的风险。再说，就是找到她，她肯不肯帮我，还得打个问号呢。她是一个非常有主见的人，不是那种随便被人左右的，平时看上去她只讲究吃喝打扮，闲人一个，其实不然，那只是她的表面。

任何人都有不同于表面的另一面，头脑再简单的人，心里想什么谁也看不清楚的。何况溪溪不是那种头脑简单的人，而且还受过高等教育。她的身份虽然看起来不光彩，是老板的"情人"，但是当"情人"也要讲究本事的，看她平时的性格外柔内刚，谁也不知道她心里在想什么，真是一个难以捉摸的女人。

四

很快就到了夜幕降临，公司里的人都下班了，整个大楼里显得静静的。也许是我平时就喜欢孤独，喜欢一个人在夜幕降临时，独自漫步在夜色中。微风缓缓吹过，带着一股暖暖的气息，使人陶醉，聆听楼下花园里花草的私语，享受夜幕下各种虫鸟的叫声，有一种让人心旷神怡的感觉。

我在外面转了一会儿，夜色更浓了，在这迷人的夜色中，我像个幽灵，更像一只小虫子，在夜幕里寻找着猎物似的，眼睛总是盯着溪溪的那窗口，在寻找一种可乘的机会。那窗子里亮着灯，屋里没有声响，很宁静。我就这样转来转去，觉得夜色是那样的和谐，那样的优美，宁静中透露出那份温馨。

等待是难熬的，也是漫长的，我才在这儿转了一会儿，就觉得仿佛好久一样。本来是一件正当的事，却要以这种方式去找她，自己都无法理解。

正当我在厂区里转悠，突然发现停在公司门前的李总那辆专用小车不见了。我知道李总这时肯定出去了，他一出去了往往要深夜才能回来。我就拿着这份计划书往溪溪的住房走去。

上楼时，我的心跳得很厉害，有点害怕再往上走了，也试图转身回去。但却不甘心让自己辛辛苦苦拟的计划书变成废纸。于是鼓足勇气往上走。到了三楼溪溪的房前，发觉房门没关，我就随手推开门，见溪溪正坐在床上看电视，我又敲了一下门。溪溪看见了我，吃惊地问："是你？你怎么上来了，你来干什么？"

我仍在门口站着，不知道是进去还是不进去，更不知是说还是不说的好。终于鼓起勇气说："溪溪，我这时来……是有点事找你。"

溪溪也有点不知所措，对于我的突然到来她好像也没有心理准备，她吃惊地望着我。看得出她也有些惊慌，但她似乎一下子就反应了过来，也镇静了许多，说："有事去找李总，他现在不在家。"

"我……就找你。"这话一出口，就没有回头路，哪怕不行也得去试试。就是软磨硬缠，也得让她帮我，哪怕只有一点点希望，也一定要抓住。因为，我现在没有别的办法，只能冒一次险。说话间我就走了进去，溪溪吃惊地从床上下来，坐在沙发上问我："我说刘大为，你这时来我这儿，到底有啥事？如果不急，你还是明天去办公室找李总。"

事已至此，我一不做二不休，很快镇静了下来，明确地说："我有一份计划书，想请你先看看，再帮我提点意见，再就……在李总面前举荐一下。"

"哦，这事。"溪溪由先前的惊慌变成了内心的高兴。我知道她在想什么，她觉得平时看来这么高傲的我，一下子就来求她，觉得她在我心中有价值了,有一种掩饰不住的自豪感。她说:"坐吧,既然上来了,坐与不坐,都是一回事。"

我听出了溪溪的话外音,但却装着一点也不明白。一时间,我内心深处的孤傲劲不见了,变得十分温驯。我只好在一把椅子上坐下。我说:"溪溪,通过对健身市场的调查,我们只销售健身器不行。公司得投资兴建一个健身娱乐场,先开拓出自己的消费群体,那样才能打开销路,你看呢?"

溪溪无心听我说这个,她站起身,在我身边走来走去,估计也在心中思考着,这个事要不要帮我?我明白,她也一时拿不定主意。但她没明说,装着若无其事的样子,说:"现在别说这个行不行,说点别的好不好?我知道你近段时间很累,可我的心里也不是很好受。"

五

我不知道说啥好,也不知道她想听我说什么。我说:"我来找你就是为这事呀。不说这个,还能说啥?溪溪,你一定得帮帮我,我是为公司好,要是能打开销路,公司能挣更多的钱,你明白吗?"

溪溪仍心不在焉,她说:"我明白你的意思,你要我现在就回答你?你知道,我在公司里啥也不管,我是一个只知道玩的人,这个你不是不知道吧?你这正事,应去找李总,他肯定会支持你。要是你真有别的事,我还可以给你想想办法。"

我说:"溪溪,我找李总了,他连看都不看,你说我再找他还有什么用?"

溪溪听我这么一说,笑着说:"这下我就没办法了。"

我一听,心都凉了许多。好不容易想到这个办法,但她都这样说了,我能说什么呢?人家毕竟是老板娘,人家不帮也许有她的难处,我不能强人所难。枉我冒这么大的险来到她房里找她,只是空欢喜一场。

溪溪见我有点灰心丧气、愁眉苦脸的,她明白我在想什么。她拿出一瓶葡萄酒倒上,递一杯给我说:"来,喝一杯,酒能壮胆,还能解千愁呀!"

我感到吃惊,我是来找她帮忙的,怎么她倒上酒了?在这儿喝酒是不是不适合。万一李总提前回来了呢?那不说也知道会是什么后果,我从进来的那一刻起,一直都提心吊胆的,哪还有心思喝酒。我说:"不好意思啊,我不喝酒,我得走了。"

溪溪笑了,眼睛里充满着一种胜利者的表情,她说:"你不喝,我自己喝,酒能消愁,酒能壮胆,酒能让人心软,酒更能改变一个人的主意。酒呀,真是好东西。"

我听她这么一说,明白了她说这番话的意思,我想:我已经冒了一次险了,何不再冒一次险,来都来了,干脆陪她喝几杯,说不定,酒一喝她就改变主意了。我接过酒,喝上一杯,说:"酒我喝了,你帮不帮我就看你的了,你这儿我不能久留,我该走了。"

也许是溪溪连喝了两杯酒,脸也开始红起来。我知道女人大多都能喝,但她却不像我了解的那些喝酒的女人。她们多数是在应酬的场合,自己在家自斟自饮的比较少。溪溪喝酒不是应酬也不是自斟自饮,今晚喝酒,也许是喝给我看,证明她生活得很如意。此时的她虽没醉,但也完全进入一种让人说不清的那种状态。她说:"你还是多坐一会儿吧,现在走,跟再坐一会儿走,不是一回事吗?反正你已经来这里了,对吧?"

我想也是,就干脆坐下来,与溪溪碰杯后继续喝酒,喝着喝着,溪溪用红红的眼睛看着我,看得我简直不敢抬头。我避开她的眼睛,劝她别喝了,喝多了不好,酒多会伤身。她也听了我的劝,不再喝酒了。停了一会儿,她走了过来,一把将我从背后抱住,说:"你今晚能来,我真的感到很意外。但我也很高兴。你不知道我,你只看到我表面的风光。其实,我也有我的苦,心里苦。李总虽有这么大的一家公司,他仍算一个收废品起家的土包子,但他仍不知足,每晚还出去吃喝玩乐,找女人,他……"

我被她的举动吓了一跳,慌忙推开了她的手,连跑带逃似的走出溪溪的房间,心里既恐慌,又觉得有些庆幸,我差点为了我的事业,为了我的欲望,出卖了自己的贞洁,对不起我的鸽儿。

第五章

一

那天，在公司门口碰到溪溪，她正牵着那只名叫花儿的狗在玩，玩得很开心。我问道："你起来得这么早呀？哎，溪溪，我那份计划书呢，你看了没有，你帮我推荐给李总了吗？"

溪溪蹲下去摆弄小狗，对我爱理不理的样子，说："你只关心你那份计划书，从不关心一下别的事，有些事可能比你那计划书还重要吧。我想，只关心自己的人，难道还会有别人去关心他，去帮他吗？你那计划书的事，最好你自己去问李总吧。"

从她的话里听得出，觉得我应该常去看她。可我不但没去看她，反而还躲着她，溪溪是什么人？她可不是傻子，难道这点都看不出，她还是溪溪吗？换个角度想，她现在生我的气很正常，要是她不生气反而觉得不正常了。她要我去问李总，我怎么去问呢？说真的，我这段时间最怕见的就是李总了，有事必须要见他时才会去，说完事就走，没事时一直没去找过他。我说："溪溪，你今天怎么了，心里是不是有什么不开心的事呀？"

溪溪站起身，牵着花儿边走边说："我整天过着吃穿不愁神仙一样的日子，哪有什么不开心的事呀？有这花儿陪我，我很开心的。我呀，心疼这花儿可没白疼，它可比人好，懂得心疼人，懂得整天哄我开心，你说我还不知足吗?"

自从我那次去找她后,再也没去找过她了,就像我们有什么过节一样。说她在恨我,不像;说她在生我气,也不像。她今天到底怎么了,我想来想去还是想不明白。我突然觉得是不是有点儿对不住她,或者说我显得有点儿无情无义。

我正想和她说明原因,以消除她对我的误会,我不是她想象的那种无情无义的男人,我也是很重感情的,对爱也是很专一的。不说别的,这些年我见过的美女也不少,追我的女人也有,我从没动过心,心中只想着鸽儿。

可溪溪已牵着她的花儿,从厂区走出去,到厂外的一个小广场上遛狗。我回到办公室,却坐不住,总觉得对不起她,觉得我这样做,是在伤害一个对我好的女人。我又走出办公室,站在二楼的办公室门口能看到她的身影。她遛狗的那个小广场上有很多人在散步,有的人舞剑,有的人跳广场舞,也有很多的女人在遛狗。那些小狗在女主人的身边欢快地跳跃着,有的狗并没牵着。渐渐地溪溪的身影也消失在那人群中。我真搞不明白,这些人为什么喜欢遛狗?是她们太寂寞,用遛狗来获得一种快乐和安慰;还是她们闲着无事,用遛狗来消磨美好的时光。或许狗是她们的精神寄托,因为她们也像溪溪一样认为狗是忠实的,不会去欺骗善良的女人,还能懂得怎么让主人开心,所以她们喜欢狗。

我听人说过,女人养狗是一种情感寄托。也许出于狗的本性,它每天不知疲倦地讨主人的欢心,为了博得主人的一笑,它愿意做出千姿百态;为了博得主人的怜爱,它无条件地忠实于自己的主人。或许正是因为如此,渐渐地,女人把所有的情感都系在狗的身上,不再想那些烦心的事情了。无意中的想象,我似乎明白了溪溪为什么遛狗,也许狗比人更懂她。

二

不一会儿，李总叫我去他办公室。我当时心里很紧张，但还是给自己打了打气，心想：我为什么怕见他呢？我又没对不起他。

李总见我来了，叫我坐下，十分客气地给我倒了一杯水。他说："前几天，我的一个朋友告诉我，市里有一家大型企业，他们的职工俱乐部要新增一个健身项目，正准备购置一批健身器材。我想，我们要想尽一切办法，把我们公司的健身器打进去。虽然，这次他们购进的数量不是很多，但可以打进市场，对以后的销售肯定是有好处的。"

我听后明白了，原来是想让我去把这个事情办好。我那颗悬着的心总算落下了，他找我不是因为其他的事，从他说话的语气和表情上看，他还不知道我和溪溪的事。不然，他还会用这种态度和我说话吗？就是再能装的人，怎么装都不会装得这么像的，这下我就放心了。但我却装着不明白似的问道："李总，你的意思是？"

李总看了看我，显得有些激动了，仿佛因产品滞销一度陷入困惑中的他，又看见了曙光，他说："虽然，我们的健身器积压太多，这只是还没有打开市场而已。我相信，要不了多久，肯定会被消费者接受的，会有更多的人用我们的产品。刘大为呀，你要看到，现在人们吃穿不愁了，都把锻炼身体放在第一位，我们的健身器会大有前途的，你一定要有信心。"

我明白李总的意思，真希望他那些高谈阔论的话早点结束，快点进入正题，不是我没有耐心，而是他的这些话我听得太多了。

幸好这时，办公室小刘走过来说："李总，电话。"

李总问道:"哪里打来的?"

小刘说:"他说是县工商局的。"

李总一听,马上走去外面的办公室接电话去了。我这才松了口气,这个电话早该打来了,要不然,我还要坐半天也说不定。他说这些话的目的,是在给我鼓气,因为最近公司销售情况不好,我作为销售科长有些灰心,每天都没精打采的。平时,他又没时间单独和我交流,今天就借此机会,给我鼓鼓劲。

李总接了电话回来后,再也没先前激动了。他坐下后,喝了一口茶说:"这样吧,你今天下午就去市里那家大型企业,想尽一切办法都要让他们购买我们公司的健身器,数量多少都行,就是一定要让我们公司的健身器进入他们的企业。人家是有几千人的大公司,如果有人用了说好,一传十,十传百,那我们的产品还怕没有销路?"

我说:"好,我吃了午饭就去。"

李总说:"不是你一个人去,我想叫你们销售科的小李和你一起去。"

我一听,愣住了,觉得李总是不是在怀疑我的能力,或者说我根本办不好这事?我想未必,难道我还不如小李。李总似乎看出了我的心思,只说:"就这么定了,你和小李一起去,这事只能办成,不能失败。"

三

我也无话可说，回到办公室，我就把下午我们去市里出差的事告诉了小李，她笑着说："哟，刘科长，今天太阳是从西边出来了，叫我和你一起去出差办事了？以前呀，就是想和你一起去也好像没门似的，今天你却主动安排我了，是不是最近心情有点不好？"

我一本正经地说："别胡说，我跟你说的是正事。今天下午就动身，去市里那家大型公司，一定要让他们企业的俱乐部买我们的健身器，这是李总安排的任务，必须完成。"

小李听后，却不以为然，她说："你卖东西给人家，总不能强迫人家买吧，他万一不买我们的，我们又有什么办法呢？刘科长，你说是不是？"

小李说得也有道理，虽然她说话时总有一种玩世不恭的语气，但她还是一个很聪明的人，而且也是很能干的女人。尤其在销售方面，几乎每月都能超额完成，我不知道她是怎么完成的。就是最近，销售科的大部分人都没完成任务，可她仍超额完成百分之二十，让销售科的人都羡慕她，有的人更是嫉妒她。我说："我们这次去，就是要想方设法去做工作，要大力宣传我们的健身器，就是要让他们心甘情愿地购买。李总还说，这次只能成功，不能失败。"

小李说："明白了，那我先回家准备一下。"

我看着她，整天把自己打扮得妖里妖气的，还不够呀？还要回家准备，那还准备把自己打扮成个啥子呢？我说："我说小李，你整天都把自己打扮得像个妖精似的,还要回去打扮呀?真搞不懂,你们女人为什么这么爱打扮,要是把打扮化妆这些时间都用在工作上就好了。再说又不是去好远,就在本市,今天下午去,明天就回来的,还准备个啥呀?"

小李笑着说:"哎,刘科长,我说你这人怎么了,难道我在你眼里就是这个形象吗?你们男人,就是不懂女人,好了听你的,我就不再打扮了,只换件衣服,还有女人必需的东西总得带上吧?"

我摆了摆手,示意她别说了,叫她赶快回去准备,"下午两点,我在车站等你,别误了时间。"

小李听后也愣住了,伸出舌头做了个怪相问:"我们坐公共汽车去呀?刘科长,你这人在李总面前这么没面子吗?怎么不安排车送你,好不容易跟着你出差,却这么寒酸,真没劲!"

我说:"你不是不知道,公司里除了李总和老板娘各有一辆小车外,全是拉货送货的大车,总不能叫李总开车送我们吧?如果他要送,还要我们去吗?"

我知道小李是有意在逗我玩。她说:"那就叫老板娘溪溪开车送嘛,反正她在家也没事,不如和我们一起出去玩玩。她去了你开心,她也开心,我们大家都开心嘛!"

我一听她提到溪溪,心里就紧张起来,心想,是不是她知道我们的事,要是没做亏心事,就不怕鬼敲门了。我说:"你别废话了,快回去准备吧。"

四

下午我早早去到汽车站把车票买好，可左等右等小李还是没来，我真有点着急。这些女人真啰唆，又不是走好远，这么拖拖拉拉的。今天只是去市里，要是出省出国，不知她会打扮成什么样子呢？眼看快两点了，我便跑去车站门口看，终于看见小李来了。

我一看她来了，十分着急地说："你怎么才来，都急死我了。"

她好像没当回事，笑着说："你急个啥嘛，我是完全按你的指示办。刘大科长，你的性子也太急了点吧，动不动就生气，这对你的身体不好。再说，你不是说两点吗，我算准时吧？"

我一听又好气又好笑，真想再批评她几句，以消消心中的气，但看她十分开心的样子，就不忍心了，只说："你看我都急成啥样了，去市里的车是长途车，上一班车刚走，如果再错过了，又要很久才有一班。我说你呀，怎么不早点来呀，你们女人就是麻烦。"

小李不服气地说："哎，刘科长，你安排我是两点在这儿等的，我来没超过两点，对不对？我能像你这样吗，芝麻大的事也像天大的事一样，急来急去，你来得早，那是你的事，别反倒来怪我了！"

我一看快到上车的时间了，赶忙叫小李向车站里的检票口走去，说："好好好……你有理，都是我不对。快进站上车了，车马上要开了。"

小李做了一个调皮的笑脸，有一种小孩子那种顽皮样儿，说："这就对了嘛，明明是你的错，就别怪别人了。"

汽车在公路上行驶着，挨着我坐着的小李没有说话，只是一个劲地摆弄她的手机,时不时弄出一些音乐声。由于她坐在靠窗的里面,她不管不顾,只低头弄她的,而我却坐在外面,得时刻警惕别人的手伸进我的兜里。因为我的手提包里还装有大笔现金,这些费用是除了我俩的路费和住宿费,还有准备请客送礼拉关系的钱。

由于我们乘坐的公共汽车是很久才有一班去市里,所以车里不光是坐满了人,就连过道上还站着一些人,看起来车上就显得拥挤。

前排一个很漂亮的女人,跟同样很漂亮的几个同伴大声谈论整容隆胸的事,也许是话题敏感,似乎触及全车人的神经。虽然离我最近显得很吵,但我丝毫不觉得是噪音,反而耳朵痒痒的。因为她们说话的声音脆脆的,听起来很舒服。

不知小李问我一句什么,我却没听见,她回头看了看我,见我这么认真地听美女说话,她生气地大声叫道:"哎,刘科长,你又不是女人,你怎么对整容隆胸这么感兴趣呢,你是不是有病,是不是变态呢?"

正好这时汽车的喇叭响个不停,虽然她说得大声,却似乎没有其他人听到。我赶忙回头,看了她一眼,说:"你怎么了,我听不听关你什么事?"

小李说:"我在问你,你和那公司联系好没,我们这时去能不能找到具体经办人?"

我笑了,以为她有啥大不了的事,原来是问这个。我说:"这个你放心,我出门时就与他们公司的采购科王科长联系好的。哎,我说你怎么了,都二十好几的大姑娘了,怎么还像个小孩似的,一会儿笑一会儿哭。"

小李听着,愣了愣,她看了看我,说:"我在你眼里就这个形象?我说刘科长,我比你成熟得多。你呀,才是那种小孩样儿,做事一点也不稳重,还得好好学学。"

我说:"你叫我跟谁学,是跟你学?"

小李说:"你说呢?"

随后,我们再没有说话了,她仍旧玩她的手机,我仍看着车厢里的人。

不久,耳畔传来轻微的鼾声,发现小李已睡着了,她怎么这么快就睡着了呢?也不知她在装睡还是真的睡着了,将头靠在我的肩上。我没有推开她,也没有惊醒她,让她就这样靠在我肩上睡。不知为什么,我此时也开心地笑了。

五

经过了三个多小时的颠簸后,汽车到站了,我们下了车,打车来到那家公司。可那位分管采购的王科长这时不在,办公室人员就叫我们等会儿再来。我有些生气了,明明我出门前和他联系好了的,他也说在公司办公室等,怎么却不在呢?但我还得忍住气,人家毕竟是大公司的科长,他哪会把我们放在眼里,来找他联系业务的人多的是,他能不财大气粗的吗?

小李却有些不愿走了,只想在他们办公室坐会儿。但那位办公室人员有点不愿让我们在她办公室坐,她可能在忙工作,怕我们打扰她。我说:"好的,王科长回来了,你叫他给我打电话,我们是他的朋友,有事想找他。"

那位办公室人员说:"好的。"

我们走出了那家公司的办公室,便在他们公司所属的厂区里转转。厂区里很大,车间里工人们正在忙着干活,机器的轰轰声响得很有节奏。走过生产车间，到处都很干净整洁。包括办公室、生产车间和仓库等区域，都有绿树、花草，从这里就能感受到大企业的精神风貌。它不仅可以让参观者产生良好的印象，更主要的是让员工在一个清洁、整齐、优美的环境中工作，其安全性才能得以保障。

小李再也不愿转了，就在那花坛边的椅子上坐下，抱怨地说："我真不该来，坐在办公室里多舒服，偏偏来这里受罪。我不想转了，要转你自己转去，我跑这么多年业务，还从没像这次这样，被人赶了出来等。你说说，她是什么素质，有这么对待客人的吗？"

我安慰她说："好了，别抱怨了。人家毕竟是大企业，每天来来往往的人这么多，她们招呼得过来吗？如果都把心思放在招呼和陪客人上，他们还能做好事？再说，我们来的目的不是人家对你怎样，是我们怎样才能把事情办好。"

其实，我嘴虽这么说，可心里仍觉得受气，要不是李总点名要谈成这个业务，我肯定转身就走。搞销售就是辛苦，尤其是和大企业谈业务更是难。在这个多元化的社会中，什么人都能遇到，什么事都可能发生。销售职业，一个很大的范畴就是想方设法将自己的产品销售出去，真正含义也许一般的人是不可能体会的，因为它的"苦"让很多人畏惧，因为它的"累"让很多人不敢轻易去尝试。

转了好久之后，我们的手机始终都没响，我看了看手机，说："现在都快下班了，怎么还没有王科长的电话，我们再去厂办公室看看，不然下班后就找不到人。"

等我们来到办公室后，一打听才知道王科长早就回来了。那位办公室人员说："我跟王科长说了的，也把你的名片给了他的，他没打电话给你们？"

小李说:"没有,他没打,你怎么不给我们打个电话呢?我们也等得很辛苦的啊。"

我赶忙说:"别说了,小李,也许是他们太忙,都忘了这事。请她带我们去找他,马上快下班了。"

她听我这样说,起身就带我们去到三楼的一间办公室,到了门口她喊道:"王科长,有人找。"

王科长走了出来,看着我们,愣了愣说:"请问你们是?"

在我们说明来意后,王科长似乎明白了什么,变得客气起来说:"请进,进来坐!"

他给我们泡上茶后,就和我们聊起一些他们企业的俱乐部准备要购一批健身器的事,但他却没明确说要购哪种健身器,也没说要购哪个公司生产的,更没说要购买多少。聪明的小李岔开话题,试着与王科长谈起最近看国际足球赛的事。

小李说:"一年一度的意大利足球球星招聘和转会交易会,是世界上独一无二的足球球星市场。三级球队的负责人及球星经纪人,在这里把球星当商品卖出去买进来,生意十分红火。市场占地1.3万平方米,设施相当齐全。"

王科长听后,连连点头:"对对,我前几天看新闻才知道的。"

小李继续说:"王科长,你知道不,在法国和摩纳哥的国境线上,有一个足球场,分属两国所有。这个球场本来是摩纳哥修建的,后来在划分国界时,国境线正好从球场通过。谈判后达成协议:两国各占球场的一半和一个球门。"

王科长仍开心地笑着:"看不出呀,小李,你懂得的足球趣事,比我多。我虽然是个足球迷,但在你面前只能是小巫见大巫了。"

小李说着一个个关于足球的趣事，使王科长非常高兴，也让先前有些生硬的气氛变得融洽了许多。

眼看快到下班的时间了，我说："王科长，小李还没说完呢，难得你们有共同语言，不如我们出去吃顿便饭，好继续聊聊足球。小李，你说是不是呢？"

王科长有些不想去。他说："吃饭就算了，我还有事，我们改天再谈嘛。"

小李走过去，拉着王科长的胳膊就往外走，说："王科长，走嘛，都下班了，还有啥事呢？我保证我们今晚只聊足球，不谈工作上的事，行了吧？"

小李这么一拉，又这么一说，王科长答应了说："好，好，我去，我还真想听你说说关于足球这方面的趣事。"

小李边走边说："还有一个足坛趣事，王科长，你肯定没听说过，欧美各国的不少足球运动员极其相信护身符会给自己带来好运，各个球员的护身符各不相同，五花八门。"我不知道王科长不知是真听得入迷，还是因为小李而觉得开心。

第六章

一

我们征求王科长的意见，问他去哪儿吃好呢？王科长笑着说："你们安排嘛，随便吃点什么都行，吃不重要，最重要的是好久没这么开心了，今天终于找到一个有共同语言的知音了。"

我说："王科长，我们对市里不熟，还是想听听你的意见。"

小李也说："王科长，你就别推了，我们乡坝头的人来这么大的城市，怎么知道哪儿有餐厅，哪个餐厅价格便宜又好吃呢？你就别摆架子了，这是在你的地盘上，再说你整天吃香的喝辣的，不用看就是闻你也知道哪家店好吃。还是你定，你找的地方肯定有特色！"

王科长想了想，说："听你们这样说，要是我再推脱那就有点讲不过去了。好吧，那我就带你们去两江大酒楼，那儿呀，菜品有特色，虽说环境和氛围算不上一流，算不上高档，但也很受大家的欢迎，因为那儿有一种文化气息。"

我们就跟着王科长去到两江大酒楼，这里装修一新，不像王科长说的那样是一个一般的餐馆，实则是一个很大的高档酒楼。我一看就明白，王科长也不是一个吃素的，他真把我们当羊宰了。也难怪人家是采购科长，采购科可不像我这个销售科，同样是科长，却是两个不同的概念。他是大权在握,是别人来求他,而我却是处处求别人,我和他是没法比的。

我们三个人来这么高档的大酒楼,点上一大桌菜能吃得完吗?还好,我早有准备,不然这种场合还真不知该怎么办?

大厅装饰以白色和蓝色等亮色为主,格调明朗欢快。店里有着其他店都不具备的展示柜,在这里能看到高跟鞋、箱包、首饰,除了烘托出时尚的氛围,还可供人们拍照留念。我们沿着大厅走进去,一个看似与王科长很熟而且长得很漂亮的大堂经理把我们带到了楼上的一个小厅。她说:"哎,王科长,你好像又有好几天没有来了,你这几天是去出差了还是因为去别的地方吃了?我们这里呀,还希望你王科长多关照才行哟。要是我哪儿没做好,请王科长多多指教,我才好改进嘛。"

王科长看着她,眼睛里有着一种说不出的表情,他笑着说:"我这几天去辽宁出差了,昨天才回来。你看,只要我在家,哪天没来你这儿吃饭呢,你怎么就忘了?你们这儿不管从菜品上,还是环境上都很好,你说我能不来吗?"

我们坐下后,王科长从她手中接过菜单,主动点了菜。

菜端上来后,我还特意点了一瓶好酒,小李赶忙给我们倒上酒,大家就边喝酒边吃菜。我用试探的口气说:"王科长,我敬你一杯,感谢你今晚赏脸。让我们感觉是莫大的荣幸,我们公司健身器的销售,以后还得请你多多关照。"

王科长与我碰杯后喝了一口,笑着说:"刘科长,我们喝酒不谈公事,这是现在不成文的规定哟。今晚,我完全是出于朋友的感情,也放下了手中很重要的事情没去处理,来陪你们了,因为朋友难得聚在一起,喝酒聊天,何乐而不为呢?"

平时看起来疯疯癫癫的小李,在这种场合下还是显得很聪明的,她马上站起来给王科长倒上酒,端起酒杯就敬他,说:"王科长,我敬你,看你这么真心实意来陪我们吃饭,这让我们非常高兴,说什么我也得敬你一杯,你说是不是?我们不谈公事,只喝酒聊天。我知道王科长是个足球迷,但没有想到,你工作这么忙,还有这种雅兴,这也是实属难得啊。"

王科长也显得十分豪爽,说:"来,干杯,你随意,我把这杯喝完,真是太高兴了,干杯!"

我和小李都知道,今晚的中心是王科长,我们都轮换上阵,没几下王科长也喝得有几分醉意了,但他酒醉心明白。不管我怎么提及健身器的事,他就是不表态,就是不做明确的回答。却想以酒乱性,不但专找小李碰酒,还时不时与小李打打闹闹,总想与小李有点什么似的。

看他越喝越来劲,我就以上卫生间为名,起身走了出去。在外面的大厅转了转,过了一阵子,当我走到门口时就听见,小李嗲声嗲气地说:"王科长,我再敬你一杯,我们公司的健身器,你决定买不买呢?"

王科长说:"你的手真细嫩真白,再让我摸摸。"

小李说:"王科长,你喝了酒就别乱说了,手都是一样,哪有不一样的手呢?哎,先别谈手,说健身器,你到底买不买?你买哪个公司的健身器不是买呢,买谁的,买多买少还不你一句话,你说对不对?"

王科长说:"好好好,谈健身器,告诉你吧,现在有好多家公司都找过我,我都没有明确答复,因为我还得考虑考虑。你说得对,我是采购科长,买谁的,买多买少,还不是我一句话?"

小李端起酒,又与王科长喝起来,"王科长,我们公司生产的健身器,是最好的健身产品哟,说什么你也得买质量最好的吧。我们公司生产的健身器,哪个用了都说好,你说你不买我们的,你还去买谁的呢,对不对?"

王科长笑了,说:"好,好,我购买你们公司的健身器,不就行了吗?那我们再……再喝酒。"

小李说:"只说不行,你得马上在我们带来的合同上签字。等这字签了后,我陪你,不管你怎么喝,喝多久都行。"

二

不知怎么的,先前看似高傲的王科长,这时在小李面前却温驯得像只小绵羊,她怎么牵他就怎么走,她说什么他都听,一个男人,往往在女人面前,就变得那么脆弱,这是本性吗?小李说:"王科长,我这儿有笔,你快签嘛,签了我就不再牵挂这事,好开开心心地陪你喝酒了。"

王科长说:"好,我签,我签就是了,拿笔来。"

小李说:"笔我给你了,你怎么还不签呢?"

王科长说:"哎呀,我喝了酒,这握笔的手不听使唤了,还是你来帮我一把,你来握着我的手签……"

听到这时,本来想进去的我,想这时进去不是时候,便转身又走开。我坐在沙发上看了一会儿电视,等我再走去时,正好碰到他们走了出来,王科长的一只手还搭在小李的肩上。他们都喝得醉醉的,因为酒的作用,他们也不顾忌什么,亲亲热热地走了出来。

小李一见我来了,赶忙推开王科长的手走开了,大声说:"刘科长,你去哪儿了?你看我帮你敬王科长,把我都喝醉了。王科长真是豪爽,喝酒一点也不含糊,酒逢知己千杯少嘛!他还想喝,看他醉成这个样子了,不能再让他喝了,所以我就把他扶出来了。来,你来帮我扶扶他?"

我说:"改天再陪王科长喝,你们先在外面坐会儿,我去结账。"

我把账结好了出来,对小李说:"小李,我们得走了,公司的车还在外面等呢。对不起了,王科长,我给你打个车,你就早点回去休息吧,改天我们再陪你喝酒,那时呀,喝个不醉不归。"

王科长还没有要走的意思,一会儿说还要喝酒,一会儿说要去唱歌,一会儿说要小李讲足球的故事。小李走过去说:"王科长,你喝多了。来,我扶你去外面打车,送你回家。"

王科长一听小李要送他回家,站起来说:"走,打车回家。"

小李扶着王科长去外面拦下一辆车,把王科长扶上车后,她转身把车门一关上,出租车就开走了。这时,小李回过头来对我说:"让他回家做梦去吧。"

三

我看到这一幕和小李今晚的表现,真是出乎我的想象,没想到她跑销售这些年,真是锻炼出来了,各种场合都能应对,各种人都能制服,这不得不让我叹服。我笑着说:"小李,你真行,像王科长这样的老狐狸你都收拾得服服帖帖,以前是我小看你了。"

小李也得意了,说:"当然,我见过比他难整的人多着呢!他,小菜一碟。哎,刘科长,你说公司有车来接,在哪儿?"

我笑着说："是我撒的谎,你想嘛,公司怎么可能会有车来接呢?走,我们住宾馆去吧。"

我和小李来到附近一家宾馆,在开房时,小李带着醉醺醺的语气问道:"刘科长,这房怎么开呀?是开一间,我俩住一起,还是开两间,我们各住一间呢?"

我说:"你有没有一句正经话呢?肯定是开两间,我俩是什么关系,能住在一起吗?"

小李又像很清醒地回过头来看着我,偷偷地笑着,还扮了一个鬼脸说:"我说的开一间房,是标准间,就是在一间房里,我们也是各睡各的,又有啥呢?再说,我们为公司谈成了一笔十分重要的业务,他们连车都不安排来接,哪里把我们当成办事的人哟。目前,公司这么困难,我们开一间房,也可为公司节约一点钱嘛,你说是不是?"

宾馆服务员一会儿看看我,又一会儿看看她,也没听懂到底开几间房,便问:"你们到底开一间房还是两间?"

我说:"是两间。"

在房开好后,我和小李各自回自己的房间。当我关上门准备洗漱时,小李又突然来敲门,我打开门问道:"我说小李,你有完没完,这么晚了就好好睡觉吧,别再影响别人休息了,明白吗?"

小李看了看有些生气的我,很不耐烦地说:"哎,我说刘科长,你怎么这样讨厌我呢?我只是和你闹着玩的,你以为我真想和你住一起,你想都别想。我这人虽然嘴上说的没一句正经话,但我心里很清楚,我还是比较有底线的。"

我听后,便问道:"你还有啥事,有事明天再说好不好?"

小李笑着说:"我这时敲门,没别的,你别紧张嘛,我是想问问明天早上几点钟起床去车站呢？"

我说："反正事情办好了，放心睡觉，多睡会儿，明天九点起床去车站。"

小李说："好，听从你的指示，明天九点起床，睡觉了，晚安。"

说罢，小李回到她的房里关上了门后，我也关上了房门睡觉了，却一点儿也没有睡意，不知是怕小李再一次来敲门，或者是已改变了先前的想法，这时却想她再来敲一次门……

四

回到公司，已经是上午十一点了，我赶忙到李总的办公室，把事情已经办好的消息向他汇报。而此时，李总正在审阅一份资料，见我来了，放下手中的资料，抬起头说："你们这么快就回来了，我以为你们还要在那儿待上两天哟。因为王科长那人，我是最了解的，是一个不好应付的人，找他办事他就越要摆架子。哎，事情办得怎么样了呢？"

我把已签好的购买合同递给李总，心想，李总怎么什么都知道，他应该也和王科长打过交道吧，所以才会这么了解他。也难怪他叫小李和我一起去，我真佩服他这一招。我说："李总，这个事我们已经办好了，合同已经签了。"

李总看了看合同，笑着说："其实，这事我早就知道了，就是还有点不相信，他这次怎么这么爽快？还是你们有办法，他这种人谁拿他都没办法的,没想到你们却把这事轻而易举地办成了。好,办得好,辛苦你们了,你也可能累了,回去休息吧。"

我一听,不明白这些他是怎么知道的。是那家企业的负责人告诉他的?没这么快吧。是小李告诉他的?可小李一下车就忙着回家去了,到现在还没来公司。看来,老板就是老板,我们的一举一动都在他的掌控之中。

我起身说:"好,我就回去工作了。"

李总却又招手,高兴地说:"别急着走,我还有一个事要告诉你。你的计划书我那天没认真看,现在我认真看了,很有市场潜力。今天下午,公司召开董事会。在会上,你就这计划书简单地给大家说明一下,经董事们审议通过后再实施。"

我有点不相信地问:"真的呀?"

李总说:"当然是真的。你这计划书里的设想,也是我一直以来所思考的,更是公司以后发展的一个方向,不然就很难打开产品销售市场。"

我说:"谢谢李总,只要这计划书一通过,我想……"

李总似乎知道我要说什么,挥手示意我别再说了,说:"等下午董事会通过再说,你休息去吧。"

我走出李总的办公室,为这个计划书终于有了着落而高兴。我得感谢溪溪,是她帮忙在李总面前推荐的,我没有看错人!溪溪在公司里确实是个举足轻重的人物,谁也代替不了她。

我没有回寝室,而是直接去了办公室。人逢喜事精神爽,这句说到了我的心坎上。我的这份计划书很快就要实施了,又能施展我的能力。虽然,还要下午在董事会上让董事们评审,我知道那是走过场,只是让他们知道这事。董事们不太关心这个,只关心他们年终能分到多少红利。

这时,小李也来到了办公室,她一进门就说:"刘科长,你没休息呀?"

我笑了笑，说："哪里顾得上休息哟，公司里事情这么多。哪像你，整天像个闲人似的，多悠闲呀！"

小李走近我，半开玩笑地说："你是来给李总汇报工作的吧？"

我一听愣了，她怎么知道？她不说我还真忘了这事，她这么一说，我就有点发火了，我还正为这事没想明白呢。我说："这事还用得着我去汇报吗？有人早就给李总汇报了哟。"

小李看我生气，她反而有点幸灾乐祸，笑着说："我说呀，刘科长，你去了不仅没得到任何奖励，就连一句夸奖的话也没讨到吧？"

我说："是你去跟李总说的吧，我不知道你还有这一手。你这么做，对你有什么好处？"

小李看到我越来越生气，她就更开心了，说："怎么了，难道只有你能向李总汇报工作，我就不能了？这事可是我们两个人办成的，论功劳也有我一半吧。就算你是科长，功劳算你占大半，我也有一小半吧？"

我不知道再说什么好，也不想再听她胡说了，我说："好好好，你有功劳，全靠你才办成这事，我服你了。"

小李说："是的，全靠我才办好了这事，要是我没去，你说，你能办成这事么？刘科长，你的能力是没得说的，你的为人我也很敬佩，可你的工作思维要改变一下了，要适应市场，更要学会做人。"

我被小李说糊涂了，我听来听去都不知她在说什么，总是绕来绕去，她是在怪我不应去给李总汇报吗？那怎么可能呢，出差是李总安排的，我又是销售科长，不该我去汇报难道该她去？不对，她说话的意思不是这个，那到底又是什么呢？我真不想再理她了，我起身说："我不想听你说了，你走吧，我出去走走，清静清静。"

小李说："刘科长，我告诉你，我可从没给李总汇报过什么情况。"

我说:"那他是怎样知道的?他是神仙呀,长有千里眼和顺风耳吗?如果没人给他说,他能知道吗?"

小李不但没有生气,反而笑呵呵地说:"我说刘科长,你没长脑子呀?你想想,他在商场里混了这么多年,也经营生意这么久,他啥事不知道?"

我听完后,也没有再往深处想,径直走了出去。

五

中午,我考虑到下午要在董事会展示我的计划书,为此,我又适当地做了一些修改。然后,自己先读了一遍,以便在会上读得流利一点,才好让董事们理解我的这份计划书的内容。就这样,由于一心一意把心思放在那份计划书上,吃饭都忘了。

不知溪溪是如何知道我没吃饭的,给我端来一个盒饭,说:"刘大科长,总不能光顾着工作,忘了吃饭吧。更别因为你这计划书李总认可了,就高兴过头了。吃饭要紧,人是铁饭是钢,只有身体好才是真的。"

我抬头看了看她,"有点紧张,你知道这份计划费了我多少心血。溪溪,谢谢你,真的,要不是你,我这份计划书写得再好也不可能实施。"

溪溪把饭递给我,说:"你可别谢我,我不是帮你,我是在帮公司。因为我认真读了你的这份计划书,如按计划书去实施,公司以后肯定会有一个更好的发展。你先吃饭吧,记住,现在什么都不重要的,只有吃饭最重要,明白吗?"

我接过饭，心里充满着感激，更有一种说不出的温暖。也许是真的饿了，我就大口大口地吃起来。溪溪说："你慢慢吃吧，别急。你这人呀，只有看到饭才知道饿，不看到饭就想不起了，真该让你好好饿几天，你才知道给你送饭的人有多重要。"

下午两点钟，所有的董事都到齐了，李总主持会议："今天召集大家开个会，主要是讨论刘科长的这份计划书。销售科的刘科长是个很有市场头脑的人，对市场的分析十分准确，这份计划书现已复印，请秘书小张发给大家，各位认真看一下吧。"

过了好一阵，估计大家看得差不多了之后，李总说："下面就请刘科长对这份计划书，做个简要的说明吧。"

我就大声地说道："通过我目前对健身市场的调查分析，使用我们公司健身器的不到百分之五十。原因呢，是消费者对我们公司的产品不认可。要怎样从消费者的心理上去扭转这一局面呢？我想，那就要兴办一个自己的健身娱乐馆，通过这个健身娱乐馆平台，我们首先培养出一批健身爱好者。这样，我们的健身器才能走进各个健身房，才能走进千家万户。"

有一个董事问道："从你这份计划书上看，这个方案确实不错，但也没有绝对的把握能成功，如果投资出去的资金收不回来，那公司不是亏得更多了吗？我粗略地计算了一下，按这个计划实施，少说得投资上百万，我们公司目前周转资金就很困难，再投一部分出去，那公司就有两种可能，一个是取得一定的成效，另一个就是破产。"

这时，溪溪站了起来，说："各位，听我说几句好不好？我的看法却不一样，与其说华华公司这样艰难度日，不如拼尽全力大干一把，没有高风险，就没有高利润。不如公司就按他这个方案去实施，公司里的股份我占有百分之三十，也算是一个大股东，我第一个赞成实施这个计划。"

溪溪这么一说，董事们再也没有发言了。如此看来，溪溪不但在李总面前能说上话，而且在董事们心中也是有地位的，这点不得不承认。也难怪她平日里看似什么也不管不问，其实一切尽在她的掌控之中。

李总说："大家都发表了各自的看法，对这个计划的实施展开了讨论。我综合了大家的意见后，认为大家对这个计划书的实施总的来说还是赞同的。刘科长是有才能的人，这个项目就交给他去办。大家放心，我李某在商场上混了这么多年，不会看错人的。"

李总又问道："刘科长，你还有什么要补充没有？"我说："感谢各位董事们的支持，更感谢李总的信任。既然李总把这个项目交给我办，我一定努力办好，争取早日把这个健身娱乐馆建成。"

最后，李总说："我呢，过两天还要去深圳考察，现在得去准备一些资料，先就这样吧。好，散会。"

我用十分感激的目光望了溪溪一眼，而溪溪就像什么也没有发生，又似乎充满了某种期待。我下决心一定要搞好这个计划的实施，给溪溪以及公司全体员工一个满意的答复。

第七章

一

那份计划书在董事会上通过后,我很高兴也很激动,终于可以按我这计划实施了,也可以大干一场,以展示出自己的才能,但也觉得身上的压力很大。为了更好实现我的设想,我又制定了一系列相关的实施方案。

首先面临选址的问题,我带领公司的相关人员先后去过好几个地方实地考察,但都不理想。有人建议健身娱乐馆要建在市里最热闹的地方,因为只有城里人才有消费能力,才有这个消费观念;也有人建议健身娱乐馆要建在风景旅游区,那里不但环境优美,更主要的原因是来那里游玩的人,有这个消费能力……

听了他们各种各样的意见,虽然有一定的道理,但也不全面。我说:"健身娱乐馆最好建在旅游、休闲、娱乐较集中的地方,去那里旅游休闲的人,消费观念可上升一个档次,既可增加一道消费风景,而健身器也可作为旅游纪念品出售。再说,在那里可以汇集更多南来北往的人,通过他们可以把我们公司的健身器宣传出去。"

很多事情本来很简单,可经过多次讨论越来越复杂了。每个人的观点不一样,提出的意见和看法就不一样。为这事,我先后多次组织召开专题会,初步确定以我的意见为主。

第二天，我就单独去离市郊不远的一个旅游县大兴实地考察了一下。通过有关单位引荐后，终于找到一块地，是属于城北镇的土地。我一看这儿不错，四面环山，又在县城中心，是一个待开发的区域，紧挨新建的广场，现在还有为数不多的民房。这儿虽处闹市，但由于没有开发出来，是一个城中村，还略显幽静，每天早晚都有许多人在那儿健身，真是休闲娱乐的好去处。

看好那块地后，我就开始去联系县里的分管领导，他们嘴上说支持，实际上很难办，不是招商局说还要论证，就是民政局说那算体育项目，要先找县体育局批了，他们才能注册……总之，一个部门推一个部门。我仔细分析原因，就是那位分管招商和征地的刘副县长没有明确表态，下面哪个部门敢批呢？

俗话说得好，村看村，户看户，群众看干部。没有政府出面，不说办手续，就是征地老百姓也不是很支持的。我也去找过相关部门，他们都是看上级领导的脸色行事。

我又去找那位分管招商和征地的刘副县长，不知他今天是心情好还是闲着没事，居然十分热情地接待了我。在我说明来意后，他笑着说："小刘呀，你们公司能来我们县投资，这是一件大好事，也是我们求之不得的事。只是你们要征的那块地，是我们县的一块宝地，现在有好多家企业都盯上了那里，来的都是朋友，我们也要尽力为大家考虑。如果你们可以换一个地方，或者换一块地，我马上就可以给你批，而且还可以从政策上给你们最大的优惠，你看呢？"

我终于明白了刘副县长的意思，这些年，我与各种各样的人打交道，啥样人没见过，尤其是政府官员，不像商场上的人那样直截了当，他们说话时总是话里有话。我说："刘县长，我们是经过实地考察论证后才定的方案,怎么可能随便换地方呢?那儿地处城市中心,是老百姓休闲娱乐必去的地方。我在那儿修建健身场所,更有利于老百姓的身心健康,也能更好地服务于百姓。"

刘副县长起身,说:"小刘,你这事我跟县里的领导汇报后再说,我现在要去县委开个会,不能陪你了,这事我们还是改天再谈吧。"

我起身走出了刘副县长的办公室,说:"对不起,刘县长,打扰你了。不过这事还请刘县长多多关照,尽快给我答复。"

二

这事过了一个星期,也没听到什么消息。我有点心灰意冷,但这个项目的计划书是我写的,李总又安排我负责实施,不管怎么说也得想办法把这事办好。那天我又准备找相关负责人联系这事。当我夹着公文包走出门时,正好溪溪开着车过来,在我身边停下,她说:"你是去大兴县吧?上车,正好我今天没事,也想去那里玩玩。"

我就坐上了溪溪的车,一路上溪溪一边开心地哼着小曲,一边又和我说着话,"你征地的事办得怎样了,顺利吗?"

我深深地叹息了一声,说:"一说起这事,我肺都气炸了。今天找这个,明天找那个,每一个人都在推,每一个人都不给我明确的答复,你说我能怎么办?"

溪溪笑着说:"你呀,就是性子急,急有什么用?我说过你多次了,耐心点，事情是一步一步办成的。如今办事，再简单的事也要十天半月，莫说征地这么大的事，你想想，没有两三个月能办成吗？"

我想也是，这时溪溪转过头来看我，不知为什么看了看我，是想看我这时开心或是不开心？大约一小时后车就到了大兴县，溪溪说："你去办事吧，我就带着我的花儿去那河边的公园里玩玩，车就停在那边，你办完事就来这儿找我。"

随后，溪溪就去公园里玩，春天暖暖的阳光将公园照得春意盎然，光秃秃的树枝上已长出了新芽，花园里的花开得鲜艳美丽，草坪上的草绿得惹人喜爱。来这里散步的人特别多，年轻人扶着老年人一路上亲切地说着话，女人挽着男人的手臂打情骂俏，小孩们蹦跳着欢笑着，说话声、笑声让公园里热闹非凡。

溪溪和她的小狗最是引人注目，她不但人长得漂亮，穿着也很时髦，她牵着的小狗花儿，也长得乖巧可爱，像个小公主一般，看起来很可爱，时而在主人面前撒娇，时而对着路人摇头摆尾。

一条大狗走来，从大狗的形状来看，这条狗比溪溪那条花儿要高大好几倍，如果它一张嘴说不定一口就能把花儿吞下去。这时，溪溪看见那条大狗气势汹汹地向花儿跑来，她赶忙把花儿抱起，说："花儿，我的小乖乖，我们去那边玩。"

花儿似乎明白主人的意思，顺从地扑进她的怀抱。那条大狗仍不罢休似的，还想追过来，可被他的主人使劲拉了回去，然后被牵走了。

等大狗走了之后，溪溪放下花儿，蹲下身去，像一个母亲抚摸孩子一样抚摸着花儿。

这时一位四十多岁，气质不凡的男子走来，他觉得这些小狗很有意思，就站在那里看那些玩得正欢的小狗们。突然，他看见了溪溪和她的花儿，觉得有点与众不同，才二十多岁的溪溪年轻漂亮，她的小狗更是乖巧玲珑，他就走过去问道："这狗是你的？你看，她多可爱！"

溪溪抬头，笑着说："当然是我的，这狗呀，不但可爱，还是大明星哟！那次市里狗宝宝大赛上，她还得了第一名哟！电视上还播放过的，你说她能不逗人喜欢吗？"

那男人笑着说："真的，我说为什么这狗有点与众不同，原来还是个大明星呀！明星狗看起就像明星一样，有一种高贵的气质，更有一种特殊魅力，了不起……了不起呀！"

这时，一位提着皮包，像是秘书一样的年轻男子走了过来，说："刘副县长，市里分管环保的领导马上就到，你看是让他们是先去县政府办公室，还是直接来这河边公园实地考察？"

那男子说："就叫他们来这里，先实地考察一下河边公园。这儿呀，干净整洁、环境优美、人居和谐……这次创建全市山水园林县城，我想肯定没问题的。"

随后，他们就边说边走了。

溪溪这才站起身来，看着他们离去的身影，自言自语说："呀，原来他就是刘副县长呀？"

等我回来后，溪溪问道："你的事办妥了吗？"

我摇头说："分管招商和征地的刘副县长找不着，我又去到招商局问了问，还是没得到明确的答复，这事真难办呀！"

溪溪知道，办事肯定不是像我想象得这么简单，现在的事情说大就大，说小就小；说好办就好办，说不行就不行。得想想办法才行，可她也不知道应想什么办法呢。再说，这事是交给我负责，她于情于理也不便多说什么，更不便插手这事。她却对我说："大为，别灰心，事情终究会有着落的。"

为了将这块地弄到手,我也找了很多关系,可就是打不通刘副县长这个关。只要刘副县长表了态,相关部门那里就没话说。虽然一时间还没有消息,我相信我会把这事办好的。

溪溪看我着急的样子,拍了拍我的肩膀,笑着说:"现在你再急也没用的,慢慢想办法嘛。这河边公园风景这么美,走,陪我去那人行道上走走,也让我的花儿开开眼界。"

我说:"溪溪,你看我都急成啥样了,哪还有心情陪你看风景哟。"

溪溪一只手牵着花儿,另一只手却来挽着我的手,亲切地说:"走嘛,现在什么也不用想,也不准你再想那事不开心,你这样也影响我的心情。你看,我好不容易出来玩一次,如果不开心玩,不白来了?"

我知道溪溪是为了让我开心,我也明白她这次不是来玩,不管她心里怎么想,也应陪她走走。我说:"好吧,我就陪你走走。说实在的,溪溪,你是不是心中有什么办法了?"

溪溪睁着眼睛看着我说:"大为,你别想到我能帮你什么,你这么有本事都办不成的事,我能办成吗?再说,这事是你一手在办,与我一点关系都没有,我可不想介入你的事,我只想好好玩,人生在世吃好玩好就是最好的事。"

说罢,溪溪低下头去,用像对她的小孩说话的语气说:"花儿,你说我说得对不对呢?"

花儿似乎听懂了她的话,亲昵地摇头晃脑地撒娇,让溪溪越看越觉得开心。

三

  我认真分析了一下这事迟迟办不下来的原因,一切该交的手续都有,所有的条件都符合他们的要求,论环保我们公司这个项目是纯天然没有任何污染的,更是健康向上与老百姓的生活息息相关,那为什么征地手续却迟迟办不下来呢?

  我找到一个在大兴县政府工作的朋友,让他帮我想办法,打通关系,下决心一定要把那块地拿到手。听那位朋友说,他平时和那位分管这项工作的刘副县长关系不错,吃喝玩乐几乎都在一起,唯独关键时刻就见不到人。朋友说可以帮我引荐一下,能不能成就看我自己了。

  我知道,现在打点关系必须要送点礼,关键是送他什么。要投其所好,就得知道他平时爱好什么,才能送得对口味,不然送也是白送,弄得不好还适得其反。朋友苦苦思考刘副县长平日的爱好,他最想要的是什么?要说这年头吃顿饭那只是形式,最直接的就是背后的东西。一般情况下来直接的,送个红包就可以了,关键是怎么个送法,如果明目张胆地送,万一被刘副县长拒绝了,就再也没有回旋的余地了,如果能送他一个又值钱、他又从心底里很喜欢的东西,那才是真正地投其所好,这事不就搞定了?

  为这事,我没少往大兴县跑,可没有直接再去找刘副县长了,因为我知道找他也没用,他肯定还是那些用让人听起来好像既合理又合情的借口来搪塞。我又去找与刘副县长有交情的熟人,想找他们帮忙打点打点。可回答都说他们怎么好出面呢,刘副县长毕竟是领导,虽然平日里见得到他,有时也能说上话,但从没涉及大事,如果为这些事去找他,他也不会表态的。

不管他们怎么说、怎么想,我还是找他们帮我想办法,因为我必须把这事办成,这是公司交给我的任务。找来找去,一位朋友终于答应帮帮我,但他却不管别的,最大限度只能帮我把刘副县长请出来吃顿饭。还得看他有没有时间,有没有心情,如果他既有时间心情又好,那他就电话告诉我。至于出来吃饭时,怎么操作,怎么送礼才不留痕迹,又能让他收得心安理得,那就看我的了。

那晚,朋友好不容易把刘副县长请来吃饭,刚坐上桌子,刘副县长说:"今晚,我们只喝酒,不谈工作。"

朋友笑着说:"好,刘县长,你看今晚在座的,除了华华公司的刘科长,都是一些平日里常在一起玩的,但刘科长绝不是因为有什么事来和我们一起吃饭,是他来我家里玩,顺便我把他也叫来了,你不介意吧?"

刘副县长看了看我,心里也明白是怎么回事,他却装着不知道,笑着说:"看你老弟说的,你的朋友就是我的朋友,再说刘科长也是我的朋友嘛,加上你这层关系,不更好吗?虽然我是副县长,你是办公室副主任,但出了办公室都是兄弟,都是朋友,你说是不是?"

朋友倒上了酒,说:"那是,刘县长,我先敬你一杯,感谢你平时对我的关照。"

刘副县长端起酒,打断了他的话说:"你看你看,说了不谈工作,你总是记不住,再也不准谈工作了,喝酒,喝酒!"

朋友说:"对不起,刘县长,你批评得对,我老是记不住嘛。因为平时在办公室跟你汇报的都是工作,习惯了。好,我一定记住,来,我敬你一杯!"

其实吃这顿饭的目的，大家都心知肚明。大家为了陪好刘副县长，朋友找了他当局长当书记的朋友来陪，他们都主动陪他喝，刘副县长虽然酒量不大，但在官场上混了这么多年，喝酒劝酒还是很有一套的，平时他是很难喝醉的。大家就想尽一切办法，更是主动出击，不断地变着法子一杯接一杯在敬刘副县长，不是敬就是陪他喝。在大家轮番上阵后，刘副县长最终还是招架不住了，他起身说他醉了不能再喝了，今晚就散了吧，大家起身跟着刘副县长走了出去。

最后，朋友提出让我送刘副县长回家，他用眼睛暗示了我一下，我完全明白他的意思。他说："刘县长，你就别叫车来接你了，我想这时你的司机也可能已经休息了。因为我们都喝醉了，都不敢开车，只有我这位朋友刘大为还没喝醉，还是他打车送你回家吧。"

刘副县长说："好，好，刘大为老弟很不错，年轻有为，也是个干实事的人，我很喜欢他，就让他送我回家吧。"

朋友已拦下一辆出租车停在了门口，我就扶刘副县长上了车，送他回到他的别墅小区里。下车后，我扶着醉醺醺的刘副县长向他家走去，边走边说："刘县长，你真是海量呀，喝这么多都没醉，真令人佩服！"

刘副县长笑着说："开玩笑，我从当村主任开始，到现在也有二十多年了，这二十多年来，我不说是天天喝酒，但至少也是从酒里泡出来的，这点酒还醉得倒我吗？你想，人在官场，身不由己。这么多年，我哪样场合没见过，哪样人我没和他们打过交道呢？"

刘副县长越说越激动，他继续说："记得那年在镇上我还是一个办事员，有一天县里来了一位领导检查工作，那位领导没别的爱好，就是爱喝酒。镇领导了解他这爱好后，啥都不准备，只给他准备几瓶好酒。中午陪他喝酒，他那酒量大得惊人，一上桌就叫每人把一瓶酒倒在碗里，好多陪他的人都被吓跑了，而年轻气盛的我，却一点也不怕，端起酒杯就陪他喝，最后我虽然醉了但还是把酒喝完了。也许就因为我能喝酒，就被这位县领导记住，他最后从副县长去掉了副字，成了县长，我也从一般办事员成了镇长。老弟，能喝酒好呀，喝酒能升官，喝酒能发财，酒杯一端，政策放宽，有多少办不成的事，在酒桌子上一坐，啥都能办到。老弟，学着点哟。"

说罢，刘副县长又像醉了一样哈哈大笑，我也陪他大笑，说："那是，那是！"

刘副县长一会儿像醉了，一会儿又像非常清醒的样子，他这种状态却让我不知如何是好。一会儿就到门口了，刘副县长用钥匙打开房门，说："我的老婆和儿子都在市区的家里住。我一个人住在这挺方便的，好了，我到家了，你回去吧。"

我笑着说："好，那我就先回去了。"

刘副县长正要关门时，我赶忙把一个包递进去，说："哦，刘县长，你还有个包。"

刘副县长接过包后，就关上了门。我还在他门口站了好一阵，想听听他看到这个包后是啥感觉，如果嫌钱少或者不想要，他肯定会追出来，可里面什么响动也没有，也再没见他开门出来。我高兴了，心想，我采取这种方式送个红包，既不会被人发现，也让他收得神不知鬼不觉，收得心安理得。

我转身走了出去，心里感到轻松更感到踏实，想必他已笑纳了。

四

第二天，刘副县长把朋友叫到了他的办公室，把包还给他，狠狠地批评道："这是你叫刘大为送的吧？必须让他拿回去。现在是什么时期，中央正在加大力度搞廉政建设，你以为你送我十万元，我就能把那块地拿给他，怎么可能呢？我们要从全局考虑，要从有利于人们的生活着想，这么大个事能随随便便就定了吗？再说，这事也不是我刘某一个人说了算。"

不管刘副县长怎么批评他，他都只能赔着笑脸，说："对不起，刘县长，这事都怪我，我不该叫我那朋友来和你一起吃饭，更不该叫他去送你，给你添麻烦了。"

朋友笑着听刘副县长的严厉批评，最后他只好拿着包走了出来。接着他就十分生气地给我打电话告诉了我这事，因为这事连累了朋友，我觉得心里很愧疚，但更搞不懂，现在不是一切都向钱看吗？有钱能使鬼推磨，可刘副县长为什么不收呢？他是嫌少，还是没到送的火候，我始终没想出个究竟。

朋友告诉我，他不知道刘副县长这是怎么了，以前凡有要承包工程的，要征地的，凡他引荐后哪次都是送他红包，他从来都没有拒绝过。在他收了钱后，事情几天就办好了。这次到底怎么了，难道现在钱对刘副县长来说，是多得没用了，只是张废纸了？不对，以他对刘副县长的了解，肯定是没送对，是他想要的东西没要到，那他到底需要什么呢？

为了把这事办好，不管再受气也得忍，哪怕被他退回来，还得硬着头皮送，直到送到他收下为止，更要把这事办好才罢休。我说了好多好话，又是请朋友喝酒又是请他出去玩，他才同意再帮我一次。朋友通过打听知道刘副县长平日没事时爱练练书法什么的，以附庸风雅，其他好像就没什么爱好了。那他喜欢书法，总不能送点毛笔、宣纸什么的吧，那些能值几个钱？送他什么好呢，想来想去，朋友仿佛脑壳一下开了窍，书画一家，送画！

我通过一位朋友，花了20万买了一张清嘉庆《青花万寿图》，这次我没有机会亲自给刘副县长送去，只好托人辗转了好几次才交到了刘副县长的手里。心想，这下真是投其所好，刘副县长肯定很喜欢会高兴地收下的。

可事情并非我想象得那样。几天后，我花重金买来的《青花万寿图》，又被刘副县长退了回来。那人说，你送什么不好呢，偏偏送什么画，你呀，真是脑子进水，像刘副县长这个文化水平不高的人能欣赏得来古画吗？

又一次送去的东西被退了回来，我被搞得一头雾水，不知所措。

为了这事，我几乎是吃不好睡不着，整天就为这事着急，但着急也没用。我也试图换个地方，干脆放弃那块地了，说不定另外的地方，人家还主动帮我把手续办好呢。我把这事向李总汇报了，可李总就认定了那个地方，坚决不同意另外去找，说那里才是修建健身场所最理想的地方，为什么征地拿不下来，就证明那里很有潜力可挖，同时也说明有很多人都盯着那块宝地，既然是宝地，就得想尽一切办法将地征下来，不然，这个项目就暂时取消。

那天，中午下班后，我吃了饭没回寝室，坐在办公室的沙发上直叹气。我想，刘副县长这是怎么了，送这不要送那不要，到底要送他什么才喜欢呢？

这时，溪溪从办公室门口路过。见我还在为这事发愁，她走了进来，将怀中抱着的小狗花儿放下来，说："刘科长，你还在为这事发愁呀？我跟你说了多少次，你就是个急性子，急有什么用？中午说什么也得回去休息休息，下午上班才有精神。车到山前必有路，船到桥头自然直。我想，这个事不管早晚都会办下来的。"

我说："我向李总汇报过，他坚持要那块地，不然，那个修建健身娱乐馆的计划就取消了。溪溪，你是知道的，这个计划是我费了不少力气才争取到的，如果真被取消了，那岂不是等于白干了这么久，更是白费这么多心血。那以后，别人怎么看我，我在华华公司哪还有立足之地？"

溪溪说："你别说了，我理解你的心情，更是明白你的苦衷。我看，你最好回去睡一觉，说不定醒来后，你就有办法了？"

我明白她是在安慰我，我用感激的目光看着她，溪溪笑着说："你看着我干什么，你不相信我说的是真的？"

第八章

一

为了这事我也想了很多办法,但都没有办好。退又不能退,再难的事也只能硬着头皮去办。我坐在办公室里,其他的事没心思去想,一心一意地扑在这个征地上。现在这个事仍没有下落,而且该找的已经找了,该送的礼也送了,却四处碰壁,下一步又该怎么办?

以前听人说,办事难,我还不相信,现在却真正地体会到了。我有点儿后悔了,后悔当初不该策划这个项目。我那个销售科长当得好好的,干吗要去多此一举搞什么健身娱乐馆,这不是没事找事吗?也可能是当时头脑发热,只想到公司发展,哪想事情却这么麻烦?但既然迈出了第一步就没有回头路了,不管再难办的事也得硬撑着,也得去办,因为世上没有后悔药卖,更没有回头路。

小李敲了敲门走了进来,说:"刘科长,这个月我超额完成了销售计划,都月底了,还没听到奖励什么的,这个还按那个规定执行吗?"

我看了她一眼,十分生气地说:"你整天就只知道奖励,难道会少得了你的吗?"

小李一看我没好脸色,也知道我心情不好。便说:"刘科长,你这是怎么了?是见我不高兴还是因为其他的什么呢?如果是因为见了我生气,我可没得罪你,也没做什么对不起你的事哟,我只是按程序向你汇报工作。如果是因为其他的事不高兴,我看更没这个必要了,工作嘛,别太认真,只要尽力就行。我说得对吗,刘科长?"

我说:"你也不想想,我现在忙什么?为征地的事我头都忙晕了,肺都气炸了。你倒好,不替别人考虑,整天只想着你自己。"

她说:"哎,刘科长,你忙是你的事,你生气也是你自找的。我可没有你这么伟大哟,替公司的发展制定什么伟大的目标。你不一样,你是科长,你站得高看得远,我可是凡人一个,那些还用得着我去思考吗?再说,人不为己天诛地灭,我想着自己,想拿自己该得的,有什么错吗?"

听她这么一说,气也不是笑也不是,我说:"你还有完没完?"

小李愣了一会儿,想转身出去,但她似乎又想起了什么,回过头来说:"刘科长,我知道你为那征地手续没办下来而不开心。你呀,性子急,所以你办不好事。人呀,有些事得动动脑子。这事说麻烦就麻烦,说简单就简单,可你硬往死胡同里钻,你说能办成吗?"

我一听有道理,忙说:"我知道你办事的能力,也知道你在人际交往方面很不错。但这事跟以往的事不一样,以前是和生意人打交道,这次是和政府官员打交道,是两码事。"

小李却不服气地说:"我不知怎么说你,说你年轻你却比我年长,说你知识少,你却是大学生,想的事却比不上我这个初中生。有些事其实很简单,你却偏要想得很复杂。完全是一码事,生意人和官员都是人,只要和人打交道都一样,是人都有欲望,是人都有爱好,你要好好想想才行。"

小李说话有些转弯抹角的,但仔细听还真是那么回事。我说:"哎,小李,你有什么办法呢?"

小李转身就走,边走边说:"我没有办法,你是知道的,我整天就是胡说八道，搞不懂你们这些事。因为与我无关的事我从来不去想，更不去问，也不去替别人着急。这样过得轻松愉快，过得悠悠闲闲不好吗？再说，你这事太麻烦，我可不想介入，弄不好还要引火烧身。你放心，你的事肯定有人比你还急，还有人会帮你的。你人缘太好了，只是你没有好好利用，你更没有好好珍惜。你就静下心来，等待吧。"

我越听越糊涂了，说："我说小李，你到底想说什么，我听不懂。有话你就直说，没事你就可以走了。"

小李挥手说："就当我什么也没说。好了，没事了，我走了。"

二

下午下班后，我吃了晚饭来到厂区里散步。由于住在厂里的工人不多，天还没有黑，那些树在轻风中十分惬意地摆动着，那花园里的花，也在等待着夜露的滋润，偶尔有人进进出出，给这静静的空间带来了一丝人气。我没有目的地慢慢走着，走一会儿站一会儿，像在思考，又像是在看风景。刚走到离花不远的地方，看见溪溪牵着她的小狗花儿也在那儿玩。

溪溪看见我来了，没有走开，也没有招呼我。我看得出，她是有意在这儿等我的，不管她怎么掩饰，也掩饰不住她内心的激动和担心。我也多少明白她这个人，不像一般女人那样，想见就直截了当地跑来见我，她总是以另外一种方式出现。而且每次见我看似无意，却是有事要和我说，不是告诉我一些与我有关的事，就是帮我出一些主意。我是很感激她的，总在我无助时，在我需要帮助时出现。她不停地与她的小狗说话："花儿，我的小乖乖，来，摇个头给我看，再摆摆尾，再亲亲我……好，花儿真可爱！"

花儿好像很听她的话，当真摇了摇头，摆了摆尾……我也站在那儿看她和那可爱的小狗，不但让她高兴，就连我这个不太喜欢狗的人都看得哈哈大笑。我说："溪溪，你这狗真听话。"

溪溪也笑着说："狗能通人性，狗虽然想的没人多，但它却过得比人开心，你说这是为什么呢？"

我摇了摇头，说："不知道。"

溪溪又摸了一下狗，狗也摇了摇头。她说："因为狗头脑简单，简单就快乐！"

我想也是，难怪那些成天不想太多的事，整天只想着玩的人，过得比谁都开心，生活得比谁都好。看得出女人心细呀，女人最懂得男人的心思。

溪溪说："可能是我想多了，看来你今天的心情也不错，我以为你还在为那征地的事发愁呢，没想到你还这么有闲心。你是不是把这事办好了，或者是有什么好办法了？"

如果溪溪不说，我心情还有可能好点，她这么一说，我一下子又为这事发愁起来了，"现在办点事比登天还难，该做的我已做了，该办的我也办了，该送的我也送了，万一办不下来，就只有不办了。我也不想再这样折腾下去了，因为我努力过就行，很多事不是我的意志所左右得了的，听天由命吧！"

溪溪站起身，认真地看了看我，说："我怎么发现，今天的刘大科长，像变了个人似的，变得我都不认识了。以前我敬佩的那个雄心勃勃的刘科长，任何事情都难不倒他，说了要干的事总要坚持到底。可惜这个刘科长不是那个刘科长了，真让我痛心呀！"

我听后，感到心里很不是滋味，说："溪溪你别这样说我了，有什么话你就直说，你以为我甘愿这样吗？你以为我就愿意放弃这个计划吗？"

溪溪说："那好，你不想放弃，你就得继续努力，办法总是人想出来的。只要有信心，肯定会办成的。"

我说："接下来，我又该怎么办呢？大兴县分管这个招商和征地的刘副县长，怎么说都油盐不进，我按原来的方法送红包，不知怎么的，他全给我退了回来。我送他画，他又给我退了回来。哎，不知要送他啥，他才喜欢？"

溪溪听后想了想说："这就怪了，送钱钱不要，送画画也不要，那他要什么呢？哎，你说的刘副县长，是大兴县的那个刘副县长？"

我吃惊地问："是的，就是那个刘副县长，怎么，你认识他？"

溪溪说："我不认识他，但我知道他喜欢什么。"

我一听感到很意外，她怎么知道刘副县长喜欢什么，便急切地问："快说，他到底喜欢什么？"

溪溪笑了，指了指她抱着的花儿说："他喜欢它。"

我听后，知道溪溪又拿我开玩笑了，这些女人怎么了，是不是都疯了，小李在我面前疯疯癫癫，溪溪也是东一句西一句，总是说些不沾边的话。我说："溪溪，你看我都急成啥样了，你还拿我开玩笑。他堂堂一个副县长，难道他，难道他……还真喜欢你这条狗。"

溪溪十分认真地说："我不开玩笑，我是认真的。你听着，我再跟你说一遍，他就是喜欢这条狗。为了你能征到这块地，我只好忍痛割爱了，把花儿给你，你给他送去吧。"

我看溪溪也不像是在说笑，也是十分认真的，我还是半信半疑地问："真的？"

溪溪说："是真的,我明天开车送你,你给他送去,肯定比你给他送钱送画更高兴。"

三

第二天一早,溪溪就把花儿送到"狗宝宝美容店"去美容。美容店的工作人员,用很香的洗毛水和护毛液给花儿洗澡,再用吹风机把毛吹干,又用刷子从头部开始,然后是耳朵、胸和前脚,接着到背部、两侧、肚子和后脚,最后是尾巴一点一点地梳,梳得十分仔细……花儿经过美容后,就像一个待嫁的新娘,变得更加的漂亮了。

第二天下午,溪溪开车送我去大兴县。到了之后,我们就在附近转了转。好不容易等到天黑,那位朋友打听到刘副县长在外面吃了晚饭就已经回家,我就抱着花儿来到刘副县长的别墅小区,按响了刘副县长的门铃,刘副县长开门出来,看我抱着一条小狗,问道:"哎,这是?我说你这人,你抱着一条狗来干什么?"

我说:"这是送给你的,刘县长,听说你喜欢……花儿,我给你送来了,请你收下吧,也算我的一片心意。"

刘副县长十分生气地说:"你,你……赶快给我抱走,我拿这条狗来做什么,我看你简直就是……神经病!"

我一看刘副县长这么生气,只好说了一声:"对不起,刘县长。"

此时,我像被猛击了一棍子,心里不知是痛还是气,抱着花儿转身就走。待回到离那小区不远的溪溪的车前，我生气地将这条狗扔在地上，说："溪溪，你居然开起这种玩笑来了，人家刘副县长能喜欢你这条狗吗？他还骂我神经病，我看你才是神经病！这下完了，完了，这块地泡汤了，这个健身计划也泡汤了。"

溪溪也吃惊了，但仍坚持说："你为什么老是没信心呢？你是个男人吗？遇事还没有我们女人清醒。我告诉你，我肯定没说错，刘副县长就是喜欢这条狗。"

我更生气了："你还在说胡话。好，你一直坚持说他喜欢这条狗，那……那你送去好了，看他喜欢不？"

溪溪说："好，我送去就送去，他就是喜欢这花儿。"

我说："你还在坚持说他喜欢这条狗。好，那你送去，正好这时他在家，看他喜不喜欢呢？"

溪溪抱着花儿就走，说："你在这儿等着，我这就送去。"

溪溪抱着花儿去到刘副县长门前，她按响了门铃，刘副县长开门出来一看，先是吃惊，但很快就明白了是怎么回事，高兴地说："是你呀，你……这是？"

溪溪说："刘副县长，这花儿就是你在河边公园见到的，我记得你说这花儿多可爱，我想你一定喜欢它，我就把它送给你，你喜欢吗？"

刘副县长接过花儿，十分亲切地抱在怀里，高兴地说："多可爱的花儿，我喜欢，很喜欢，快……快进屋！"

溪溪跟着进去了，随后刘副县长关上门。

我在外面等了很久，也不见溪溪出来。左等右等，等了好久之后，才看见溪溪笑着出来了，说："刘副县长说他很喜欢这花儿。他收了，你放心，这事我给你搞定了。"

四

很快,那征地的事就落实了,相关的手续也很快就办好了。

接下来我就到城北镇,与镇上的领导协商相关事宜。只要县里刘副县长这关过了,镇上就没得说的,因为能招商引资是他们有利于发展的好事。再说,县里领导都同意了,相关部门也都批了,他们还有什么话说,下级就是看上级的意思行事。

我去到城北镇,找到镇长。在镇长办公室里我一眼就认出了,这个镇长就是我们家乡镇上的刘镇长,是鸽儿的爸。我不相信,他原来在我们家乡的镇上当镇长,怎么会来到这个县呢,是不是我认错了。我又认真地看了看,是他,绝对是他,他就是化成灰我也认得,当年就是他一句话,把我赶出镇广播站,让我四处流浪这么多年,我当时的那种心情,是没有人能体会得到的。

要说恨他,有点儿。如果不是他一句话,我仍留在镇广播站,凭我的才能,不说进入官场,起码也是一个公务员了。或许现在看来已经不太重要,但若当时留在那里,或许我那个当作家的梦想就会实现。在那里上班,没事时就能写作,在那个环境里对于做着作家梦的我,是再好不过的写作状态。哪知就是他一句,将我的梦想打碎,不说是将我的命运改变,至少也改写了我的人生。

那些我都不觉得可惜,人做什么都是一样,在哪儿都是生存,只要努力都会有自己的发展空间。最主要的是我这一走,就失去了鸽儿。鸽儿在我心中比什么都重要。如果我就在那儿上班,天天与她在一起,说不定我们现在早已走到了一起。事情都过去了这么多年了,所有的事都似乎忘了,唯独鸽儿还在我的心中,而且永远都无法忘记。

"您是鸽儿的爸,是刘镇长吧,您是怎么来这里的?"

刘镇长抬起了头,也认出了我,他先是有些吃惊,但最后却笑着说:"小刘,没想到能在这儿遇见了你。我呀,从那个县调来这个县,没想到仍是一个镇长,看不出,你小子今天有出息了。"

县里相关部门的陪同人员,听我们这样说,问道:"原来你们认识?"

我尽力控制情绪,因为在这种场合下,不能表露出任何感情。我点头说:"刘镇长还是我家乡的父母官呢。"

我很快进入主题,说明来意。我说:"刘镇长,我们征用城北的那一块地的手续全部办好了,希望得到你们的支持。不管在拆迁上,还是建设工作中,不知能否在政策上给予我们一些优惠,更希望镇里派出两位相关人员协助我们工作,争取这个项目能早日动工。"

我看此时的刘镇长,没有了往日的那种高傲,变得十分平和,跟我记忆中的他判若两人。这些年不知他经历了什么,按说来这儿当镇长跟在那儿当镇长也一样,既没升也没降,怎么像受了打击似的。刘镇长说:"这块地,是众多商家争夺的宝地,什么房产公司、饮料厂、中学都想要,但我个人的意见还是倾向于你们修建健身娱乐场,因为你们的健身娱乐场是无害化项目,对推进全民健身运动及周边环境有利,但这事情得经过镇委一班人研究后才能决定。"

县里刘副县长都签了字,什么手续都办齐了,难道在这儿还要被压上一阵子?要是真这样,这事就真难办了。谁都明白,只要一研究,说不定又有不同意见,本来是个简单的事,一研究就变得复杂了,如果再像县里那样,大家都推来推去,又得去想尽办法打通关系,又得去送礼给红包,真不知如何是好。

我说:"刘镇长,这事一定请您关照,毕竟您也曾是我们家乡的父母官。还有,请你多支持我们公司这个健身项目,这个项目不能再拖了,争取早日动工修建……"

刘镇长打断我的话:"一定一定。你等我们研究研究再说,你们能来我们镇投资,对我们镇的经济发展是件求之不得的好事,我们一定尽最大努力支持。再说,不看僧面看佛面,你和刘副县长关系肯定不错吧,为这事刘副县长还专门给我打了电话,说你们公司修建的健身场所,是纯天然无任何污染,有利于老百姓身体健康的项目,要我给予你们大力的支持。"

我一听就明白他的意思,更明白官场中人那点想法。所有人都往上看,上面的一句话,拿到他们这里就是铁定的,谁也改变不了,只能照章办事。如此看来,他们说研究后再定,也只是走走过场罢了。刘镇长提到刘副县长,我何不顺水推舟,再次表明一下我和他的关系,虽不说别有用心,只想促成这事能早点办成。我说:"是的,我和刘副县长有一定的交情,这次多亏他的关照,才得到你们这块地的。当然,还希望刘镇长你的大力支持哟!"

随后,刘镇长带着我们去现场看了看那块地,还带着我们在小镇上走走。虽然这是个郊区小镇,但四周都是山,山脚下环绕着几道弯弯的小河,小河倒映着山里的一切,像是一位情窦初开的少女在妆镜面前细心地打扮。镇上还有一条老街,老街仍保持原来的风貌,说是要打造成一个旅游项目。老街的巷道比较窄,最窄的地方仅两三米宽。巷道的路面由石板铺成,石板早已在人们的脚下磨出了印迹,石板或高或低,人的脚步光顾得少的地方早被青苔覆盖了厚厚的一层。被雨水洗过后的石板干净得没有一点泥垢,走在上面,十分舒心。

小镇的东边有座桥,桥头有一块石碑上刻着:拦龙桥。桥身很高,呈半月形,远一点儿看去,配上水里桥身的倒影,倒真像是一轮清晰的圆月。刘镇长介绍说:"相传,这一带有许多龙在修炼,每次修到差不多的时候它们就想顺河游向大海,观世音菩萨担心它们会危害人间,于是手一挥,形成这座拦龙桥,保护镇里人的安全。"

我听后,不是真对这个传说感兴趣,只是随便附和一下:"原来小镇还有这样一个优美的传说,说明小镇有着十分厚重的历史,值得认真打造和开发,将来肯定会成为一个深受人们喜欢的旅游小镇。"

也许是我这话正迎合了他们的构想,或者说他们想听的就是我这句,刘镇长笑了,十分高兴地说:"我说小刘呀,没想到你还有这样的发展眼光,真不愧是个难得的人才,难怪你们公司这么看重你,把这么重要的任务交给你。好好干,你将来会有很好的发展前途的。"

五

中午,自然又少不了在酒席上进一步联络感情。出于礼貌,我便以各种理由敬了刘镇长、县有关部门的陪同人员、城北镇的副镇长、国土办等,又单独与刘镇长就这块地达成了口头协议并连干三杯。

饭后,刘镇长有些醉了,我就主动要求送刘镇长回家,一路上与他聊起来。

我看到这时的刘镇长,早已不是我记忆中的那个刘镇长,头发有些花白，脸上也出现了少许皱纹，不知是工作的不顺心，还是岁月的无情，他看起来明显苍老了许多。给我的感觉是，再也没有赶我出镇广播站时的那种春风得意，再也没有我记忆中那种威震八方，现在变得平和、低调，站在我面前的他，仿佛不是一个让我生恨的镇长，而是一个随和平淡的老人。

刘镇长说："小刘呀，你这些年去了哪儿？我一直在打听你的消息，不管怎样，我还是在惦记着你，打从心底里说，我还是很喜欢你的，总认为你将来肯定有出息的。"

我一听气又来了，当初他把我赶出镇广播站，不知让我受到多大的打击，差一点让我就这样沉沦下去了。没人知道，当时我是怎么走出镇广播站的，那是哭着走的，在那种情况下，我是那样的无助、无奈、迷茫……

我听着，没出声，更不知道怎么回答，但我还是尽力控制自己的情绪，只听着他说。此时的他，仿佛遇见了一个多年不见的熟人或者知己，有好多话要说似的。

刘镇长继续说："当初我不是看不起你，你想想，当时那种情况下……你们都还小，都还不懂事、不成熟。而我却是人在官场，身不由己呀。偏偏王副县长的儿子看上我家鸽儿，不说是想高攀，就是按常理，任何人也是求之不得的，我能不答应吗？再说，如果我能攀上这门亲，那将是天大的好事，如果不答应就意味着什么，想必你现在已明白这些道理的。"

原来他是想和我说鸽儿的事，也是我最想知道的，我急切地问道："那鸽儿呢，她现在怎么样了，现在又在哪儿？"

刘镇长虽说是醉了，但他在官场中混了这么多年，酒后话多却也会察言观色，他回头认真看了看我，似乎想从我的表情中看到什么。其他的事我可以不在意，其他的事我可以不表露出来。可对于鸽儿，我是很难控制自己的,从心底反映到脸上的都是那么真实,因为我对鸽儿的爱是真心的。

刘镇长说:"别……别慌,听我说嘛。在你走后不久,鸽儿就与王副县长的儿子订了婚,在双方的来往中,鸽儿发现王副县长的儿子其实就是一个社会上的混混,想退婚已经晚了,这事就一拖再拖。在双方定下了结婚的日子后,鸽儿却突然离家出走了,弄得王副县长一家十分生气,他儿子也找人修理过我,之后,我还被王副县长弄到这儿来了,那时不是镇长,而是副镇长。我这一生,也让鸽儿毁了,但我不怨她,只怨这种风气。直到去年,我才又被选上镇长。至于鸽儿呢,她自从那一年出走后,就再也没有音信,我知道她是怕王副县长的儿子知道她的下落去找她,去报复她,她很可能也在恨我这个当父亲的,要乌纱不要女儿。"

我急切地问道:"那她现在哪儿,你快告诉我,我去找她。"

刘镇长有些难过了,他愣了好一阵后,说:"其实,我也不知道她去哪儿了。"

我听后很想骂他,真是要头上的乌纱帽不管自己女儿的幸福,这样不但毁了鸽儿,也毁了他自己。但转念一想,他当初也没错,把鸽儿嫁给王副县长的儿子再不好也比嫁给我强十倍八倍,他这种选择也算没错,我只好把骂到嘴边的话又咽进去。

刘镇长又继续说:"现在你还在恨我吧?不管恨我也好不恨也好,我都不怪你们,我算是看透了一切。是我为了虚荣,才让我失去了女儿,我现在想为她做点什么补偿,但一切都晚了。"

也许是喝了酒,或者是这些话让刘镇长说得自己潸然泪下,从这点看得出,他是真的后悔了,觉得自己对不起自己的女儿。但现在又有什么办法呢,有些事过去了就是过去了,可有些事却是永远过不去的,它会让人痛，也会让人无法理解。我只好安慰他说："刘镇长，鸽儿会没事的。我一定帮你打听她的消息，说实在话，我也一直在打听她的下落。"

刘镇长轻声地说："我就是这个意思，我知道鸽儿总有一天会和你联系的，我的女儿我知道。她就是不要我这个父亲了，也肯定会来找你的。到时只要你告诉我一声，她在哪儿，过得怎样就行。"

待把刘镇长送到家里后，我转身上车就走了。在返回公司的路上，我的眼前又晃动着鸽儿的影子，仿佛在那片生机盎然的田野上，鸽儿在奔跑，在微笑⋯⋯

第九章

一

我的这次城北之行,确实收获不小。一是公司投入的项目已取得了第一阶段的成效;二是我终于打听到了鸽儿的下落,虽然从刘镇长嘴里听到的是下落不明,但也是我所希望得到的消息。

自从那次鸽儿送我回家后,我心里很矛盾,她是认真帮我的,而鸽儿没考上大学,让她父亲误会是我影响了她,我感到委屈,我整天上班编稿和写稿,一般情况下我没有主动约她玩。我是有自知之明的,也有做人的准则。虽然我喜欢她,但因家庭情况不同,只能在心底喜欢,从没明确向她表白过。

如果真像刘镇长说的那样,是因为我才让鸽儿没考上大学,那我就真的是罪人!我误了她的大好前程,因为我爱她,不是让她整天守在我身边,是想让她有更大的发展,如果是真爱,就是让她像鸟儿飞得再高再远,心也会属于我,这一点,我是有信心的。所以,我没必要为了能得到她而去影响她,而是用我默默的爱,给她力量和信心。

那是一个细雨飘零的下午,我约鸽儿出来见面,细雨淅淅沥沥地下着,我和她并排走着,犹如身在仙境,虚幻但不失真实。只听见雨滴打到树叶的声音,转身向路旁的池塘望去,刚才还平静如镜的水面,现在已被雨滴砸得波光粼粼。雨滴落到碧绿的荷叶上,变成了晶莹的小水珠,不停地四处游动,似精灵般活泼可爱。这时也会时不时地有淘气的小鱼跳出水面,去感受这大自然赐予它们的诗情画意般的美景。

我们来到离镇上不远的小河边,倒垂的柳条在风中婆娑,蜻蜓也似乎感受到了雨的来临,围着草垛不停地盘旋。不远处却有一个像雕塑一样坐在那里钓鱼的老人。我小时候最喜欢在雨中垂钓,几个小伙伴一人披一块雨布,坐在桥头上,一边欣赏着雨中的景色,一边钓鱼,好不惬意。我们再往前走了走,渐渐地就看不见那位钓鱼的老人了,仿佛离这喧闹的世界慢慢地远了,我们在河边的一块石头上坐下,静静地感受着雨中的宁静,清清的河水映透着我俩亲密的身影。

我说:"鸽儿,县里在招聘文化站长,报社又在招聘记者……你知道吗?"

鸽儿看了看我,说:"我知道。"

我不理解,她爸是镇长,总不是她也想考这个文化专干吧?要是她去考,肯定没得说的,我不是怕她占了这名额,我不太相信她也对这个文化专干感兴趣,我问道:"你也去考?"

"我才懒得去考那些呢,我又不爱好文学,再说我也没有大学文凭。但我如果想做事的话,只要跟我爸说一声,还不容易吗?"

"那你去打听这事干什么?"

"我是为你才去打听的,多想你能考上,去干你最喜欢的工作。"

"为我?"我简直不敢相信,鸽儿为我竟然早已把这些事去打听过了。当然,我肯定相信她说的是真的,"怎么样?"

鸽儿深深地叹了口气,显得很无奈的样子说:"其实,你去考这个文化专干是很适合的,凭你对文学的爱好,还有你的才能肯定是没问题的。

可第一个条件是要有大学文凭,你有吗?现在,不管你有天大的本事,招干制度就是这样,不会为哪个人改变的。"

我想把今天来找她的目的说出来,但看鸽儿那失望的眼神就知道不行了,最后还是没说出口。

鸽儿看见我很失望的样子,她向我靠了靠,亲昵地用手抚摸着我的手,似乎想用她的爱来鼓励我。她说:"我不是不想帮你,我也没办法。我找过我爸,他虽然坚决不许我跟你在一起,但他也很希望你有这个机会,他觉得你有才华、有能力。可没文凭我爸也帮不了你,因为报名是在县人事局,需要出示大学毕业证。"

我明白鸽儿的意思,就不想再说什么了,对这事也就彻底失望了。本来我想我会写作,完全符合县招聘文化站长的条件,还有我有编广播稿的工作经历,要是能考上文化专干,肯定能适应那种工作的,而且还能干得很好。可往往很多时候都是事与愿违,只能认命。

想着想着,彻底失望的我,低头不再说话了。鸽儿走上前来,扑入我的怀抱,此时,我感觉到她那软绵绵的胸紧紧地贴在我的胸口上,我似乎还听到她的心跳声,还能感觉到她血脉的跳动……

我们就这样抱着,我感受到她对我的爱是那样真,是那样浓。这时,我觉得一切都不重要了,只要她在我身边,比什么都好。有她对我的理解,我真的很知足了。

鸽儿说:"大为,你别为这事想不开,不管你今后做什么,有没有工作,有没有出息,我都一样地爱你。"

爱的力量是无穷的,爱能让人振作起来。我说:"鸽儿,我不会就这样消沉下去的,也不会为这事想不开。相反,我还要更加努力,要让自己有出息。我一定要上大学,进修也好,自考也好,实在不行就上电大,拿一张大学文凭，有了文凭，我就可以做我自己想做的事情了。"

鸽儿抬起头，眼睛里充满着期待，仿佛她想要听到的就是我这句话，这句话是她用爱激活的。我一定要振作起来，为了自己，也为了鸽儿。她微笑着说："大为，我真的没看错你，我就想听你说这句话，只要有了文凭，我一定帮你。"

然后，鸽儿微闭上眼睛，我不由自主地吻了下去……

尽管鸽儿这样说，我也知道她说的是真的。我也不可能一辈子就这样没出息，我下定决心，一定要拿到大学文凭。我就一边在市里一家私企打工，一边自学企管专业课程。三年过去了，我终于拿到了文凭。可就是再也没有见到鸽儿，更没有她的消息，我也因此回县里去找过许多单位，文化馆、报社，他们都以人满为由，不愿接收我，我才只好跑去人才市场，抱着"天生我才必有用"的想法，发誓一定要干一番大事业，但偏偏进了华华公司，当上这个销售科长。

二

自从征地手续办下来后，我就专心制定项目实施计划。一天上午，我正在办公室里整理一份资料，溪溪走了进来，我示意她在我办公桌对面坐，可她却径直走到我的背后问道："刘科长，你在写什么呀？这征地的事办好了，现在你能静下心来做事了？"

我抬头看着她，笑着说："这事得谢谢你，溪溪，要不是你帮我，这事还是很难办下来的。现在，我得抓紧实施这个项目，争取早日完成。"

溪溪站在我背后，低着头看我，说道："哟，你真是做的比说的还快，现在就开始制定实施计划书了。我看看，看你到底写得怎样？"

我说："等会儿我写好后你再看，我还有事要和你商量呢。"

"什么事呀，怎么想起要与我商量？你现在是这个项目的负责人，你还做不了主，还需要我吗？你如果有事得赶快去给李总汇报，他明天就要去深圳，要好几天才回来哟！"溪溪说完，就走出了办公室。

我听出了溪溪那话中的意思，我曾在心里警告过自己，我不能再去找她了。也许是有好长一段时间没去找她，或者说她帮了我，说什么也得去感谢她。我装着不明白，这是不是有点见利忘义？本来我还想说什么的，可她早已走了出去。

三

过了好一会儿，我才想起溪溪刚才的提醒，不然我还真的忘了，有些事还是应跟李总汇报一下。我就放下手中的项目计划书，去李总的办公室。李总正在忙着审阅资料，他见我来了，招呼我坐下，说："刘大为，你来了，我正有事找你。"

我坐下后，没急着汇报，李总说："我明天就要去深圳办事，要去好几天。这几天公司里的事就暂时交给溪溪，你有什么事就直接向她汇报，我想她会支持你的。当然，你现在主要是把那健身娱乐项目抓好，这是公司目前最主要的工作，也是你的主要工作。至于怎么抓，怎么实施，我不多说，那是你的事情。哎，目前进展如何？"

我说："李总，我正要跟你汇报这事呢。现在征地手续已经办好，正在组织实施，我还制定项目实施计划书，等这计划书制定好了，交董事会审议通过后再实施，你看如何？"

李总说："这样行，不过你可要抓紧点，争取早日把这个健身娱乐馆建成。要多和当地政府沟通，更要想办法得到他们的支持。凡事要多动脑子，不能由着你的性子，明白吗？我还有一个建议，就是小李做你的助手，如何？"

我感到吃惊，他怎么安排小李插手我这个项目，我没有明确表态，想转开话题，说："李总，我正想跟你汇报一下，这个项目目前的进展情况。"

李总摆了摆手，"具体情况我都知道，就不必汇报了。我认为小李很不错，做事也很得力，你在实施这个项目时，总少不了要协调一些事的，我看这事就这样定了。当然，她只是协助你，一切还是你做主。"

我听后，明白了李总的意思。他是想让小李介入我的项目，才能时时掌控着我的行踪。虽然，我是按规定办事，不怕监督，更不怕他的什么掌控，但想起来还是有点不是滋味。老板就是老板，说什么放手让我干，却暗中掌控着。我想尽力推脱，但一时却找不到合理的理由。我说："李总，我现在主要负责这个项目，销售科几乎就是小李在负责，如果她走了，恐怕销售方面……"

李总打断了我的话说："销售方面，我另安排了人来负责，这个你放心好了。你现在不要再管销售科的事了，一心一意抓你的健身项目。我还有事，你忙去吧。"

我回到自己办公室，心想，这个小李到底和李总是什么关系呀？她怎么像幽灵一样，处处跟着我。她在社交上的能力是没话说的，但如果让她来协助我，她又不熟悉这项工作，协助我什么？但不管怎么说，她是李总安排来的，我能拒绝她吗？当然，也许是我多想了，也许小李确实适合这方面的工作。通过这段时间的了解，凡李总安排的每一件事，都有他的道理，这个我不得不承认，他毕竟是老板，也许与我站的高度不一样。

正好小李来了，她说："刘科长，怎么样，李总都和你说了吧？你同意我来帮你了吗？"

我看了小李一眼，心里本来就在生气，她这么一说，我就更生气了，冲着她说："你别得意，别总是拿李总来压我，我随便找个原因就可以让你走人。"

小李不生气也不发火，笑嘻嘻地说："刘科长，别生气嘛，事情没有你想得那样严重，你以为我想来参与你的项目吗？我才没那个闲心呢。我在销售科干得好好的，销售又是我的强项，我只要把销售搞好了，每月还有奖金，那才是钱，谁不想要呢？如果来协助你搞那个什么破项目，每天协调这、协调那，费了力说不定还讨不到好，不但奖金拿不到，说不定还要挨批评。你说，是我想来的吗？"

她不想来，难道是李总非要她来？她除了会协调关系还能做什么，还能天天去工地上守着，还能管理得了那些建筑工地上的人吗？我说："你说的比唱的还好听，别在我面前叫屈了，你的心思我还不知道吗？"

小李仍不温不火地说："刘科长，话别说得这么难听嘛。每一个人都有她的长处，也有自己的短处。你可能只看到你自己的长处而没发现你的短处，多想想，做事，还得要有心计，对不对？"

我说："那你说说，你有什么长处，我有什么短处？"

小李笑了，说："这个还用得着别人说吗？有些话自己明白那是醒悟，别人说出来那叫指责。不管再怎么大度的人,我想没几个人能真正接受得了别人的意见的,也没有谁能真正听得进去的。"

我说:"小李,你说来说去还是跟没说一样?我还真不想你去参与这个项目,你看,你整天这样疯疯癫癫的,让我怎么工作?"

我不知道小李哪来这么大的耐性,不管我怎么说,她仍不怒不火,像没事一样。她说:"看来,我在你心目中,就是一个最不受欢迎的人了。不过没关系,我在哪儿都是工作。既然我在你这儿不受欢迎,我这就去和李总说,我不去了。我好好干我的销售工作,说不定你走了,我还能弄个科长来当当。"

我一听,赶忙叫住她:"你千万别去,定都定了,我还能怎么着?"

小李笑着说:"这么说,你是同意我来协助你工作了?"

我说:"同意,当然同意了。你去忙吧,我还有事。"

小李说:"好,刘科长,是你亲口同意的哟,以后就别再说这么难听的话了。今天也就是我,要是换了任何人也接受不了的,我了解你是个急性子,啥事说了就没事了,理解万岁!再说,我也是为了工作,为了吃饭,别让我也丢了饭碗。我会尽力帮你的,你还记得上次去市里那家公司销售健身器吗,不是我帮你,你能行吗?"

我摆了摆手,示意她走,说:"你去忙吧,我还有事要忙。"

小李走后,我觉得今天说的话确实是有点过分了,但我也不是有意要伤害她,我就是个急性子,心中有什么说什么。说不定真像小李说的,她也是真不想来的,完全是李总一手安排的,要怪就怪李总,她小李有什么错?说真的,小李在我心目中,也不是那种很坏的女人,她的办事能力肯定是没得说的。但不知怎么的,总感觉她的背后暗藏着什么?或者她也是被人操控着,如果真是我想象得那样,那我又该怎么办呢?

四

正好，这时阿蓝打电话来，让我一下子兴奋起来了，要不是心中有鸽儿，说不定我真的会喜欢上她。我问道："阿蓝，你帮我联系销售健身器的事落实了吗？你这电话让我等了好久，你怎么才打来哟？"

她笑着说："怎么，你一直在等我的电话？早知这样，我就该早点打电话给你，主要是我这段时间在市里参加一个健身舞比赛，太忙了。哎，我说刘大为，你怎么不主动打电话给我呢？"

我听后觉得阿蓝说得没错，我说："对不起，我最近也在忙，为征地的事忙晕了头。"

阿蓝说："你要注意身体哟。关于销售健身器的事，现在还没有音信，我今天打电话是想问你最近好不好？"

我说："我很好，就是有些事让我觉得心里有点烦。"

阿蓝说："如果真是这样，你来我这儿，我陪你散散心。"

我说："好，我下午去你那儿玩玩。但不知道你有时间没有，会不会给你增添麻烦呢？"

阿蓝笑着说："老同学，你说这话就见外了，只要你能来，我再没空也会好好陪你玩的，我这就去请假等你。"

我听阿蓝这么说，心里好像啥烦心事也没有了，一个初中的同学，这么多年没见面了，却还是那么亲切。下午我就以出去办事为由，乘车来到市里。我就到车站附近的金都大广场上，在那里走了走，看了看后，才给阿蓝打电话。电话一接通她问我："你在哪儿，我马上来找你。"

我说:"我现在在金都大广场上。"

不一会儿,阿蓝就来到了金都大广场,她高兴地说:"这金都大广场,是市区里最大的广场,每晚都有很多市民来这儿健身和散步。"

阿蓝陪我在广场上走了走,这个广场很大,种植了名目繁多的树木。来自不同方向的人,在广场上散步、闲聊,或者在空地上跳舞,偶尔也有打太极拳的,个个都那么悠闲,都那么快乐。

阿蓝说:"我也时常来这个广场散步,在这儿能找到一种开心和快乐,就会想到一些与工作无关的事,让你变成另一个自己。"

走了一会儿,阿蓝就带我到一个茶楼。我们一边饮茶一边聊起天来。从聊天中我得知初中一些同学的情况,有几个考上了大学,毕业后有的当了教师,也有的考上了公务员,还有一位当上了县国土局副局长;另外还有两位在市里开了自己的皮鞋专卖店,但都是小买卖。她只知道混得好点的同学的现状,而一些在家种地和外出打工的,她就不知道了。

晚上,阿蓝叫来在市区里上班和开店的男女同学一起作陪,在一家十分高档的餐厅里喝酒叙旧。让我印象最深的是一个在市报社当记者的王莉,还有一个在市群艺馆从事舞蹈工作的马兰,她们两人在上初中时也像阿蓝一样,人长得漂亮,而且学习成绩都很好。在我心目中,有时想到她们,心中就会有一种神圣而美好的感觉。

第十章

一

吃完饭后,我们一起来到一家十分豪华的歌舞厅,大家边唱歌边喝酒,在歌厅那时明时暗的角落里,大家尽管疯疯癫癫,但也不足为奇,也没有谁在意什么,都显得十分开心。

不知是因为陌生,还是因为性格的不同,我却没有像他们那样疯狂地玩,只坐在那里看着他们,时不时喝点酒。总觉得这个地方不是我喜欢待的,我喜欢静,静静地坐在某一个角落,泡上一杯茶,随手翻阅一下当天的报纸,或者什么也不看,什么也不想,静静地坐会儿,那才是我想要的休闲方式。

阿蓝走过来,主动请我跳舞,与她一起跳舞时,不小心踩了她好几脚,接着王莉请我跳舞,她的身体与我的身体隔得很近,似乎能听到她心跳;随后,马兰又请我跳舞,马兰是搞艺术的,所以性格开朗,几个回合下来,我跳得全身发热……

她们也许是因为我的到来,尽情地唱、尽情地跳。也许是跟她们跳了几次舞后,我先前的那种拘束也没有了,开始放松了,一会儿喝酒,一会儿唱歌。因为在那种场合下,不需要装腔作势,想怎么玩就怎么玩,大家完全变得真实起来。

这是我近段时间以来玩得最开心的一次。我暗自佩服阿蓝,她能在同学中"一呼百应",这是我万万没想到的。此时,我更没想到的是,我这个当时在班上成绩不算好,通过自己的努力,能跟这些上过大学的同学在一起玩,真是感到非常地幸运。我十分感谢阿蓝。是她,让我找到自信,更找到一种成就感。

唱完歌后,大家看我喝得醉醺醺的,决定要送我回宾馆。这事一般都是男同学义不容辞的责任。于是,那两个男同学说他们送我。刚上车时,阿蓝也坐上车说要送我,那两位女同学看到阿蓝上了车,她们也纷纷挤上车,也说要去送我,可出租车里坐不下,司机不高兴地说:"你们去一个送就行了嘛,去这么多人做什么,又不是去打老虎。"

我说:"你们都别送了,我一个人回去就行了。"

阿蓝说:"不行,我不下,我就是要送。"

那两位女同学也不甘示弱地说:"就是,阿蓝不下车,我也不下,我们也要送。"

两位男同学看到这情景,似乎明白了什么,只好下了车,无奈地摇了摇头,用怪怪的眼神看着我说:"老同学,你真是好艳福呀!三位美女都争着要送你,那我们就不送了,只好把送你的伟大任务交给她们了。"

到了宾馆后,她们三人在我的房间里坐了好久,似乎都没有要离开的意思,我催她们走也不是,不催她们也好像不对。怎么办呢?我只能陪着她们一阵闲吹,只是眼睛都快闭上了。还是阿蓝看在眼里,她提出说:"时间不早了,想必老同学也累了,我们还是回家休息吧。"

听阿蓝这样说,她们你看看我,我看看你的,最后才起身离开。

她们走了后,也许喝了酒,洗完澡后,准备睡觉的时候,阿蓝却打电话来,问道:"刘大为,今晚你玩得开心不?"

我说:"玩得很开心的,你呢?"

阿蓝说:"我也很开心的。"

那晚,我几乎失眠了。整整一个晚上,我的眼前都浮现出在学校读书时的情景。初中的三年是永远难忘的时光。梧桐树下的身影在脑海中挥之不去;操场上的背影让人怦然心动。因为他们,让我找回了那时快乐的时光……

二

第二天一早,我就乘车回到了公司。尽管昨晚没睡好,但今天的心情却格外地好。我泡上茶,还哼起一首最喜爱的歌。

小李看了我好一阵说:"刘科长,你今天是捡到银子还是中了五百万大奖呢,这么高兴?你是不是因为我来当你的助手,让你觉得有奔头了呢?换句话说,是不是你搞不定的事,觉得我会给你搞定,所以你没有压力了,才这么高兴,对不对?"

我看了看她,不知说什么好,本来不想搭理她,可我今天心情好,便说:"你又来了,你以为是我因为你开心呀?做梦吧,你虽然长得漂亮,但是你那不饶人的性格,整天不让我烦就好了。我说小李,你也太自恋了吧。"

小李满不在乎,她继续说:"你不是因为我,那又是因为谁呀?我说刘科长,有些事不是你想象得那样。有一个人值得你惦记,值得你高兴,当然好。我说你呀,识时务者为俊杰哟!"

小李说来说去,却说不明白她想要告诉我什么,我示意她去做事,别老在这儿闲吹。

上午,我在高兴中度过,干起事来也有了精神,也不管谁说什么,也不会觉得有什么。果然,好心情让人做起事来都事半功倍。我那份项目实施计划书,不到一个上午就完成了。

下午上班,我想去找李总,这才想起他已去深圳办事了,他临走时说过,有事找溪溪。我想和她讨论下这个项目书,可她却不在,我又回到了办公室。认真地检查这项目计划书,看还有没有遗漏的。确认无误后,觉得自己完成了一件大事,心情变得格外地轻松。

难得这样的好心情,觉得可以去逛逛街,好久没有去逛街了。街道上人来人往,商品琳琅满目。我沿街慢慢地走着,虽然那些小摊贩的叫卖声时高时低,顾客讨价还价声时小时大,但由于我此时心情好,所以一点也不觉得烦。

最后,我来到了一家服装专卖店,推开玻璃门走了进去,微微一笑回应店员的一句"欢迎光临"。走进店里,选到了一件我喜欢的西装后,便进了试衣间试了试,发现这衣服穿在自己身上很合身。我便买下了那件衣服,好似买下了一个模糊而又清晰的感觉,买下了一种发自心底的高兴。

这时,我想起了鸽儿,因为那次她陪我逛街,她也帮我挑选了一件衣服,那件衣服虽然早已穿烂,但鸽儿却永远在我心中。可我却不知道她现在在哪儿,但我想她一定还在等我,尽管在这个物欲横流的年代,爱的誓言会显得那么苍白无力,但我就是相信鸽儿,因为在这个世界上,我可以谁都不相信,但我一定得相信她。

三

　　由于项目实施计划书已经完成，也在公司董事会上通过。现在最重要的是等设计图纸，只要图纸一下来就可以动工修建。我决定去大兴县实地考察一下，根据实际情况，再做些小改动，将这个健身娱乐馆修建得更加完美。那天，我也叫小李和我一起去，小李惊讶地说："刘科长，你现在不讨厌我了？怎么还主动安排我和你一起去办事？不怕我给你惹麻烦吗？"

　　我看了看她，十分认真地说："小李，我说你哪有这么多废话，走吧。"

　　小李笑着说："我这人就是有个怪毛病，觉得对我好的人我就喜欢和他说话；觉得不喜欢的人，我就一句话也不和他说。不像有的人，口是心非，心里想的跟说的不一样。你说，我这性格好不好？"

　　我不想再听她扯来扯去，只说："好好，我算服你了，你那点心思我还不知道？你呀，什么都好，就是得理不饶人。"

　　小李听后，高兴地说："对了，我终于听到刘科长也有一句夸我的话了，你这句话多难等呀，堪称千年等一回呀，是吧？"

　　我笑了笑，没有再说什么了。

　　我们来到大兴县，便趁此机会去拜访一下刘副县长，我们走进他办公室后，他非常热情地接待了我们，跟以前完全是判若两人。他说："你们这个健身项目，是纯天然的，对环保、对人民的身体健康都有好处。我已跟相关部门打了招呼，要求他们全力支持。"

　　我一听非常高兴，虽然不知道是什么原因让他前后三百六十度地转了个弯，但有了他的支持，一切都好办多了。小李笑着说："刘县长，我们来你们县投资，是对你们县经济的发展做贡献，你们没有理由不支持呀。"

刘副县长笑着说："是的，是的。我今天没事，不如我们一起去现场走走，实地看看，如何？"

我说："刘县长能亲自去一趟城北镇，对我们以后开展工作肯定有好处的，这就得谢谢刘县长了。"

随后，刘副县长叫政府办通知相关单位负责人一起去。不一会儿，县国土局、招商局、工商局等相关部门负责人纷纷来到县政府门前。

随后，刘副县长的车走前面带队，后面的车紧跟着驶出了县政府大门。很快我们就来到城北镇那个开发地段，所有人员下车后，刘副县长亲自介绍这地段的区位优势和地理位置，其他相关部门的领导也紧跟其后，时不时地也跟着附和着。一会儿，我们上车来到另一个要开发的地段，这个地段南临环城河，北靠龙岗山，环境优美，交通方便，紧挨着一个大型超市，是老百姓居家过日子的好地方。

可不管他怎样介绍，我只关心这个健身项目所征区域和拆迁、修建工作。其他的我一点也不感兴趣。但出于礼貌，我还是时不时地附和着，时不时地还问问这儿的一些情况，让刘副县长产生一种我还想来投资其他项目的错觉。

刘副县长说："这位刘科长呀，可是华华公司这个项目的负责人，虽然他人年轻，但能担当此重任，将来肯定前途无量。他们这次来这里投资开发修建健身娱乐馆，我们应大力支持。在政策允许的情况下，都要简化手续，给予最大的优惠。"

城北镇刘镇长等人也赶来，陪同刘副县长一行，他听刘副县长这么一说，更是表态："刘县长对我们镇这么关心，也是我们的荣幸，我们一定按刘县长的指示办。刘科长,你有什么需要我们镇政府解决的,你尽管说,在政策允许的情况下,我们将全力支持。"

小李听后,开玩笑地说:"刘县长,您这句话管用不?等您一走,我们再去找他们,他们还能像您说的那样吗?当然,在这大兴县,谁敢不听你的,我们来这儿投资,也多亏了你的关照,到时我们的健身娱乐馆修好后,欢迎您天天来健身,保您又年轻十岁。"

刘副县长听完后,高兴地大声笑起来说:"小李呀小李,看你这张嘴,真是厉害。你这话我就是爱听,真说到我的心坎上了。在这大兴县,难道我说的话还不管用?"

刘镇长马上讨好地说:"小李,在这大兴县,刘副县长的话就是一言九鼎。凡哪个部门和乡镇,只要刘副县长一句话,哪样事办不成?"

刘副县长打断他的话说:"好了,小李还说,等你们的健身娱乐馆建好了,叫我天天来健身。要是真像她说的那样,我天天来就能年轻十岁,那我一定来。谁不想年轻呢,对吧?"

小李又说:"刘县长,要是你们县所有的人都来,每个人都能年轻十岁,怎么样?"

刘副县长想了想,明白她说这话的意思,说:"哈哈,你这女同志真会说话,又给我下了一个套,让我往里面钻。我明白了,你说的意思是,你们这个健身项目的进入,对我们大兴县是百利而无一害,是有益于老百姓身体健康的,对吧?"

小李眨了眨眼睛,显得鬼精灵似的,笑着说:"刘县长,我可没这么说哟,这可是您说的,我们不是在给你们添麻烦,而是为你们镇做贡献哟!"

四

中午，刘镇长尽地主之谊，安排了一顿丰盛的午餐。吃饭时，刘副县长还特地安排我、小李和他坐在一起，刘副县长和小李说笑，好像总有很多话说不完似的。我明白了，今天刘副县长亲自来，而且还这么高兴，是托了小李的福。这种高级别的用餐待遇，还有副县长亲自作陪，我还是第一次享受。

我与刘副县长坐在一桌，有些受宠若惊，更是小心翼翼、怯生生地坐在那儿，几乎很少说话。总感觉一点儿也不自在，处处都要以他为中心。他的每一个动作，每一个眼神，在这里都像是指挥棒，大家都跟着他转。真有点人在江湖、身不由己的感觉。

刘副县长端起酒杯，说："大家举杯，这第一杯酒我敬刘科长和小李，他们作为这个健身项目的负责人，来我们县投资，为我们县的经济发展和老百姓的身体健康都有好处。来，大家干杯！"

在一番出于礼貌的敬酒后，小李和刘副县长连干了三杯，刘副县长好像还在兴头上，不但专找小李与他碰杯，还谁敬他都喝，直到他自己觉得喝得差不多了，才起身说："酒，大家尽兴就行，千万别喝多了，下午大家都还要上班，千万别喝醉了。"

本来大家早就不想喝了，但出于有刘副县长在，谁也没说不能喝了。哪怕再不能喝，都得硬撑着，因为都想努力表现一番。这时，听刘副县长这么一说，大家都说喝好了，吃了饭就各自返回。

在刘副县长一行走了后，我和小李就到那个开发区转了转，然后又来到大兴县城逛逛。逛了一会儿,小李说:"刘科长,我们难得来大兴一次,如果就这样逛街逛商店,那也太没意思了,哪个地方的街道和商店不一样呢?"

我说:"不逛街又能去逛哪儿呢?"

小李说:"听说,这大兴县有一个峡山湖公园最出名,那里有山有水,很好玩的,不如我们去那里逛逛,总比老在这街上转来转去,好玩得多。"

本来我是不想去的,但我看了看小李是真的想去那儿玩,便问道:"那公园离这儿远不远?"

小李说:"不远,就在县城东面。"

我们就去了离这儿不远的公园,走在公园的小径上,放眼望去公园似乎很宽阔。没有繁花和绿叶的点缀,却增强了景物的层次感,别有一番风味。公园里的小径没有熙熙攘攘的人群,显得格外幽静。高大的梧桐枝干格外苍劲,成排的塔松更加苍翠,黑喜鹊在树梢上跳来跳去,一会儿便"喳喳喳"地飞向了远处。远处的湖面上漂着一些黑点,仔细看去,那是一群群的水鸟,它们一会儿潜入水下,一会儿展翅飞起。我惊喜道:"这里,就是一片没有污染的地方,真是太美了。"

小李笑着说:"你怎么知道这儿没有污染呢,别看它的表面,只有真正了解它,才知道它没有你想象得这样好。"

我说:"有水鸟的地方,就是没有被污染的地方。"

玩了好久,我们才往回走了。在回来的路上,我们还遇到了几对来拍外景的新人。衣着光鲜的新娘新郎在伙伴们的簇拥下,脸上溢满了幸福,令人羡慕。小李问我:"刘科长,你看在这儿拍婚纱照,多美呀!你什么时候来这儿拍外景婚纱照呀?"

我说:"还早着呢?"

小李说:"不是还早,而是没找到适合的人吧?刘科长,你别要求太高,有的人长得漂亮,但那就好比天仙,你只能看却得不到的;有的人长得不是那么漂亮,但她却真真实实,摸得着看得见,就看你的选择了。因为俗话说得好,好好珍惜身边的人,平平淡淡才是真。"

小李说话就是这样,绕来绕去,我懒得理她,一直走我的。

这时,我才想起,快到五点了,最后一班车快开了。我说:"快五点了,最晚的一班车快开了,这时我们赶去也来不及了,怎么办?"

小李假装着急地说:"这下怎么办呢?"

我说:"还能怎么办呢,只有住宾馆了。"

小李笑了,说:"我就等你这句话。你想想,刘科长,出来办事就得这样,慢慢地办,哪里像你这样,跟打仗一样,急匆匆地来,又急匆匆地回去。那样的话,不累死才怪。我还年轻,我可不想这么早就被累死,我还要好好享受美好人生。"

随后,我们来到一家宾馆。在登记时,小李问我:"刘科长,我们是开一间房或是两间呢?"

我说:"你说呢?"

小李笑了笑,说:"我就是和你开个玩笑。你想,我会和你住在一起吗?名不顺言不正。开两间,各睡各的,互不干扰,你说是不是?"

我生气地说:"你一直这样,说话疯疯癫癫,没一句正经的。"

我们开好房后,各自回到自己的房间里。由于天还没有黑,我就倒在床上先休息休息,想等会儿再出去吃晚饭。

第十一章

一

也许是太累了,不一会儿我就真睡着了,迷迷糊糊中我开始做起美梦来。

在一片原野上,春天暖暖的阳光将刚刚复苏的树木、青草映得嫩绿,充满生机与活力。我和鸽儿手牵着手,在田野上漫步。一缕暖阳照射在我们的脸上,感觉柔软温和。小鸟在树上不停地鸣叫,路边的树枝上已冒出淡绿色的树叶,天空淡淡的蓝,像是用水刚清洗过,云也是淡淡的,在天空中自由地飘,到处都是一股幽兰及春香的气息……

我说:"鸽儿,你这些年都去了哪儿?"

鸽儿笑了说:"我哪儿也没去,一直在你身边,我的心一直跟随着你。"

我觉得奇怪,她说一直在我身边,我怎么却见不到她呢。也许相爱的人总是相聚时少离别多,哪怕天天在一起,都觉得不够。我看了看鸽儿,她笑得很灿烂,我说:"这么多年了,经历了这么多事,仿佛那时的梦想、追求,还有对人生的认知都变了,我有时觉得自己变得自己都不认识了。但唯独对你的爱,一点都没变。"

鸽儿说:"这些年,我也经历了很多,我失落过、痛苦过、欢乐过,可一切都如过眼云烟,转瞬即逝。我现在唯一放不下的,只有你。你知道吗?大为,我也一直在找你,我们不能再分开了,我们要永远在一起。"

我们就这样边说着话边走着,树枝上长出了嫩芽,村庄也披上了彩锦,春风呼唤着大地,小草换上了绿色的连衣裙,田野上是一片生机盎然、春意勃勃的景象。田间的油菜花也不甘寂寞,将蕴藏的花朵插在了头顶。小鸟在林间幽啼,把人们的思绪拉向一个遥远的梦幻境地。

我说:"你看,春天的田野到处都是色彩分明,多美的原野呀。"

鸽儿点了点头,说:"在田园的花丛中,在蜂蝶的舞姿里,在每一片花瓣上,仿佛都流传一句句唐诗宋词的神韵,也像我们在一起时的一次次感动和幸福。"

鸽儿突然在我脸上亲了一下,起身在草地上奔跑,我起身去追,鸽儿突然在天空中飞翔。我呼喊,我追逐,不一会儿,鸽儿变成了风筝,洁白洁白的风筝,在天空中飘浮,我去抓那掉在地上的线,怎么也抓不着。我就这样追呀追呀,忽然间天上的风筝飘远了,看不见了……

二

等我醒来,拉开窗帘一看,天已黑了。这时,一阵敲门声传进来,我赶忙去开门,只见小李领着一个打扮得十分时髦、长得十分漂亮的女人站在门口,说:"刘科长,我来敲了两次门了,你都没开,你是真睡着了,还是不想理我呀?你看现在是什么时候了,早该吃晚饭了,跟着你出来办事，饭总得吃饱吧。哎，你是不是真睡着了，是不是做美梦了？"

我哪有心思听她胡扯，望着那个陌生人问道："小李，她是？"

小李说："人家是专门来找你的，可你却闭门不见，我才叫她在我房里坐坐。刘科长，你真是贵人多忘事，要说不漂亮的同学你忘了还可理解，人家长得这么漂亮，不说是校花，也算是你们班上的一个美女，你怎么把她忘了呢？"

我吃惊了，又认真看了看，还是没想起来，问道："同学？你是我的同学？"

那女人走了过来，显得很亲热地说："老同学，你真不认识我了，我叫张兰，我们是初中同学。当然，现在你发达了，哪里还记得我哟。"

我在脑海里搜索了一遍，不说我记性有多好，至少我们班上那些女同学，我还是能记个大概的。如果是在街上单独碰见，肯定不认识，就是认识也一时想不起名字来。但如果她一说是谁，马上就会想起来的。

如今假烟、假酒、假钱，啥假的都有，总不会冒出一个假同学来吧。她冒充什么不好，偏要冒充同学，再说我又不是有权有势的人，她用得着冒充同学来与我套近乎吗？我又想了想，还是没想起来，不管怎么说，她说是同学那就是吧，我说："哦，同学难得遇到，先进来坐坐吧。"

小李说："还坐呀，你还没饿呀，我可饿了。当然，你们同学见面，只顾高兴去了，哪里还知道饿，难怪有人说秀色可餐，我看真是如此。哎，是不是你们同学见面，都是边喝酒边叙旧？"

张兰说："小李说得好，也不早了，我们去吃点便饭吧。老同学难得来一次大兴，我请客，好好喝几杯。"

随后，我们坐上了张兰的奔驰豪车，来到一家大酒楼，她在那里早已安排好了一个包间，里面也等着好几个人。等我们入座后，张兰一一介绍，其他人不是她的同事就是她的朋友，我唯独记得最清楚的就是她的先生，姓王，叫王庆，是一个建筑公司的老板。

小李说："刘科长，你真是人缘不错呀，走到哪儿都有这么多人请你，走到哪儿都有同学朋友，跟着你真没错，总有好吃好玩的。你这个领导呀，我跟定了。"

她这一席话，打破了大家初次见面的那种拘束，气氛一下子变得活跃起来。张兰说："小李说得没错，我这位同学呀，不但人长得帅，而且还真的很有人缘。上初中时，全班的女同学都喜欢他。"

这时，王庆已倒好了酒，举起杯说："大家举杯，为张兰的同学，等量代换一下，也是我们大家的同学，为他们的到来，干杯！"

说罢，大家一饮而尽。

小李喝完酒后，笑着说："王总，听你这么一说，我和你也成了同学了哟。既然是同学了，我也得敬你一杯。"

王庆又端起酒杯，说："好，我们也是同学了，我们大家都是同学，来，一起干。"

不知他们是有意安排，还是无意间坐的位置，张兰紧挨着我坐，她端起酒杯，说："老同学，我敬你一杯，虽然多年没见，今日相见，又让我想起了我们读书时的美好时光，那时同学们在一起真的好快乐。"

我说："是的，那段美好时光，真的让人难忘。"

大家边喝酒边聊，很有一种欢乐的气氛。虽然，我也默认了她这位同学，但我到现在还是没想起有这位同学的存在，她当时穿的什么衣服？坐的哪个位置？成绩怎样？真的一点印象也没有。但看她举止不凡且落落大方，应该是一个很有修养的女人，估计她也上过大学，受过高等教育，从她的穿着打扮上感觉到她也混得不错。

我问道:"你现在哪儿上班呢?"

张兰笑了说:"我大学毕业后,在县文化馆上班,是搞舞蹈的,不但爱好舞蹈,我还喜欢唱歌。我还去参加过市首届青年歌手大赛,荣获了三等奖。那时,我把舞蹈和唱歌视如我的生命。可梦想就是梦想,梦想与现实太遥远了。后来我辞职了,跟着我的先生经营这个建筑公司。虽然,我学的是舞蹈专业,但现在市场经济的冲击,艺术不再像过去那样高雅和神秘了,搞艺术的人更不再像过去那样受到重视。所以,我下海了,经过这些年的打拼,现在总算闯出了一条路子。"

我听后也感慨道:"是呀,现实不像想象的那样,真的太残酷了。就像我,当初爱好文学,就梦想当作家,只要曾经有过追求,有过梦想,我想也不遗憾。那梦想依然完好地保存在心中,直到有一天它就像一张旧照片,让我们为此自豪。"

其他人也许忙于喝酒,忙于说话,似乎没怎么听清我和张兰的说话。张兰听后,高兴地说:"老同学,你这番话让我好感动。这么多年了,我还没听到这么让人开心的话。你真的说得太好了,也说得很对。来,我敬你,干杯!"

与张兰碰杯后喝下了酒,我说:"当然,话又说回来,现在文学、艺术在人们心目中再也没有金钱重要了。我们首先得生存,要生存就得要有自己的事业。当然,我最羡慕的是我们班上那些读书成绩好的,最后考上了大学的同学,就像你,我更是羡慕,真的!"

不知先前我们说的话王庆听见没有,他一直忙于与小李聊天,但这句话却让他听到了。这时,他回过头来看了看我说:"刘科长,你才是令我们羡慕的,这么年轻就能独当一面,你们公司把这么重要的工程交给你负责,可以想象你的能力,更可以看出你在公司的地位。不简单,真的不简单呀，你才是前途无量，以后还望刘科长多多关照才行。来，张兰，我们一起敬老同学一杯！"

我端起酒杯，与他们碰杯后一饮而尽。

小李也端起酒杯，一一与大家碰杯，不知她这是第几次这样碰杯了，我很担心她又喝醉。其实喝醉了没什么，只是她喝醉了酒又胡说八道，到时会影响我们的形象。我又不好叫她别再喝了，只是暗地里给她使眼色，可她明明看见，却装着不懂，继续喝。最后，轮到王庆了，她说："王总，你就不对了，只与你的老同学碰，不与我碰，还是你们正宗的同学好啊。那我就只有主动出击，我可不分正宗不正宗，反正都是同学了，我就一个一个地碰，增加一点大家对我的印象哟！"

吃完饭后，那些陪同的人员都先后散了。我却坚持步行回宾馆，小李喝得有些醉了，她说："刘科长，你真有雅兴，还想走路，我可喝醉了，不能走了。如果走路，只有你背我了，我可走不动了。"

王庆说："李小姐，那我送你回宾馆吧，我喝了酒不能开车，我马上叫我的司机来开车。张兰，你们同学难得见一次面，你就陪你这位老同学逛逛吧。"

张兰点头答应了说："好的，我就陪我这位同学走走，你们就早点回去吧。"

我和张兰并排走在街上。此时，街道上路灯闪烁，光影迷人，五彩缤纷的灯光悠悠地洒落在我们身上，绽放出一朵一朵如梦如幻的花朵。

张兰喝了很多酒，看起来有些醉意，女人喝了酒更显出迷人的女人味，变得更美丽动情。她说："老同学，你是不是真记不起我了？"

我说："记得起记不起不重要的，最重要的是我们今天能在这儿见面，而且又让我们想起了那段美好的时光，实属一大幸事。"

我们就这样边走边说着话，不知走了多久，更记不清穿过了几条街，只觉得街道上人来人往，很热闹……

三

这几天的奔忙，着实让我感到有点累，但也觉得充实。

今天上班，我就在办公室坐坐，放下所有的事，不去做更不去想，只当休息。小李走过来，笑着说："我说刘科长，你今天怎么这么悠闲呢？是不是因为昨天见到了你的美女同学，心情才这么好？"

她说得没错，和张兰聊聊之后，心情确实好了很多。也不是我想和她有什么，更谈不上喜欢她，而是总觉得好久没这么轻松和开心了。看来，整天一个人闷在办公室里真不是办法，有时间还得出去和朋友们走走。我说："是的，你玩得不开心吗？"

小李看了看我，流露出一种说不出的脸色，我想她是有点吃醋的味道。她说："开心，跟着你刘科长玩，怎么会不开心呢？说真的，不说你心情好，就是我见到她这么漂亮的女人，我的心情都好了很多。漂亮就是本钱，谁不喜欢漂亮的美女呢，也包括刘科长你，你说是不是？"

也许是我心情好，不但没生气，反而还更开心。我说："你说得没错，凡是漂亮的女人，谁都喜欢。但喜欢归喜欢，有时候欣赏欣赏也就行了，就像花园里的花，谁都可以欣赏，但不可能把那么多好看的花都拿回去栽在自己的花园里。"

小李看了看我,仿佛想从我的眼睛里看出些什么。她说:"刘科长,你说的不是真话吧,男人嘴上都这么说,心里想得却不一样,'英雄难过美人关'嘛,你难道比英雄还要英雄,我才不信?"

我挥了挥手,说:"哎,小李,你这是怎么了,今天一来就说这些与工作无关的事,多把心思放在工作上,只要工作干好了,我想什么都好办了。"

小李舌头一伸,扮了个鬼脸,说:"好了,不跟你说了,我也做事了,弄不好,你又要批评我了。"

小李忙去了,我仍坐在办公室里喝喝茶、看看报,眼前还晃动着那晚喝酒时的情景。我也知道,一切都是因为酒精的作用,大家都疯疯癫癫,谁也不会记起什么,都只是闹着好玩。明知是这个道理,但我还是在想,还是在回忆,也许是这种开心的事我真的遇得太少,才这么念念不忘。总之,不管怎样,能让我感到高兴也是一件好事,我不想就因为工作让自己不开心下去,就这样,悠闲地度过了一天。

吃了晚饭后,我才突然想起好久没见到溪溪了,她在忙什么呢?是不是应该去看看她了?但又觉得不应该去找她,这样对她对我都不好。可我也不能做那种薄情寡义的人,不管怎么说也得对她有个说法。想来想去,我还是决定去溪溪那里,把我心里所想的向她说清楚,最好我们不要再有什么了。

四

又是夜幕降临，公司里的人都下班了，四周静静的，整幢楼还是被路灯照亮着。我向着通往溪溪所住的那幢小洋楼走去，心情特别地紧张，没有了上次去她家的那种从容。我想，人就是这样，在一无所有的情况下，或者是竭尽全力地拼刺时，什么都不怕。一旦拥有了些什么，一旦得到了什么，比如金钱、地位，或者一种事业时，心里就顾虑太多，怕为之努力得到的转眼就会失去。

我慢慢地走了好一阵，才走到门口，可溪溪似乎知道我要来似的，连房门都没有关，保姆也不见踪影了。我这才明白，她早已做好准备，难怪她那天告诉我李总要去出差的消息，原来是这个意思。屋里很清静，除了房间里传出浪漫的音乐声外，什么声音都没有。我没有敲门，径直走去她的寝室门前，我完全意识到这门是为我开着的，我大步走了进去，被眼前的情景惊呆了，溪溪只穿着内衣，半躺在床上，手里正拿着一个游戏机在玩。

她见我来了，一点也不吃惊，像是知道我要来似的，只抬起头问我："怎么这时想起上来了，我还以为你现在这个项目已落实了，不再需要我了，就把我忘了？"

我看了看她，笑着说："怎么会呢，溪溪，我从心底里感谢你给我的帮助。我……我这次来，没别的，是想有关征地的事，与你商量一下。"

溪溪一听，仿佛对这事一点也不感兴趣，她说："那征地协议，我不是已经看过了吗？还有什么商量的。你现在是主要负责人，你说了就行，啥事你还做不了主。你来了，我就高兴，既然来了，就坐会儿。"

溪溪随手抓起一条半透明的纱巾披上,起身下床问道:"你是喝茶还是喝酒?"

我说:"喝茶吧,我自己来。"

我走过去拿杯子,刚好与她的手相碰,她一把抓住我的手,就顺势扑入我的怀里。我轻轻推开她说:"我……我来找你是有些话想和你说。"

溪溪似乎明白我要说什么,她突然用手轻轻按住我的嘴,紧紧把我搂在怀里,连拉带拽就要把我推倒在床上,刚开始的时候我还像个木偶人,显得十分被动。可渐渐地,我的理智战胜了心里的欲望,我挣扎着摆脱了溪溪的双手,对着溪溪说:"我很感谢你之前给我的帮助,但我们不能这样。溪溪,感激和感情是两回事!"

溪溪走过来看着我,眼神里似乎饱含着异样的柔情,说:"我知道你是感激我,不过,我是真心喜欢你的。当然,对于我这样的人来说爱,似乎觉得可笑?我想我还会帮你,帮你当上华华公司健身娱乐馆分管经理,不过这也得看你自己的造化了。"

我愣住了,一时间很难得出结论,是心中的鸽儿重要,还是做个分管经理重要呢?也不知是该讨厌溪溪还是同情她或是可怜她呢?是该尽力回避与她来往?还是更进一步与她亲热呢?我真的搞不懂。

我笑了笑,起身说:"溪溪,你休息吧,我该走了。"

溪溪看着我,有些无奈地转过了身子。

五

　　我回到自己的寝室里,蒙头就睡,迷迷糊糊中我又开始做梦了。在那个梦里,我梦见自己已经死了,我的灵魂出现在我的家里,我透过窗户看见鸽儿在那里泣不成声,起初我不知道是怎么回事,后来我发现自己可以轻易地穿过窗户进到屋里,我叫她不要哭,她似乎什么都没听见,我走到她身边,她也感觉不到我的存在。我这才意识到我已经死了,于是,我自己也哭了,我明明存在于那个空间里,她却不知道。我才发现我是那样地孤独,那样地无助……

　　醒来后,我发现自己还活着,发现一切都没有改变,虽然眼角还残留泪痕,但我的心里却为自己还活着感到无比欣喜,长吁了一口气:是梦而已,活着真好!

　　于是,我又想起我小时候做的一个噩梦:自从我记事开始,就恐惧爸爸,很想离开这个家,很想逃离这个生我养我的地方。爸爸平时不喝酒很正常,人也很好,但每次喝了酒之后就摔东西。小时候,家里用的洗衣盆,是木制的,被砸了又重新做,做了又砸……从小我们娘儿三人也不知道被爸爸打了多少回,记忆最深刻的是有一次他喝多了,回家就骂妈妈,妈妈对付几句,就开始打妈妈,小舅舅就劝架,邻居也来劝架,这时他更起劲了,拿把刀站在门口,吼着:"谁来劝我就杀了谁。"然后把大门用钥匙反锁上,拿着刀逼着妈妈还有我和姐姐跪在家里,这样可以防止我们逃跑,然后拿着刀去追小舅。当时那种恐惧,我至今难忘。小时候经常因此做噩梦,醒来后身体还一直在发抖,这种情形一直持续了好多年。

也许就从那时起，我就像变了个人似的，以致现在我养成这种性格。我曾发誓一定要干出点成绩，不管是走到哪里，我都努力奋进，再大的困难也压不倒我，再难办的事我也要办到，再不顺心的事也压不垮我。

自从遇到鸽儿后，我才发现人世间的另一种爱，那是心灵上的依附。我感谢鸽儿，她让我拥有了世界上最快乐的人生，拥有了世界最纯洁的爱。因为心中有她，不管在什么时候，我的生活都充满了阳光，我的梦里总是那么美好。

第十二章

一

　　为了尽早动工，我现在主要是去做些准备工作，抓紧时间拆迁后就动工修建。我主动邀请溪溪与我一起去到城北镇，不管从哪方面讲，都应叫她去一次了，也让她具体了解一下情况，如果我在哪方面有困难，也好请她帮帮忙。有她帮忙事情都好办得多，她也可以在李总那儿给我说些好话，比我直接去汇报要好得多。

　　因为小李协助我做这个项目，如果我叫溪溪去，让她知道了，就是看在溪溪是老板娘的份上，她当时不敢闹，但她背地里会把这事添油加醋地传进公司里每一个人的耳朵里。我以公司没事为由，让小李回家休息。因为最近一段时间，大家都很忙，也很累，这几天设计图纸还没下来，拆迁工作也还没有开始，事情不多，说是我们大家都放假一天。不明真相的小李，高兴地说："刘科长，你真是大好人，我们这几天跑来跑去的，真的累得不行，你给我们大家放一天假，简直是大大的好人。"

　　然后，溪溪安排公司里的小车拉着我们出发，很快我们就来到城北镇，到了镇上我们去看了看那块地后，再到镇政府找到刘镇长，向他汇报了我们准备马上进场搞拆迁了，至于拆迁户的工作，请镇政府出面，给老百姓多做做工作。还有一些前期准备工作，也希望得到当地政府的支持。

刘镇长笑着说:"那天,刘副县长说了,叫我们要全力支持你们,不说是我们完全按刘副县长的指示办,就是我们尽地主之谊和为我们镇经济的发展,也是我们义不容辞的责任,我们将全力支持你们的。"

以往每次都是镇上领导请我们,总觉得不合适。这次溪溪来了,现在李总出差去深圳了,她又是公司的临时负责人,于情于理也该我们请镇上的领导吃顿饭了。在中午的酒席上,我倒上酒,首先敬刘镇长一杯,依旧是一番客套话:"这次华华公司能到你们镇上来投资,全靠刘镇长的支持,我代表华华公司,敬刘镇长一杯,好,我先干为敬了。"

刘镇长端起酒,站起来说:"好,这杯酒我干了。"

站在身边的溪溪又站起来,给刘镇长倒上酒,说:"刘镇长,我也敬你一杯。华华公司能征到这块地,全靠你的支持,以后我们的健身馆建成后,还需要你们当地政府关照,才能发展。"

刘镇长看着溪溪有些发愣,我明白他心里在想什么,他一定误会了,因为不管从哪里看,溪溪和我总有那么点亲热感。其实,我和溪溪还是特别注意,可不管再怎么注意,相互间的那种默契,相互间的那种心灵感应,还有彼此间的那眼睛是不会说谎的,我忙说:"刘镇长,这位我先前给你介绍过的,是我们华华公司李总的夫人,是我们的老板娘。"

溪溪忙打断我的话说:"什么老板娘呀,多难听呀,我叫溪溪。来,刘镇长干了。"

刘镇长微笑了一下:"按理说应叫老板娘,可你却不愿我们这样叫。好吧,溪溪,就叫你溪溪,干杯!"

饭后,刘镇长叫住了我,问道:"小刘,你打听到鸽儿的消息没有?"

我说:"没有她的消息。"

刘镇长叫我在酒店大厅的沙发上坐下,他深深地叹息着,而且用一种不相信的目光看着我。他知道，鸽儿非常地爱我，她肯定会和我联系的，这样倒好像是我有意不告诉他。我说："我这段时间为这征地的事忙昏了，还没有来得及去打听。不过，我会去打听的，我相信肯定会打听到她下落的。"

刘镇长还是不相信，他说："她一直都没有和你联系过？"

我不知怎么和他说，真不想再理他了，当年要不是他，我能像现在这样四处打工吗？要不是他逼鸽儿嫁豪门，鸽儿能远走他乡吗？他真是自作自受，现在想鸽儿重新回到他的身边，还可能吗？我尽力控制自己，说："没有，从我去市里一边打工一边上电大时起，我就再也没有见到过她，她再也没和我联系过。"

刘镇长站起身，在我面前转来转去，后来又坐了回来，说："我看这位溪溪长得真像鸽儿，我一看到她，就想起我的鸽儿，已经四年多了，一直没有音信，你说我这个当父亲的能不惦记她吗？她可是我的亲骨肉，天底下哪个父母不想自己的女儿呢？孩子大了，有她自己的生活了，我不是硬要她回到我身边，我只想知道她现在在哪儿，过得如何？也算了却我的心愿。"

我安慰刘镇长说："鸽儿应该没事，说不定在外面还生活得很好的。"

"但愿吧，不过，我得拜托你，有机会出去，一定要去打听一下她的下落，据我所知，她已去深圳。记住，有她的消息请你一定告诉我。"刘镇长说完，就起身走出了酒店，上了小车走了。

二

我到了另一个房间，溪溪正在那里唱卡拉OK。她虽然唱攻不是很好，但歌声还算好听，我在她旁边的沙发上坐下，听着她唱，她唱完后，走过来说："你说，我唱得好不好？"

我说："你唱得太好了，我为你鼓掌。溪溪，你还有这份闲心唱歌呀？要是大家都像你整天这么快乐，多好呀！"

溪溪说："不开心那是你自寻的，谁没有烦心事呢？关键看你怎么想，你如果要想把日子过得轻松快乐，就多想想开心的事。来，你也来唱一首，我还从没听过你唱歌呢。"

我起身说："我哪里能唱歌哟，整天忙这忙那的。时间不早了，我们是不是该回公司去了？"

溪溪她听我这么一说，走过去放好话筒，说："走吧，出来真是好玩，有酒喝，有歌唱，不像在家里，整天就是闲着，闷死人啦。以后你出门办事，别忘了叫我一声。"

我冲她笑了笑，说："你这么喜欢出来玩呀，在家里也能唱歌，更能喝酒，不也是很好玩吗？过几天，李总回来后，他能让你到处乱跑吗？"

溪溪走过来，用手挽着我的胳膊，亲昵地说："脚长在我身上，他管得了吗？再说，他也不是时时跟着我，更不是用绳子把我拴着，随便找个理由就糊弄过去了。"

我转过头去，看了看她，她喝了酒更好看，比她平常看起来要漂亮得多。她脸上的笑像阳光那么灿烂。我说："我想，没这么简单吧，李总毕竟在商场中混了这么多年，什么人什么事没见过，谁的一举一动他不清楚，有些事可能是他碍于面子装糊涂，你能糊弄得了他？"

溪溪撒娇地说："反正不跟你争了，上车吧。"

我们上车后，溪溪没有坐副驾驶位置，而是在后排挨着我坐着。开车的是公司刚聘来的一位小伙子，人很老实，也许因为他才来，肯定不知道我和溪溪的事，他也没有回头，而是认真地开车。由于都喝了酒，我们有些困了，溪溪一会儿就歪着头睡去了，从她那一张绯红的脸就知道，她喝得真不少。我还时睡时醒，看看熟睡中的溪溪，我的耳边又响起刘镇长的话：鸽儿没有跟你联系过？我的心中又想起鸽儿，虽然我嘴上没说出来，但我比他更想得到鸽儿的消息，可上天就是这样，越是盼望的事就越和你捉迷藏似的，直到现在我还真没有她的消息。仿佛眼前的溪溪就是鸽儿，我伸出手，把她歪着的头往我身上一拉，她就顺势地倒在我的怀里。

三

第二天，李总就回来了。他把我叫过去，从李总那微笑的脸上发现，他这次出去玩得不错，心情也特别好，我说："李总，你这么快就回来了，你这次出去收获不小吧？"

李总喝了一口茶，抽出一支烟递给我，说："来一支，这是港牌的，正宗货。"平时很少抽烟的他，自己也点上一支烟，说："这次我出去呀，真是大开了眼界。人家那些企业的老总们，身上穿的一件衣服就价值十几万，脚上的一双皮鞋也上万，更不用说住的总统套房。在考察期间，我所到的一些企业，人家那些管理模式，是通过国际认证的先进模式，人家的经营理念，那才是超前，而且超前到什么程度，起码五十年，你能信吗？我看呀，我们得认真思索一下了。"

我趁李总说话间断的时机，赶紧向他汇报了关于健身娱乐场的征地情况，李总听后忙说："干得好！这个项目得抓紧修建，而且要高质量高效益，争取用半年时间建成。"

我不敢相信，以为听错了，我问道："到现在图纸还没下来，拆迁工作还没开始，不说修建，就是这前期工作都可能要几个月才能完成。半年，能行吗？"

李总像下命令似的，大声地说："就半年，多一天都不行，你看人家那些公司，兴建一个项目，十天半月就完成了，周期短才见效快，你也得学着点。"

"这只能争取了，你也是知道的，在我们这里办啥事都一个字'难'。人家沿海就不一样，讲速度，讲效率。当然，既然李总都这么定了，我就一定按你的意思去办，再困难也争取能完成。"说罢，我就起身准备离开，免得又听他炫耀自己。

不想，李总又叫住了我，我只好坐回原处，问道："李总，还有什么事？"

李总说："在修建这个健身娱乐场时，要考虑到多元化、多功能，起码要在娱乐上下功夫，比如KTV、游泳池等这些休闲场所要应有尽有，为以后主要消费向娱乐休闲型发展打下基础。"

没想到，李总的这一次出去，真的是大开了眼界，眼光一下就放开了，让我真有些不敢相信，真是人不出门，不知天下之大。我说："李总真是高见，在设计方面就是尽力朝这方面去考虑的。"

"另外就是，你在一手抓这个项目实施的同时，也要抓好健身器的销售，我想你很清楚，公司修建健身娱乐场需要投资一大笔钱，而这些钱从哪来，还不是靠产品销售出去后才有钱投入吗？"

"李总放心，这一点我早已安排好了，我已给销售部所有的人下了硬任务，不管以什么办法，都得完成销售计划。"

李总满意地点了点头："好，没事了，你去吧。"

四

按李总的安排，我一手抓销售科的工作，一手抓健身娱乐场的修建。这个任务看似轻松，实则是一个苦差事。计划是我提出来的，只能由我去完成了，再累再难也得去干，没有回头路可走。当然，一个人干自己想干的事，也是一件十分快乐的事，更是一件值得高兴的事。

为了确保进度和质量，我必须在工地上住下来，好把这项工作落到实处。这个工作很具体，我主要负责全面的工作，小李也一同与我来到工地上，她主要协助我，一边搞拆迁一边跑设计。这个拆迁工作，在城北镇政府的支持下，由于宣传工作到位，对于补偿还房等最大限度给予优惠，老百姓十分积极地配合，拆迁工作进展顺利。至于那个图纸的设计工作，我想还是尽量安排小李去联系，因为她在人际交往方面是强项，这是大家有目共睹的。我对小李说："这个设计，必须是一流的，多功能、多元化、有特色。那就得去找一流的设计师，只有一流的设计，才能确保这个标准，懂吗？"

小李笑着说："刘科长，你像是在做指示一样，你不说我也明白的。这个你放心，凭我的才能，不说是找设计师，就是找个工程师，也肯定没问题。再说，我也不是旁观者，这也是我的工作，我肯定要去找全市一流的设计师，一流的设计师随便设计一个都是一流的图纸。"

听她说得这么自信，我笑着说："你不要光嘴上说得好听，要看实际行动，明白吗？"

小李听后，有点不高兴地说："刘科长，你怎么老是不相信我呢，我在你的心中难道就是一个啥事也办不成的人吗？你看人不要光看表面，有的人表面上说得好，却啥事也干不好。我呀，嘴爱说，但事也会干，你还不喜欢，你到底喜欢什么样的人呀？"

我不知道该说什么好，她确实是这么一个人，虽爱说但会做事。我说："你说话总是绕来绕去，你如果跟着我觉得委屈，或者你不愿意干这个，你就回销售科去吧，销售是你的特长，说不定还能当上销售科长。"

小李没生气也没笑，说："谢谢你的抬举，更要谢谢你的吉言，销售科长是随便哪个都能当得到的吗？你以为天上会掉馅饼，哪有这么好的事？你以为我真想跟着你干这破工程呀，我才没那份闲心，是李总安排我来的，李总说的话我不敢不听，我想你也不敢不听吧。所以，我还得在这儿干下去，不管你讨厌我也好，不讨厌我也罢，我都得在这儿干，因为我要挣钱吃饭。"

我说："好好好……算我理解你，还不行吗？你去做你的事，别再废话了。"

小李愣了愣，想了想，仿佛觉得还有话要说，但她看我边说话边做事,她也想走,但她还是忍不住又说:"刘科长,是不是我在这儿会妨碍你的好事,比如你的同学张兰来找你叙旧,比如老板娘溪溪来看你,比如……"

听小李这么说,觉得她什么都知道,我很生气地打断她的话说:"你还有完没完,说够了没有?我说小李,你整天就是说个没完,累不累?"

小李笑了,而且很开心地说:"遵命!"

虽然,小李嘴巴不饶人,但办起事来是没得说的。经过小李的努力,也通过朋友引荐,终于与市工程设计院签下了设计合同,并在半月内交来图纸。她这次去联系设计图纸的事,办得比我想象的还要好,而且短短两天时间就搞定。这个事落实了,我总算松了口气。

接下来就是联系承建单位,先后有好多家建筑公司找到我,也有的直接找到李总。我都没有明确表态,得背地里摸摸他们的建筑资质,还有他们以往建筑的楼房质量如何,讲不讲诚信等等。这个事由我亲自去,也不能让任何人知道,我就像侦探一样,神不知鬼不觉地进行。因为这涉及建筑质量的问题,是至关重要的一环,一点也马虎不得。

五

那天,我先到大兴县,通过明察暗访,把那些找我们的建筑公司情况基本摸清楚了,回去后还要通过比较和论证后才能确定。在我从一家建筑公司出来后,看见张兰早已等候在那里。我感到奇怪,她怎么知道我在这儿呢？她一见我出来，十分热情地说："老同学，自从那次见面后，又有半个月没见面了。今天听说你来大兴县了，我正好路过，也想请老同学去我家里坐坐，叙叙旧嘛。"

张兰今天打扮得特别漂亮，看上去精神也很不错。我不知道她是真路过这儿还是专门在这儿等我？我也不去多想。很为难地说："对不起，老同学，我今天还有很重要的事要办，改天一定登门拜访。"

张兰走过来，亲热地拉我上车说："我是诚心诚意请你的，事情慢慢地想办法嘛。走，先去我家里坐坐，我刚打了电话，我先生也在家等你的。"

我难为情地上了车，不一会儿就到了一个十分漂亮而且豪华的别墅小区，穿过那个大大的草坪就到她家了。开门后，我感到奇怪，不是说她先生在家等我，怎么不在呢？我问道："老同学，你先生呢？"

张兰笑着说："他刚打电话给我说，他的公司里有点急事，先出去了，他一会儿就回来。再说，你又不是外人，我们是老同学，他有什么不放心的？"

一到家里，张兰就忙着泡茶，边削水果边陪我说话。她说话的声音更显温情，她削水果的手演绎出细节的美感，仿佛觉得她是一个极富生活情趣和过得很幸福快乐的女人。

张兰说："老同学，你现在负责这个项目，肯定很辛苦吧，可别累坏了身体，工作慢慢地做，就像我的建筑公司一样，几百号人天天要吃饭，经营起来也费力的，还得请老同学关照关照。"

我接过她递过来的水果，看了看她，说："当然，如果有机会的话，我一定先考虑你的建筑公司。"

张兰说："这就对了，同学还是同学，你肯定会先考虑我们建筑公司的。因为三年同窗，那是难得的一种美好的记忆！"

由于只有我们俩，又是对坐着，在那暗红色的灯光下，我不自然地看了看她，她此时的眉宇之间流淌着含情脉脉，显示出一种超然的美和特别的韵味，只要看着她就有一种冲动和欲望，更有一种说不出的愉悦和享受。我明白，这种类型的女人，能够让我浮躁的内心也变得格外的激动。

我想，她真是个别有用心的女人，能够准确地选择环境，能够准确地把握男人的心思，还能营造一种特别的氛围。在这种和谐温馨的环境里，我仿佛也变得身不由己。

随后，她倒上红酒，说："老同学，你还是第一次来我家里，只坐着聊天也没意思，还是喝点红酒吧，我平时是把它当饮料喝。"

她端起一杯，也递一杯给我，我接过酒，就慢慢地喝起来。喝了酒后，她显得更加热情了，虽然她尽力在表现自己，但我还是从她的言语中也感觉到她的一丝忧伤。我不明白，像她这样的女人，吃穿不愁生活富足，开着豪车，在别人眼里风光体面，怎么她内心还有不开心的事呢？

我们继续喝酒，边喝酒边说话。她说："老同学，我记得你上初中时很爱好文学，你写的散文很美的。你还帮别的同学写过情书，可见你是个多才多艺，更是多情的人。在当时，都让我们班上的女同学为之羡慕，更是把你当成心中的白马王子哟！"

我吃惊，到现在我没记起她这位同学，可她还记得我写的文章，还记得我帮别的同学写过情书，她的记性怎么这么好，而我为什么记不起她了呢？说："我那时想得太天真了，一心想成为作家，哪还有心思认真学习呢？现在想来，成为作家这么容易吗？而且书又没读好，耽误了大好前程。"

她说："其实，考没考上大学并不重要，像我考上了大学又能怎样呢？还不如一个初中生。我先生就是一个初中生，他能白手起家，发展成现在这个上亿资产的公司老板，你说这与读书有关系吗？还有你，你也没考上大学，但你现在不一样有出息了吗？"

我感叹了一下，说："你说得也对，不过，我想上过大学的人还是不一样，学的知识多，在同样的平台上，肯定发展会不一样的。"

张兰笑了，说："现在，我一直记得你那时写的散文，有点像童话，纯洁无瑕的，读后让人充满幻想。当然肯定没有小说的丰富想象，让人感到离现实太远；更没有诗歌的瑰丽飞扬，让人感到心思缥缈。也许是你的生活经历少，你写的没有太多惊心动魄的故事，有的只是意境。"

我说："我读了好多书，比如三毛、泰戈尔、托尔斯泰、朱自清、张爱玲的书我都读过，可就是写不出他们那么厚重的东西。说真的，那只是一个梦想，现在想来，太天真了，不值一提，早已不写那玩意了。"

张兰说："其实，那时的梦想才是最美好的，我真怀念那些时光。要是还能回到读书时代，真好。"

不知是喝了酒，还是我们真的谈得来，感觉到一种从未有过的开心。张兰说："老同学，听说你这个项目马上要动工修建了，落实了承建单位没有，我们这个建筑公司从资质上、财力或者人力上讲，都是比较雄厚的，我们接下来的每一个工程，都是以质量取胜的，这个你放心。"

我终于明白了她的用意，今天请我来，不只是为了叙叙旧，而是另有目的。我装着不知道，仍若无其事地和她说着话。她仍说："甜不甜家乡水，亲不亲故乡人，这个事请老同学放在心上哟！"

我笑着说："如果同等条件，我会优先考虑你们的。"

这时，张兰把椅子往我这边拉了拉，用柔情似水的眼睛看着我。说真的，她的举止、表情，还有她的眼睛，真让我着迷，我感觉自己的心跳动得很快，但我尽力控制自己，像什么事也没有发生一样。她看了看我没什么反应，笑着说："吃水果吧，老同学见面，别太拘束了，随便一点儿，就当你在自己的家。"

我接过她递来的水果,说:"是的,我们是同学,随便点儿好。"

又聊了一会儿,我一看时间不早了,起身说:"我还有事要办,我得走了。"

张兰说:"我早已安排好了,吃了午饭再走,同学见面,说什么也得吃了饭再走,你再忙也不至于饭都顾不上吃吧?"

我笑了笑说:"谢谢了,酒也喝了,旧也叙了,我真有事,改天再来拜访。"

不知是她真心想留我吃饭,还是有意给我点儿什么悬念,她亲热地拉过我,用她的手紧紧地握着我的手,好久才松开。

她这一弄,真弄得我有点晕头转向,更是神魂颠倒,但我还是用力抽出手,赶紧走出了她的家,她却站在门口笑着说:"老同学,我就不送了,欢迎你有时间再来家里坐坐。"

第十二章

一

为了确保质量和进度，我多次组织召开工作会。在会上，我尽量听取大家发言，再做决定，因为众人拾柴火焰高。

小陈说："现在拆迁基本进入尾声了，最重要的是确定承建单位。去找信誉度高、有资质的，资金和人力都比较雄厚的建筑公司，才能保证工程的质量。"

我说："那是肯定的，必须这样才能保证工程质量。"

小李说："这个嘛，好像李总亲自定了一个建筑公司，听说这个建筑公司与李总有很好的交情，我们还有另找建筑公司的必要吗？再说，是李总定的，不管行不行，如果我们再去找，就是行他也不会同意的。"

我一听小李这么说，心里就有气，说："不行，这么大一个工程，哪能由他一个人说了算，得按规定办，公开招标。在这里，我有必要说一下公开招标的程序：一是招标登记，招标人提供项目信息及相关前期手续材料，报招标办备案，确定发包方式；二是招标办理程序，招标人可自行办理招标事宜，也可委托有资质的招标代理机构办理招标事宜；三是费用收取，收取工程交易综合服务费，以每宗招标项目中标价为计费基础。中标价至少在二百万元以上……"

小陈打断我的话说:"刘科长,你说得这么多,有用吗?我看这事还是得跟李总商量再说,毕竟他是我们的老板。"

我气愤地站起来,大声地说:"你们这是怎么了?这么大一个工程,你们怎么不从工程质量上去思考,怎么老是看一个人的脸色行事?再说,他作为老板,难道不希望这个工程修建得更好吗?"

听我这一说,他们都不出声了,我起身说:"今天的会就开到这里,你们各去忙各的事吧,这事我明天去向李总请示。"

第二天,我来到李总办公室,向他说明了来意,李总有些不高兴地说:"这个事,是经董事会商量了的,那个建筑公司不管是资金、技术,还是人力都是全市一流,我也是经过考察论证了的,在建设质量上是绝对没有问题的。"

我还是坚持说:"这么大一个项目,得多方面考虑考虑,不能只讲人情,还是得按规定办,进行招标。如果他们的公司真的像你说的那样,招标也肯定没问题的,我想这样更有利于我们工作的开展。随便去找一家建筑公司,万一质量不行,或者出点事谁负得起这个责任。李总,你说是不是?"

李总生气了,他站起来,大声地说:"我难道不知孰重孰轻,我还拿这么多钱去打水漂?你是说我没有从全面考虑?告诉你,我是有分寸的。再说规定,哪样规定不是人制定的,只要是人制定的,都会有个变通的方法。"

我看李总生这么大的气,真不知怎么说了,只能呆愣愣地坐在那儿,走也不是,听也不是,如坐针毡,整个人像快要疯了似的。

他说:"刘科长,我把这个项目交给你,并不是完全由你说了算,有些事得服从大局。凡事得往好处想,还没动工你就说出点什么事,那还怎么干事。好了,这事就这么定了,你去办吧。"

我走出李总办公室,心里极不高兴,没想到自己信心百倍想干点事,却这么难,不但在外面要处处求人,在公司里也要时时受气。这事要是能扔出去让别人去干多好,现在是猫抓糍粑脱不了爪爪了。

"哟,刘科长,你这么忙呀?连自己的办公室都不进去,去哪儿?"不知道溪溪是从哪儿钻出来的,站在我身后,我站住了,本来心里就不高兴,就不想理她,我回头看了看她,说:"我正在忙工地上的事,哎……你有事?"

溪溪看出了我那一脸不高兴的样子,她也愣了一下,似乎也在想我到底是怎么了?她说:"没事,我只是想与你随便聊聊,你有时间吗?"

"有!"我又回去打开自己的办公室,让溪溪进来,在桌前的椅子上坐下,我去给她倒了一杯水。

我说:"溪溪,你想想,这么大一个项目,在找承建公司这个事情上,李总竟然是一个人说了算,万一这个建筑公司是冒牌的,或者根本不是一流的呢,那修建出来的健身娱乐场,即使不出质量问题,但也未必确保是一流的健身娱乐场呢。"

溪溪笑着说:"这事是你多心了吧,你以为这个项目是你提出的,又是你负责抓,只有你一个人付出了心血,只有你一个人才希望建好?这就是你的错,难道李总不希望建成一流的娱乐场吗?"

我听后,觉得溪溪的话说得很对。但不管怎么想我还是想不通,我是这个项目的负责人,凡事也得通过我,哪怕是走过场,也得在形式上过过,不说是尊重别人,就算是照顾一下情绪也行,可他却下命令似的,说定就定了,一点商量的余地也没有。

溪溪看出了我的心思,她笑着说:"你的心思我懂,你对这个工程付出了很多,这个全公司的人心里都明白,李总也更清楚。不过,我得提醒你，你得学聪明点，凡事得有个变通，现在这个社会，做人也得圆滑一点，做事别太认真。这个工程，成功与失败，很可能关系到你个人利益，但更多的还是关系到公司今后的发展，李总也有他的难处，那家建筑公司真正的主人，是市里的某个领导的亲戚，你明白吗？"

经溪溪这么一说，我才真正明白其中的原因，我一时不知该说什么好，但还是难转这个弯。

"好，我该走了。别太认真，我只是随便与你聊聊而已。我相信你会想明白的，因为你也是个聪明人，何必去较真呢？"说完，溪溪走出了办公室，我目送着她的背影。

二

不管我怎么较真，还是改变不了这种状况，在承建这个工程上，既没公开招标，也没有做最后认证，就连会都没开，直接由李总定了就算数，最后还是由李总定的那个建筑公司承建。经过一个多月的准备，拆迁工作基本完成，为了赶进度，建筑队提前进场了。

自从建筑队一到，我就更忙了，除了协调一些事，几乎都在工地上转。那天，我去工地上，几辆工程车将脚手架以及钢筋水泥、砖也运来，工人们正在忙前忙后。我就不明白了，按理说他们整天干着这么累的活，几乎是汗水泡着的，可他们好像没什么烦心事。而我，整天坐在办公室里，雨淋不着太阳晒不着，论工作环境比他们优越，论收入可能也比他们多,为什么就没有他们乐观,没有他们那种开朗,更没他们那种欢乐呢?

随后,我走出了工地,来到刘镇长的家里。刘镇长见我来了,高兴地叫我坐,吩咐他夫人快去弄几个菜,还给他夫人介绍说:"他就是小刘,以前跟鸽儿是同学的那个小刘。"

我起身叫了一声:"李婶!"

李婶忙说:"坐,坐吧,几年不见,小刘真有出息了。当初,我就说老头子,不要硬逼……"

刘镇长挥手示意别说了,李婶见状就笑了笑,说:"光顾说话,我锅里还煮着菜呢。"说罢,转身朝厨房走去了。菜弄好之后,刘镇长拿出一瓶酒说:"这瓶酒是一个老板从香港带回来的好酒,我一直都没舍得喝,今天把它喝了。"

刘镇长倒上酒,递一杯给我,自己又端上一杯,说:"来,干。"

我们一边吃菜一边喝酒,也一边聊天,李婶一会儿去弄菜,一会儿又去弄饭,多半时间是我与刘镇长在喝酒说话。

我说:"刘镇长,这次华华公司多亏你了。不然,还不可能征用到这块地呢。"

刘镇长喝了一口酒,叹息一声说:"为这块地,我已得罪了一些人、房产公司、可乐公司等,这些人是得罪不起的,他们都有背景,得罪了他们,就等于得罪了县里的一些领导,他们处处找我的麻烦。"

正好李婶又端来一盘菜,插嘴道:"可不是呢,有人造谣说,你是我家女婿,说我家老头子是在以权谋私,还说我们得了你们华华公司的好处,纪检部门还要查呢。"

我不敢相信,发火道:"怎么这样呢?"

刘镇长又说:"这个嘛,还是听说,还没有真到那个时候。再说,就是真的来查了，我行得正、站得直，还怕什么呢？"

刘镇长的这番话让我对他顿生敬意，说："给您添麻烦了。"

"现在干啥事不麻烦呀！别说这事了，我们喝酒，一醉解千愁呀，来……干杯！"

我与刘镇长又干了一杯。

不久，刘镇长已有些醉意了，说："我已快到退休的年龄了，可能这一届干不满就得退了，退休后还真不知道该干什么呢。总之，在我退休前，总算帮了你一把，更是为城北镇人民做了一件好事。怎么说呢，你们的娱乐馆建起来了，来这里旅游休闲的人，难道不吃不喝、不消费？再说你们这个项目又是无害企业，对周边的环境、对周围的老百姓有利，不说别的，菜农的小菜好卖，搞餐饮的更不用说了。"

"是的，这个娱乐馆的建成，对华华公司、对你们城北镇，都是有百利而无一害的，那又为什么有些人偏要这样找碴？难道他们就没有考虑过这些？"

"考虑，谁没有长脑壳，谁不明白这些？只要对自己有好处，就行，懂吗？"

我明白了刘镇长的意思，心里更为刘镇长鸣不平。

三

关于承建公司的事,我没能力改变李总的决定,这个工程没能让张兰老公的建筑公司承建,我心里觉得对不起她。虽然,我没有收她的红包,也没得到她的任何好处,更没有欠她什么人情,但总觉得这个工程应给她。至于她说是我的初中同学,我到现在还没想起一点关于她的印象。她是不是我的初中同学不重要,只要她说我们是同学,我想就算是吧,是同学不是什么坏事。在这个世界上,能多一个认识的人,也多一条路。

从此,我不管是去大兴县城,还是去市里办事,最怕遇见的就是她。当然,看起来她也不是一个十分小气的人,不可能为这事跟我过不去,更不可能在心中记恨我。他们这个建筑公司能一天一天发展壮大起来,除了经营管理得好,我想还有一个重要的原因,就是有发展眼光,能灵活应对市场的需求。从这点上来看,他们具有一定的能力和素质,不可能为这点小事想不通。

那天,我去市里办事,正好碰到她,想躲都来不及,她开着奔驰车突然在我身边停下,伸出头来,问我:"老同学,你这是去哪儿呢,快上车,我送送你。"

我感到很突然,也不知如何是好,忙说:"我没事,随便走走,你去忙你的嘛。"

张兰却硬要我上车,我实在没办法就上车了。上车后,她问道:"老同学,你要去哪儿?"

我说:"我刚办完事,这时没事了,随便走走。"

张兰说:"正好,我也没事,我就带你去湖畔公园里转转。"

很快,我们就到了市里的湖畔公园,走进公园,美妙的音乐传入了耳畔。小道旁边的假山上,已经坐满了十多位老人。五六位年过半百的老人,每个人手中都拿着一件乐器,为一位神情饱满、声音洪亮的阿姨伴奏。此时,阿姨正在演唱《红梅赞》。那高昂的音调,熟悉的旋律,使周围的游客也渐渐放慢了脚步,很多人都停下来,或驻足观看,或小声哼唱,或认真倾听。渐渐增多的人群挡住了这些老人。

我问张兰:"哎,你今天怎么也来市里了,是来办事?"

张兰摇摇头,苦笑了一下,说:"我今天不是来办事的,是专程来玩的,最近一段时间心情不好,出来走走。没想到,能在这里碰见你,看来我们真是有缘。"

我望着她,发现她的精神面貌没有以前好了,仿佛看上去多了一丝愁容。我说:"也许是吧,不然怎么这么凑巧呢?老同学,你是不是有什么不顺心的事,不妨说说,我也可以为你分忧呀!"

张兰看了看我,想说什么,却没有说出口,转身继续往前走。

我们继续前行,小湖的西边,竟然显得悠悠然也。我不是因为见了张兰高兴,而是这几天仿佛觉得轻松了许多,因为工地已动工修建了,那些因这样或那样不开心的事似乎已过去。我说:"老同学,这儿多美呀,我们就在这儿坐坐吧。"

张兰笑了笑,不知她是被这里的美景所感染,还是因为我的到来让她开心,明显感觉到她比先前要高兴多了。她说:"好吧,就在这儿坐坐,感受一下这儿的宁静,也好与老同学说说话。"

突然,我想起了她曾跟我说过,她的公司想来承建我们公司的健身娱乐项目,我却没能把这个项目给她,她会不会为这个而对我有什么成见呢？我说："老同学，对不起，我负责的那个项目，是李总亲自定的建筑公司，没能把这个工程给你先生的建筑公司承建。我当时想给你们的，可我却做不了主，请你谅解。"

张兰听我这么一说，笑着说："老同学，别把这事放在心上。这事我早就知道了，你也尽力了，有些事不是你能做得了主的。不用说你这么一个小工程，就是好多大工程我们送礼找关系，到最后还是没拿到的多得很。不说其他的，就说你有这份心，我得感谢你。再说，现在这个不重要了。"

虽然，她尽力地掩饰自己心中的不愉快，但我仍感觉到与那天见到的她判若两人。我又不好直接问她，只能陪她坐着。

不知坐了多久，张兰便起身说："时间不早了，我也该回去了。"

等我们上车后，张兰说："感谢你，老同学，感谢你今天陪我，我现在心情好多了。"

我说："现在也该吃午饭了。这样，老同学，今天我请你，我们去喝几杯？"

张兰摇了摇头，看来她确实没有心情，她说："对不起，老同学，我先生可能这时办完事了，我得去接他了，改天我请你。"

出了公园，快到公共汽车站时，我下了车，张兰也开着车走了。

四

这时,我的手机响了,是小陈打来的,他说:"刘科长,快回来,工地上出事了。"

我一听急了,心想,这可怎么得了?千不怕万不怕,就怕出事!我忙问道:"出啥事了,你快说!"

小陈很着急地说:"有一个拆迁户因补偿问题,带人来工地上闹事,还带着刀,谁也劝不住,弄不好真会出大事哟!"

我说:"原来是这事,你们别慌,我马上回来。"

当我赶到工地后,见工地上围着很多人,说赔偿问题没解决好,不让工人施工。他们情绪非常激动,不分青红皂白见人就打,有人还对着挖掘机和搅拌机砸,谁也劝不住。我大声吼道:"你们冷静点,别打人也别砸机器了好不好?我是这儿的负责人,有什么就和我说,我会尽力给你们解决的。"

一群人马上向我围过来,为首的还用手指着我说:"你是这儿的负责人?你说,我们这赔偿问题怎么解决?你们以前说最大限度给我们补偿,可你们说的哪句兑现了呢?我们现在一分钱也没有拿到。你说,补偿的钱,你们拿去哪儿了?"

我说:"大家有话好好说,别激动。"

他说:"好好说,现在还能怎么说呢,是不是要等你们把房子修好了,等你们挣到钱才给我们呢?你说,到底是你们没补偿还是被当官的吃了?"

一下子,众人也跟着吼起来,我看这阵势真的难招架了,不管我再说什么，他们也不听，只管大声吼着："我们没拿到钱，你们就别想施工，等哪天我们拿到了钱，你们就哪天再施工。"

这时，刘镇长带着镇里的干部，还有派出所的民警赶到了。刘镇长说："乡亲们，他们来我们这里投资，是有利于我们镇的经济发展的，你们想想，专门去请也请不来这么大的公司来投资，现在人家来投资修建健身娱乐馆，我们要支持才对，至于补偿款，他们已打进镇上的账上了，我们立即发放到你们的手中。"

老百姓听了，都纷纷让开，不再说什么了。但那两个为首的，却还在煽风点火，鼓动群众继续闹，他们说："鬼才相信呢，镇长不知得了多少好处，才帮他们说话，我们坚决不相信他们说的，给我砸机器。"

刘镇长说："乡亲们，别乱动，砸机器是犯法的哟，有话好好说！你们的补偿款包在我身上，如果得不到，你们直接来找我，我保证分文不少给你们的。"

不管刘镇长怎么说，为首的那两个人仍不罢休，看来他们是有意来闹事的。群众哪里经得起他们的鼓动，又一窝蜂地围上来。这时民警看情况不对，怕事情越闹越大，当即决定，把为首闹事的两人带回派出所。

最后得知，他们也是有人出钱指使来闹事的。指使他们的人是本县一个建筑公司的老板，因为他们没有承包到这个工程。

从这件事上，我改变了对刘镇长的看法，今天要不是他，不知道会发生什么事。同时，我也连夜赶回公司，向李总做了汇报，征得李总同意，叫财务科抓紧时间将剩余的补偿款打过去，不要再给刘镇长增添麻烦了。

第十四章

一

有一天晚上，突然接到一个陌生电话。让我觉得很奇怪，一般情况下是很少有人晚上给我打电话的，尤其是陌生电话更是少之又少。这是谁的电话？她这时打来干什么？是不是又是一个刚刚翻新的诈骗电话呢？这次是一个女人的声音，听起来不像是个诈骗电话，我感到奇怪了，电话里仍在问道："喂，你是刘大为吗？"

"我是，请问你是哪位？"我又看了看电话，听声音也觉得很陌生，但又好像很熟悉，可我怎么也想不起来是谁。

她却爽快地说出了她的名字，说名字时那口气就像老朋友一样，十分随便。她说："我是马兰。"

我还是没听出来她是谁，我问道："哪个马兰？"

她笑了，通过电话都听得出她笑得很开心，说："老同学，你真是贵人多忘事，我是在市群艺馆从事舞蹈工作的马兰，你怎么就把我忘了呢？刘大科长，你别的女同学都没忘，怎么偏偏把我忘得这么一干二净，我好受打击哟。哎，今晚你有空没有？"

听她这一说，我还真想起她来了，说真的那次在一起喝酒之后，我还真把她给忘了。我说："怎么会忘记你呢，你是舞蹈家，人又长得这么漂亮，能忘得了吗？我说马兰，这么晚了，你打电话来有事吗？"

不知是马兰听后生气了，还是她有意在撒娇，她说："老同学，你说这话就见外了，没事我就不能找你？我和几个朋友在歌舞厅唱歌，我想请你来玩玩，你一定要来哟！"

我想了想，说："我在城北镇，城北镇在县城的郊区，有点远哟，我还是不来了，你们玩吧。再说，我和你的那些朋友又不认识，还是你陪他们玩更好，你说是不是？"

马兰说："没什么的，朋友嘛，一回生二回熟，虽然你不认识他们，但你来后我一一介绍，这样你们不就认识了么？哎，你是不是以为我喝醉了，我是喝了点酒，但没醉，郊区离这儿又不是好远。不说了，要是你给我这老同学的面子，你就来，不给你可以不来。"

我挂断电话后想，马兰在上初中时性格就很开朗，更是能歌善舞，也是一个说一不二的人，没想到这么多年过去了，她的性格依然是这样，一点也没变。要不是那次阿蓝为了陪我，约她一起来吃了饭，我还真把她忘了。她长得还是很漂亮的，只是当时心中有了鸽儿，就把其他的女同学都淡忘了。

二

一会儿,我就打了一辆出租车,来到县城中心找到了她说的那家歌舞厅。他们坐在大厅的最里边,只见他们男男女女七八个,一边喝酒一边唱歌。已经喝得有些醉意的马兰看见我来了,走过来一把拉住我,等我坐下后,又给我倒上一杯啤酒,说:"老同学,你终于来了,刘大科长,我敬你一杯!"

我端起酒杯,与她碰杯后说:"老同学这么看得起我,我怎么能不来呢?马兰,你今晚怎么来大兴县了?"

她说:"我说老同学,要不是我今晚主动请你唱歌,你可能早把我忘了吧?其实,我来大兴县文化馆挂职锻炼一年。怎么,你不相信我现在当了文化馆副馆长了,因为我高兴,所以就请你来玩。"

我听后,真为她高兴,但也有点想不明白,她放下市里这么好的工作,来这个小县城干什么?舞蹈搞得好好的,还来当什么副馆长?人家那些大艺术家可是视艺术为生命,当然,人各有志,在艺术领域里混了这么多年,来官场上过把瘾又何妨?我说:"你真行,转眼间你从一个舞蹈家就变成副馆长了,祝贺你,马兰!"

随后,马兰给我介绍说,他们都是一些唱歌跳舞的业余爱好者,她目前正在给他们排练一个节目。别看他们年轻,但很有艺术天赋,说不定将来会成为歌唱家或舞蹈家。她也给其他人一一介绍:"他叫刘大为,是我的同学,华华公司的销售科长。现在呀,可不得了,是公司的大红人了。负责一个上千万的大工程,就是他们公司的一个健身娱乐馆的修建工作,是企业界的成功人士。"

她这么一介绍,明明知道她是在有意夸我,渲染一下气氛。却让我听起来很舒服,心里总有一种说不出的高兴,他们都向我投来十分羡慕的目光,我只笑笑与他们握手。于是,我和他们在一起疯狂地喝酒、尽兴地唱歌跳舞。

虽然马兰喝得似乎有点儿醉了,却还是比较清醒的。跳舞时离我远远的,不像我在外面谈生意时,有些女人在跳舞时把我抱得紧紧的,这让我感到有些不理解。但这样跳起舞来,让我有一种真正的轻松和快乐。

三

回到家后,先前觉得还有些醉,但不久就变得十分清醒。我想来想去就是想不出个理由,马兰为什么今晚请我跳舞,说她请我是为了承建工程也不像,或者是为了卖一些建筑材料更不像,以她的性格有什么就说什么,如果是为了拉生意,她肯定早就会说出来的。

一连想了好几天,都没想出个缘由来,渐渐地我也把这事忘了。有一天,马兰又打电话来,叫我去县城"五星发府"大酒楼吃饭,说是有几个朋友聚会,也请我去喝两杯酒。

我说:"我在工地上正忙着,走不开。再说你们聚会,我来不好吧?"

马兰说:"那建筑工地上的活儿又不是你亲自干,只要你安排好就行。再说,你又不懂建筑,那是建筑队的事。你就别推辞了,一定要来哟,因为只有你来了，这个聚会才更有意义嘛！"

我挂断了电话，一看快到中午十二点了，我就打了一辆出租车去到县城"五星发府"大酒楼，马兰早已在门口等着。看见我来了，她拉着我就走进了一个包间，给大家介绍说："这就是刘大科长，我的初中同学，一位成功的企业界人士。今天是我生日，他们都是我的同事和爱好演艺的朋友，所以把你请来，因为你来了，我的这个生日也肯定才过得更有意义。"

我说："哎，老同学，你怎么不早说今天是你生日，我好给你买个生日蛋糕。"

马兰笑着说："买不买蛋糕不重要，重要的是你能来，这样我就非常开心了。"

大家鼓起掌来，大声说道："欢迎……欢迎！"

然后，马兰端起酒说："今天是我的生日，感谢大家的光临，让我特别的高兴。来，我先敬大家一杯，干杯！"

随后，吃完饭，我就回去了。

四

这几天，平时一向上班都很积极的小李，却变得懒懒散散的，不是迟到就是早退，说她是有什么心事我还真没看出来，相反的还觉得她的精神比先前好很多，她到底怎么了？像她这个年龄，正是谈情说爱的时候，会不会是恋爱了？我想找她谈话，想来想去又觉得不便，管天管地也不可能管别人的私事来,如果是工作上不顺心的事,我作为她的领导,关心关心也正常,要真是她找到男朋友了,或者正在热恋中,我去找她谈话,是不是有点小题大做了?

说曹操曹操到,我还在为这事没想出个原因时,小李就大摇大摆地来到我的办公室,她心情不错,脸上多了比平时更好看的笑容。她说:"刘科长,今天是周末了,我们工作这么辛苦,你有什么安排没有,是不是可以犒劳一下大家,组织大家去吃一顿大餐,或者唱歌放松一下?"

我看了她一眼,看她暗自高兴着什么,也不想扫她的兴,让她难得的高兴瞬间消失。便用十分平和的口气说:"你想得倒美,吃大餐、唱歌,我还想呢,这个谁签字报销呢?"

小李说:"哎,我只是提个建议而已,采不采纳那是你的事。至于签字报销,你是这儿的负责人,不是你签字还是我签字呀?刘科长,你现在这个位置上,吃点喝点也不是什么大问题。你如果不把权力用够,过期可就作废了哟!"

她真想得出,一步步地将我的军,我不知道她这是什么意思。小李这人我是了解的,一般情况下,她说话总是绕来绕去,不到最后是听不出什么结果的。我说:"小李,你这几天怎么了,是不是遇到什么好事了,我看你精神面貌这么好,有时一个人都在笑,你是捡到金子还是银子了,你是买彩票中了大奖还是上街捡到宝贝了?如果都不是,我想,只有一个原因:你是不是病了?"

小李白了我一眼,说:"我说刘科长,是你病了吧?一句好话都被你说得这么难听,怪不得你现在还找不到女朋友,我看你这辈子可能都只有单身了。以后呀,你得学着点,怎样才能把话说得好听些,怎样才会逗女孩子开心?"

我听她说了半天，也没听出她到底要说什么，我说："小李，你今天来我办公室，不可能就为了闲扯这些吧，你找我到底有什么事？"

小李听后笑了，说："好，刘科长，我就想要你这句话。只要你没有安排，我就可以自由行动了。"

小李转身走了，我看着她那高兴劲，心中也不由得被她的那种快乐所感染，似乎我也变得快乐起来。这时，我才明白，今天是周末了，自从施工以来，我真是全力以赴，看到工程进展顺利，这才想起是不是可以松口气了。但要怎么才能过得愉快和充实呢？仿佛觉得这时我实在太累，也太孤独了。要是这时阿蓝或者马兰能打电话来，约我去玩多好。

因为闲得无聊，我便来到工地上看看，那工地上传出轰隆隆的机器声，几辆大卡车不停地进进出出，几百名工人正干得热火朝天。我平时很少来建筑工地，对他们的工作不太熟悉，他们工作时开心快乐又紧张劳累的工作状态，使我觉得自己看到了一个壮观的劳动场面。

这时不停有人向我打招呼，我总是微笑着回答。一个工头走过来说："刘总，我们完全按图纸施工的，按你的要求，在保证质量的同时，也在抓进度。本来明天是周末，按规定该放假，我们仍要加班，就是为了能按时完成这个工程。从目前的进度来看，按你们的预期完成，是没问题的。"

我说："真是辛苦你们了，必须保证质量，更要抓进度。我还要强调一点，安全第一。"

他笑着说："刘总，这话我已听你说了好多次了。你放心，安全是我们公司时时放在第一位的。你想，建筑是高危险工作，不加强安全管理，万一出点啥事，谁负得起责？"

我说："好，一定要这样，安全无小事。"

他说:"好,记住了,我忙去了。"

他走后,我又在工地上转了转,那些忙碌的人群中,有一个女人特别引人注目,四十来岁,高高的个子,适中的身材。总是戴着一顶金色的草帽,起到遮阳挡灰的作用,偶尔太热,摘下草帽当扇子扇,能瞬间瞥见盘在草帽里面的黑发和清秀的脸庞,如果换上一套时装,漫步在城市的大街上,一定不失白领的优雅和美丽。我在想:是什么原因让她穿着粗衣布裤来到建筑工地?我认真地注视着她,但又怕太直接的目光触犯她的自尊。我没问她也没问别人,她来自哪里,是不是因为家里贫穷。相反的,我从她爽朗的笑声,和别人滔滔不绝的谈话中可以看出来,她已经习惯了这种体力活。也许是忙完了,那个工头又走过来,他好像看出我的心思,说:"她来自大兴县一个偏远的农村,由于丈夫死得早,留下一对年幼的儿女。"

我听后感叹道:"原来是这样,家庭这么困难,身上的担子这么重,还能坚强地面对,而且还这么乐观开朗,真是一个了不起的女人。"

他继续说:"由于孩子年幼且有先天缺陷,她顾虑重重,一直没有再成家。在农村,家里没有干活的男人,许多重活脏活是女人无法承受的。俗话说,寡妇门前是非多,若叫别家的男人干得多了,那也容易被别人搬弄是非的。好强的她,为此学会了耕田犁地,样样农活都没有落下,遇到农闲的时候,不管累活脏活,只要能拿现钱,需要小工的地方随喊随到。现在,她已习惯干这种活,也是我们最尊敬的大姐。"

我说:"她的这种情况,真让我感动,更值得我们得去帮助。我向李总汇报汇报,争取给她点困难补助金,她真是不容易。"

他笑了,脸上更是充满着无限的感激之情,他说:"好的,我替这位好大姐先谢谢刘总。"

五

  我又在工地上转了转,就往办公室走。这时,我看见一辆小车停在外面,从车上走下来的是张兰的丈夫王庆,我一时愣住了,他来这儿干什么,是不是来找我说什么,还是有别的事?我本想走上前去打声招呼,但是没挪动脚,仍原地站着不动。王庆没有要找我的意思,也没直接往我的办公室走,只站在车前等人。不一会儿,我看见小李出来了,她走过去就直接上了他的车,然后车开走了。

  我突然明白是怎么回事了,我在心里狠狠地骂着小李,她跟他扯在一起有什么好处?人家是有妇之夫,天下那么多好男人,她不去找,偏偏找他,这图他什么呢?他除了有钱,还有什么呢?难怪有人说,现在有好多女人不是爱一个人,而是爱人家的钱,可王庆比小李大很多,两人从性格上说也不合呀?但转念一想,也许不是这样,他们是不是去办什么事呢?凭小李这么多年跑销售的经验和人缘,啥事都可能好办,作为朋友帮帮他,也无可非议。

  本来这事与我无关,也不用我去操心这件事,但不知怎么总觉得这事跟我有什么关联似的,到底有啥关联呢?想来想去也想不明白。我想等小李回来一定要问个清楚。可我等到晚上多次去她的寝室看,她都没有回来。第二天早上,我又去看,她还是没有回来。她是不是早回来了睡着了?敲了一会儿门,里面还是没响动,以我对她的了解,如果她在,她肯定会开门的。

  直到上午十点多,她才回到办公室,好像觉得自己做了什么亏心事,她不敢面对我，我叫住了她，她见我没好脸色，主动开口说："刘科长，今天是周末，你不会说迟到了吧，周末可是法定假日，你怎么不休息？去与你的老相好约会嘛，感受一下爱情的浪漫和甜蜜。你一个人坐在办公室里，傻呆呆的，有什么意思？你看我这种状态多快乐。一个人为什么不生活得开心点，老是这样绷着个脸，对别人不好，对你自己身体也不好，明白么？哎，我发现你今天有点不对劲，你是不是失恋了？"

我本来不想说她的，听她这么一说，便生气地说："小李，你还真来劲了呀？我不知怎么说你。你倒好，还开口说起我来了，我问你，你和王庆是什么关系，怎么和他扯上了？"

小李白了我一眼，说："难怪，我一进来就发现你今天有点不对劲嘛，原来是为这事生气？我怎么就不能和他在一起，他是老板，有钱呀！有钱的人谁不爱，我说刘科长，你现实一点吧，现在人的观点跟以前不一样了。再说，人家懂得珍惜女人，哪像有的人，把女人当傻子，你如果是女人，你选择整天傻呆呆地装着一本正经啥也不懂的人，还是选择既有钱又知道疼你的人呢？"

我说："你还真有理对吧。你选择谁是你的自由，我无权干涉。但你想想，人家是有妇之夫，你跟着他有什么好处？他老婆张兰你也见过，也是一个知书达理的贤妻良母，你忍心这样去伤害她吗？"

小李也有点生气了，说："刘科长，如果我工作没做好，你可以批评。但我爱谁是我的自由，我想爱谁就爱谁，难道爱一个人有错吗？告诉你，我认识王庆好多年了，并不是今天才认识的，我和他也不是你想象的那样，我们只是朋友。"

我不想再说什么，只说："鬼才相信，你好自为之吧。"

下午，我就回了公司。由于是周末，公司不上班，显得冷冷清清的，我还是走到我的办公室，随便拿起一些文件看看。

这时，李总走了进来，他说："刘大为，今天周末，你还在加班呀？要注意休息哟。"

李总随便找了个椅子坐下后，问道："那边的工程进展如何？"

我说："李总，我正想给你汇报呢，现在主体工程基本完成，正在进行扫尾工作，完全可以按我们的计划完工。"

李总说："一定要抓紧点，按期完工。"

"好的，李总，你放心。"

第十五章

一

经过半年的努力,这个健身娱乐场主体工程基本上竣工,剩下的是关于一些附属设施的建设,还有各功能厅的设备设施的安装。

现在不说是大功告成,但我也可以松口气了。因为这个工程时间紧、任务重,不说是我,就是换了任何人都一样,都不再为这事担忧了。我看着这刚刚修建好的健身娱乐馆,是那样的高大,那样的气派。也难怪小李找到一位好的设计师,我从心底里不得不佩服她办事的能力和效率。

不说我看了高兴,就是李总看了也很满意。可他没说是我们前期工程做得好、图纸设计得好,而是一个劲地夸他找来的建筑公司行,是他们的技术好,是他们的责任心强。还补充了一句,是他们之间的关系到位,才动真格地来修建这个工程。

李总的话虽然没有否定我们的工作,但也没有表扬我们所做的努力。让我无从说起,更无从争辩,觉得心中有点不舒服。当然,他毕竟是老板,哪个人做了多少事能不知道,哪个环节起到更重要的作用他难道不清楚?我想他明白得很,只是嘴上不便说,这就是他作为老板的聪明之处。最后,李总吩咐我,在一手抓设备设施安装的同时,还得去联系健身教练。

我平时不爱健身,与健身教练也没有过什么联系,突然要去联系教练，去哪儿找呢？我问小李："你和健身教练有过联系没有？"

小李不知怎么回事，她以为我又因为别的问这个。她说："刘科长，你怎么问起这个来了，你看我还用得着去健身吗，是不是我在你心目中不漂亮？我说你呀，也要求得太高了点吧！"

我说："你说话别老是绕来绕去，我是在和你说正事，你到底有认识的健身教练没有？"

小李眨了眨眼睛，看我这么认真，猜到可能是工作上的需要。她说："告诉你，我一个健身教练都不认识。哎，你问这个做什么？"

我说："是李总安排的，叫我们去联系健身教练，好在健身娱乐馆修好后，有教练来指导市民健身。现在主体工程都完工了，装修和附属工程要不了多久就能完成，到时健身娱乐馆就要开业，时间这么紧，你说我还不急吗？"

小李笑着说："哦，原来是这事，我以为是天大的事，让你这么急。我说过多次，急有什么用，急是办不好事的。告诉你吧，健身教练我一个也不认识，这个还是你去联系最好。"

我不想再听她胡扯了，说："好吧，那我自己去联系吧。"

小李走了之后，我就静下心来想，这个工程这么难都搞下来了，还怕这点小事办不成，那简直是小菜一碟。我就在脑子里想那些与健身有关的人，首先想到的是我的同学阿蓝，她已在市内的天堂健身公司当教练多年，有经验，能否把她挖过来，不说她业务有多精，就是她在这健身行业混了这么长时间，认识的同行也不少吧。

一想到阿蓝，我还真有点想见见她了，不因为别的，也没有其他的什么想法，只不过想见见她。正好有这么一个理由，也是因为工作，去见她也是合情合理的。

二

第二天,我就以工作为名,单独去了一趟市里,先在市里的大街上逛了逛,随便走了走,由于最近工作太忙,也很少像这样出来走走,所以觉得格外的开心。最后,我去到天堂健身公司找到了阿蓝,她正在教练厅里训练学员健身。她见我站在门口,猜想一定是来找她的,便叫了一声:"停,自由练习,我有事出去一会儿。"

阿蓝示意我在外面等会儿,她继续安排好学员健身,再换上衣服出来,我说:"阿蓝,没想到你的工作这么忙,我今天来不会打扰到你吧。"

阿蓝笑着说:"我们这工作,没有星期六和星期天,因为那些健身的学员是天天都要来的,所以有点忙。哎,刘大为,你来一定是有事找我吧,走,出去聊吧。"

我看了看里面的学员,问道:"你走了,他们怎么办?"

阿蓝说:"我叫他们按我教的动作继续练,没事的,这个健身呀,不是叫他们干活,我走了他们也不会偷懒的,因为是他们自己主动来的,更是为了他们自己的身体好才来健身的。"

我与阿蓝并肩走着,我说:"你最近在这儿干得怎样?"

看得出,阿蓝见我来找她,还是很高兴的。她说:"还过得去,不管怎么说,我爸与天堂公司的老总是朋友,凡事都照顾嘛!"

"那当然,干你们这行,一定过得特别的开心,没有什么烦恼的事吧。"

"怎么说呢,什么工作都一样,都有不顺心的时候。关键是自己要学会调节,别老往一处想,心态好了什么事就都不是事了。"

走了一会儿，阿蓝问我："是去喝咖啡还是饮料？"

我想了想，本来我想喝茶，但客随主便，只好说："随便。"

阿蓝指了指前面不远的一家咖啡厅，说："那我们就去前面那家咖啡厅坐会儿，那儿清静，有时没事时我也一个人来坐坐。"

到了咖啡厅里，服务小姐端来两杯冲好的咖啡，我们就一边喝一边聊天。阿蓝问："刘大为，我们又有好久没见面了吧，我还真担心你，怕你整天闷在工地上，不出来散散心，也不约同学出来玩玩，几个月下来，变成一个啥也不懂的木偶怎么办？你今天来，找我一定有事，说吧，看我能否帮你。"

我与阿蓝面对面坐着，看着阿蓝那十分热情的笑脸，有一种说不出的喜悦。我说："阿蓝，你说得对，我这段时间忙于工地，真的是从没出来玩过，整天就守在工地上，真怕出点啥事。现在主体工程完工了，我也可以松口气了。今天来，是找你有点事，我们华华公司已投资上百万修建了一个健身娱乐馆，一切都已就绪，可能在下月就要正式开业，我就是想通过你，帮我联系几个健身教练。"

阿蓝笑了，说："我看你着急的，以为你有什么大事要找我帮忙，原来这个呀，小事一桩，你找我算是找对了人，我毕竟在这个健身圈里混了这么多年，认识一些朋友。这事好办，到时随便给你介绍几个。"

"不是随便，李总说了，一定要高素质的，一流的。"

"我说的随便，不是随便什么人都介绍给你，是说能够帮你引荐一下。"

"你这张嘴，什么时候变得这么厉害了？好……我说不过你，不管怎么说都行。"

"这样吧，待会儿我就给她们打个电话，约个时间，让你见见。她们呀，个个长得像天仙一样，业务素质也好，你看了可别动心哟！"

我看了看阿蓝，她是跳健身舞的，天天锻炼着的是不一样，她的身材不但越来越好，而且从她身上散发出的青春气息更加迷人。虽然，我不懂健身的规矩，但从她的气质看，觉得她就是我想要找的那种健身教练。我抬头看了看阿蓝，说："你能不能去我们公司的娱乐馆，待遇吗，可以从优考虑。"

阿蓝想了一下，没有明确回答，只说："你就这么信得过我？"

"当然，我们是同学。如果说同学都信不过，还信得过谁呢？"

阿蓝沉思了一下，说："这个我可以考虑，我在这儿干熟悉了，再说这儿的老总对我不错，又是我爸的好朋友，如果我走了，觉得对不起这儿的老总，更对不起我爸。"

"好了，那就不为难你了。"

"但我可以考虑，得给我点时间，俗话说，忠孝不能两全。"

"那好，我等你的回音，但得快点，可能在下月底，我们公司的健身娱乐馆就开业。"

我起身说："阿蓝，我还得去市里有关部门办一些手续，这事你得早点决定。"

阿蓝也起身说："行，我知道你是大忙人，这事我会尽早给你一个答复的。"

于是，闲聊一会儿后，我就上了一辆出租车，挥手说："再见。"

三

忙完市里几个相关部门的办理一些开业、营业许可证时，我大大地松了口气，看着这大都市里人来人往、热闹非凡的场面，心情一下子好起来了，虽然刚才在街上逛了逛，但平时难得来一次市里，干脆再去逛逛。

漫步走在市里整洁干净的大街上，尽情地欣赏着这儿繁华热闹的场景，溪溪却出现在我身后，叫道："刘大为，你也来市里了？"

我回头一看是溪溪，真的感到很吃惊，但总觉得这绝不是个意外，是她知道我要来市里，专程来这里的？到底是跟踪还是想见我，只有她自己才明白。我说："溪溪，你怎么在这儿？"

溪溪笑了，说："你在这儿，我就不能在这儿呀！走，陪我去逛逛商场，我今天特意来买衣服的。"

我真不想去，现在的男人哪个不讨厌陪女人逛商店和超市，我说："县城里也有呀，小镇上也有许多新款，价格也便宜，何必跑这儿来专门买几件衣服。"

"别扫我的兴，走吧。"溪溪拉着我就往前走，在前面不远处就是一个大型的服装商场，里面各式各样的服装让人目不暇接，见溪溪在认真地挑选衣服，最后选出了好几套流行的各式衬衣、连衣裙，她去里面又换上了一条裙子出来，让我瞧瞧，问道："好不好看？"

我应付了一声说："好看，买下吧。"

溪溪高兴地对导购说："好，这些我都要。"

走出商场，溪溪高兴地说："既然来了，我们总不能就这样回去吧，去公园里玩玩,这儿跟我们那镇上就是不一样。"

我很为难地说:"还是你自己去玩吧,我还有事。再说,我陪你逛,万一被熟人看见了,多不好。"

溪溪说:"我说刘科长,你现在怎么像变了一个人似的,我们是去逛公园,又不是去开房,在大庭广众之下,谁说我们不能一起玩呢?哎,是不是你在这里有相好了?"

我说:"胡说些什么呀,我能有什么相好?整天像牛一样被拴在工地上,一步都走不了,还能有什么相好呢?"

溪溪说:"好了,别叫苦了。走,陪我逛公园,逛了公园后,保你心情好得很,回家还会做个好梦。"

于是,我们就去到了一个公园里,沿着长长的林荫道并排走着。来这里游玩的人,有的是全家人,两个大人牵着小孩;有的是年轻的恋人,相拥而行;而我和溪溪则边走边说着话。溪溪说:"这几个月来,你为了这个健身娱乐馆工程太累了,该好好轻松一下了。"

我苦笑了一下,说:"有啥办法呢,只要娱乐馆能顺利建成,累点也没啥。"

这时,公园里一个摆照相摊的师傅走过来,叫道:"我一看你俩,就知道你们是多幸福的一对。现在呀,像这样相敬如宾、恩恩爱爱的夫妻少得很。来……照一张相做个纪念吧。"

我支吾道:"这个……"

溪溪笑了说:"你说的一些话,我听了很开心,谢谢你,那我们就照几张吧。"

四

过了两个多月，华华公司健身娱乐馆终于完工了，健身教练也已确定，是通过阿蓝联系到的两个教练，阿蓝也主动辞去了天堂健身公司的工作来到华华公司，不知道阿蓝是为了什么？也许是因为我与她是同学，还是她真的喜欢上我？

不管怎样，阿蓝的到来让我很高兴。我们这个健身馆与天堂健身公司相比，不说有天壤之别，肯定是无法比的。地处市中心，大城市里人的消费观念却不一样，除了上班就是去锻炼身体，所以健身娱乐馆就是他们的好去处。还有，人家可是起步早，通过近十年的发展，无论从管理、设备、人气上讲，都比我们这个还没开业的健身娱乐馆好得多，可阿蓝却将那里的工作辞去，真的让我好感动。

从这一点上看得出，阿蓝是一个重情重义的人，把我和她之间的这份同学感情看得很重，这是十分难得的。也许就是她这一举动，改变了我对她的看法，一下子她就占据着我的心灵，因为我从这点就可以看出，她为了我什么都愿意，如果和这样的女人在一起，那该是多么幸福快乐！

即使阿蓝这么好，也真的让我动了心。但我的心中还没完全接纳她，因为我还是想着鸽儿，虽然我好几年没见到过鸽儿了，也没有她的音信，但她在我心中仿佛就是一片云、一个梦。我也时时想着她，可觉得她太缥缈了，缥缈得我和她就像传说中的牛郎织女，一个在天上一个在地下，可望而不可即。

阿蓝因为我的邀请辞去天堂健身公司的工作来到这里，我这样做是不是有些不道德，用同行的话说，挖别人的人才就是不对，但也是竞争的一种手段。至于道德不道德的事我不管，我只为阿蓝担心，她这一走，肯定会得罪天堂健身公司的老总，也会惹她爸生气，因为她爸与天堂健身公司的老总是好朋友。她敢于冒这么大的风险，来到我们的华华公司健身娱乐馆，我一定要好好珍惜她！

在筹备娱乐馆开业的这段时间里，事情特别多，我没有时间去找阿蓝详细谈谈，只是在电话中说欢迎她来到我们这儿。从私人感情上来说，我会更多地给予关照。当然，客套话说得再多，也无法表达我对她真诚的感激，是她支持了我的工作，是她让我在工作中找到了自信。阿蓝说："老同学，你别说了，我明白你的心情。我在哪儿工作都是工作，能与你一起工作，那是更好的事。"

我把这事向李老总汇报，李总点头说："这事干得好，不过她们的业务素质怎样，适不适合我们公司里的健身教练的工作，还得考察考察。因为一个健身馆的生意好不好，与健身教练有很大的关系，一个好的健身教练会让健身馆一炮走红。我们的要求是，不光是健身教练业务要精，而且还看看她们的人品，你说对不对？"

我听后觉得李总说得很有道理，他就是站得高看得远，这是我们员工所不能及的。我点头说："李总说得对，选择健身教练是最关键的，我们得慎重。不过请李总放心，我不敢保证别的教练如何，但阿蓝不管从哪方面讲，都没问题的。"

李总说："凡事不能只凭想象，得实际考察一下。这样，在正式开业前，得抽一天时间，请她们当场示范表演一下，也可以让她们先熟悉一下环境，我们实地观看一下健身娱乐场的效果如何？"

我说："这样更好，就按李总的意思办，我这就去安排。"

李总挥手，示意我坐下，他说："别忙，还有一事。我们公司的健身娱乐馆在开业那天，准备请深圳一家娱乐馆的人来我们娱乐馆做现场表演，以提高华华公司健身娱乐馆的知名度，也可以使我们娱乐馆能达到他们的水准，如果这次顺利的话，我们的娱乐馆将与他们横向合作。我们这儿有他们的教练，他们那儿也有我们的教练，互惠互利，共同提高，大家一起赚钱，你觉得怎么样？"

我这才明白，平时看似不理不问，好像一点也不重视，一点也不关心这个健身娱乐馆的李总，却早已制定了一整套发展计划，只是他平时没说出来。我说："这样当然好。没想到李总早有安排，我们华华公司的健身器材，也可以通过他们公司，打进沿海市场。"

李总也很得意，可脸上仍没有表露出来。他总是把高兴藏在心里，不管是生气还是高兴，别人都看不透他的心思。我觉得他这样是不是太累了，一个人如果心里装得多了，却找不到诉说的地方，那肯定也不是一件好事。他说："好，没事了，你去准备吧，深圳娱乐公司的事，由我来联系。"

五

通过我们的努力，小李也认真协助，一切都准备就绪，华华公司健身娱乐馆开业的时间定在五一，这是个节日，有关领导因放假有空出席，市民们也有空前来看热闹，还可获得一天免费的健身训练。

接着，李总又吩咐了一项安排，就是在开业前，在新修的健身娱乐场举办一次现场表演。我把这事告诉了阿蓝,问她在那天有没有把握表现得更好。我最希望她尽最大努力发挥,更好地展示自己。阿蓝十分肯定地告诉我,她绝对没问题的,因为她以前是学舞蹈专业的,还参加过各种比赛,哪种场合她没见过。又在健身场所搞了这么多年,对于表演是小菜一碟,更是她的专长,叫我放一百个心。

听到阿蓝这么一说,我就真的放心了,但同时也请她告诉另外两位,一定要准备准备,争取开业那天表现得更好。

这天,李总和溪溪还有公司里的董事和各部门的负责人,都按时来到健身娱乐馆。

李总站在台上,高兴地做了开场白:"今天,我们华华公司在这里举行健身娱乐馆现场表演,在场的都是公司内部的董事,各部门的负责人,大家都怀着十分激动的心情来到这里,就是为了感受一下这个健身娱乐馆的氛围,也想目睹一下这些教练的风采。当然,你们不要紧张,但也不能马虎,就像平时对着学员表演一样,大大方方,自由发挥就行了。你们几位教练,都是高素质业务精湛的行家,平时我们都忙于工作,也没有时间亲临健身馆,更没有机会看到你们的表演,今天,就让大家开开眼界吧!好,话不多说了,下面开始。"

为了营造气氛,我安排了群众舞蹈做开头,一曲优美动听的乐曲响起,三十多人组成的健身舞蹈队,伴随着动感的音乐,穿着统一的服装,无论男女老少都在认真地跳着。随后,便是她们三位健身教练出场。随着优美动听的乐曲响起,只见身穿健身装的阿蓝与另两名健身教练走进大厅,喊着口令,表演着优美的健美操来。之后又是各自使用各种健身器,那优美的动作,那娴熟的表演,引来了一阵阵热烈的掌声。

在三个教练中,最引人注目的是阿蓝。她已年近三十,但给人的印象却只有二十岁。和所有的人一样,我第一次见到她的时候,也惊叹她的美。因为她一直从事健身舞蹈工作,常保持一种快乐的心情,自然就显得年轻有魅力了。

阿蓝跳舞时,所有的目光都好像被她吸引了,所有人的眼睛都在跟着她转动。尤其是她那苗条的身材,那健美的肌肤,那甜甜的微笑,还有轻盈健美的动作,让人得到一种美的享受。

我望着阿蓝,心中不禁地自言自语:"真美,她是属于舞台的,她更是属于艺术的,她在舞台上更能展现出她的另一面,那便是她青春的魅力,那就是她美丽的人生。要是她是鸽儿,该多好呀!"

李总也看着阿蓝,脸上露出了微笑,还不停地点头。

在表演结束后,李总还把阿蓝叫住,问道:"你叫什么名字?"

"阿蓝。"

"哦,就是刘大为介绍来的那个,真是像刘大为所说的那样,业务素质很好嘛,好好干。"

"谢谢李总!"阿蓝说罢转身走了。

溪溪也趁机走到我身边说:"这姑娘长得不错吧,听李总刚才说是你介绍来的,你的艳福不浅嘛。"

"你说啥呢,她只是我的同学而已。"

"真的吗?"

"当然。"

"那就好!"

"什么那就好,我与她有没有关系,与你又有何关系?"

"有,你别忘了,有了新朋友,就别忘了老朋友!"

我看了溪溪一眼,心里明白她所说的话,只摇摇头没有理她,径直走上前去。

我来到李总身边，说："李总，这几个教练，你看她们的业务如何？"

"很好，很好嘛！不管是长相，还是业务素质，都不一般，特别是那个叫……叫阿蓝的姑娘，更是不错。"

"那就与她们签订劳动合同了？"

"行，通知公司人事科，给她们办理有关手续。对了，开业典礼的事，准备好了吗？"

"一切准备好了，就是深圳娱乐公司，不知李总与他们联系上没有？"

"联系好了，他们由健身娱乐公司的分管经理亲自带队来这儿，4月28日一定到。"李总又补充道，"这个事由你去负责接待，先在市里最好的宾馆里给他们订房间，她们一共5人，全是女的，分管经理单独一间，其余4人共两个标间就够了，这事一定要办好。"

"那我明天就去办这事。"

第十六章

一

　　第二天，我就去了市里，在一家高级宾馆为她们定了三间房，房间定好了之后，李总要我下午五点到机场去接她们，我就到宾馆外面转了转。这里虽然地处闹市，但却没有都市的喧嚣，显得格外的幽静。

　　转了一会儿，我看时间还早，就想回房间里睡上一觉，这是五星级宾馆，比我以往住的要高档得多，房间里也收拾得干净整洁，布置得也很有特色。

　　我就这样一会儿坐，一会儿睡，好不容易熬到下午四点，正准备出门去机场时，接到李总的电话，叫我别去机场接了，说她们的分管经理是本市人，对这里很熟悉，她们自己来，一路上还想看看风景，要我在宾馆门口等就行了。

　　我想她们肯定没这么快到，就仍在床上躺了一会儿，不是很留恋这儿，而是觉得没事，高档的席梦思床躺着真舒服，我就真的睡着了。在醒来后，一下想起下午还要接人，立即翻身起床，一看时间刚到六点，庆幸自己没睡多久，就赶忙跑去楼下的服务台前等，等了没多久，她们终于到了宾馆，我一看这几个人特别像健身运动员，就上前问道："请问你们是深圳来的健身运动员？"

其中一个上前，她更是有着不凡的气质，一看就知道是经过专门训练的。她说："我们是深圳来的健身运动员，请问你是？"

我十分热情地说："我是华华公司专门来这里接待你们的，我叫刘大为，你们一路辛苦了，欢迎你们！"

她们都纷纷走过来，高兴地与我握手。

我记得李总给我的名单上说她们一行是五人，怎么才四人，我又抬头四处看了看，以为她在后面或者在那旁边的座位上休息，可我看来看去却没有看见有像健身运动员的人。我问道："你们一行是五人吧，怎么才四人，还有一个人呢？"

其中一个人答道："刘科长真是细心，一下子就发现少了一个人。是这样的，我们分管经理是这里的人，她说有点事，就先去办事了，她叫我们先来这儿找你，先住下来休息，待会儿她再与你联系。"

我一听说她是这里的人，心想，怎么这么有缘分，这次请深圳健身公司为什么就偏偏请到她了呢？她既然是本地人，说什么也不应让她们单独来找我，于情于理也应一起来，见个面安顿好了后，才去办自己的事。因为接待是我的任务，不能出任何差错，这是李总的要求，我必须要接待好。我着急地问道："那她知道我的手机号码吗？"

那个人笑了，不知是认为我做事太认真，还是笑我傻。她说："这个你不用担心，她是这儿的人，不会走丢的。她知道你们李总的电话，如果有什么需要，你们李总会告诉你的。"

听她这样一说，我也多少有些放心了，说："那好，请你们先去休息休息吧。"

二

把一切都安排好了之后,她们四人也都进房间里休息去了。我就在街边吃了点晚饭,觉得没事了,便随便逛逛街。

这时,我的手机响了。

我问:"喂,你是谁?"

是一个女人的声音,她说:"我是深圳来的。"

我急切地问道:"哦,你就是深圳来的那个娱乐公司的分管经理吗?你现在在哪儿呢?"

她说:"我在市里的另一家宾馆,我有事想单独与你谈谈。"

她这人怎么了,我给她定了房间,她不住,却偏偏跑到另一家宾馆,难道是我为她定的房间不够高档?这不是在有意折腾人吗?人家是深圳大公司的分管经理,摆摆架子也是应该的。难怪李总去了一次深圳后常说,深圳人喜欢享受,她作为分管经理,自己找一个更高档的宾馆住,也说得过去的。为了完成我的接待任务,我还是压制住心中的不高兴,说:"好,我马上来。"

我乘坐一辆出租车来到那家宾馆,其实那家宾馆也并不高档,还没有我为她们定的好。但我就是不明白她这么做是为了什么,带着疑问我找到了她的房间。我一看,愣住了,是她!我日思夜盼的鸽儿,她比以前更漂亮了。显然她已洗完澡,穿着一件漂亮的睡衣,乌黑的长发齐肩披着,脸上挂着甜甜的笑容。我惊喜地问:"你是鸽儿吗?真的是你吗?我是不是在做梦?"

鸽儿走过来，显得非常地激动，眼睛里含着久别重逢的那种欣喜，高兴地说："不是做梦，真的是我……大为，真的是我。"

我更不敢相信这是真的，这么多年一直在心中思念着，也一直盼望着能与她重逢，可真到重逢而又感觉到太突然了，我似乎一下子还没转过弯来，只呆呆地站在那里看着她。还是鸽儿大胆，她走过来扑入我的怀里。

她此时不知是激动，还是因为别的，竟流出了泪水。我说："鸽儿，这么多年了，我们终于在这里见面了，我太激动了，真是上天有眼，让我苦苦思念的人，终于回到我的身边了。鸽儿，你这次还走吗？"

鸽儿紧紧地搂住了我，说："这么多年，我也时时都在想你、盼你，但都没有音信。你这些年去了哪儿，我到处打听你的消息，就是没有打听到。"

我搂住她的腰，感觉到她身体里的血液流得很快，她抬起头，微闭眼睛，把红红的嘴唇向我靠近……仿佛这时，说什么都显得多余，所有的思念，所有的伤痛，所有的无奈，都在这拥抱中得到了升华……我好像在梦中游历，终于释放出这么多年来对她的思念……

等一切结束了之后，鸽儿紧紧地依偎着我，说："自从那次你高考落榜之后，我父亲就逼我嫁给那个副县长的儿子，我一看那家伙就是一个混混，所以我就逃走了。我在深圳吃了很多苦，终于在一家娱乐公司找到一份工作，先是替人倒茶水，后来才升上主管再到今天的分管经理。我怕被他知道我在哪儿后，会跑来找我，他那个人我知道的，啥事都干得出来。所以，我一直都没有和家里联系，只是在暗中打听你的消息。"

我说："我那次离开镇广播站后，就发誓一定要上大学，后来在市里一边找活干一边上电大，终于拿到了大学文凭，在这个华华公司里找到了一份工作。我心中时时刻刻都在想你，多么想见到你，可总也没有你的下落。"

鸽儿也动情地说:"前几天,我才从李总那儿知道你的消息。所以,今天就打电话来找你。"

我终于明白了,说:"哦,怪不得我给你订的房间你没去住。"

"人多眼杂,所以我就以有事为由,先来到这里,再打电话给你在这儿见面。"

我用手把鸽儿搂得更紧了,说:"那就别再回深圳了,我们好好在一起。我知道,你爱我,我也爱你,经历了这么多,我想我们都成熟了,我们现在也都成年了,我们就结婚吧。"

"不行,我必须回去。"

"为什么?"

"我已答应了我们公司的老板,我回去后就与他结婚。"

"你……你这是为什么呢?"

"不为什么,是他当初看上了我,我才能当上这个分管经理的。"

"那不做这个经理不行吗?"

"不做这个经理可以,但我总不能不讲信用吧!三年前,我进他公司时,他就想方设法要占有我,我都拒绝了,甚至以死相拼。我说,如果他是真心喜欢我,就等三年吧,在这三年中,在外面我与他以什么身份出现我都可以不计较,但在这三年中,他不能做一点越轨的事,也不能碰我,只要他做到,三年后我就嫁给他。在这三年中,他做到了,连我的手都没有碰一下,还有一个重要的原因,我就是想通过这三年时间,打听你的消息,好把我的第一次给你,因为你才是我一生中最爱的人,如果这三年中都没有你的消息,那我们之间就真是没有缘分,或者说我就根本不属于你,我心中再没有遗憾了。"

我听后,不知道该说什么。我说:"不管怎样,我都不要你走。我不想我们的重逢，又变成一个梦。"

鸽儿还是用当年那种口气，说："别傻了，你快穿上衣服，去忙你的事吧，过两天你们健身娱乐场开业，事情一定很多，别误了大事。"

我无奈地起身穿上了衣服，鸽儿也起床穿上了衣服，在我们整理床单时，我发现了床单上留下一道红红的印迹，我明白了鸽儿说的是真的，她把她这一生中最宝贵的第一次留给了我。

我说："鸽儿，我以后来深圳找你。"

"你要是真心对我好，你就别来找我。就这一次，我心中就觉得不再欠你的了。从此，我们就各走各的，对你也有好处，明白吗？"

我望着鸽儿，愣住了。

鸽儿走过来，拉住我就往外走，说："走吧，我还得回你给我订的房间去，好给她们交代些事情，你还有事情要办吧？过两天的开业典礼，是一件大事，好好休息，养精蓄锐。还有，你就当今晚什么也没有发生，你也当根本没见过我，你就当这是一场梦……"

我不知如何是好，真有点接受不了这个事实。但听鸽儿说得这么坚定，我再也无话可说，转身与鸽儿一起走出了宾馆。我找辆出租车把鸽儿送到那家宾馆后，便转身走了出去，拦下一辆出租车回到我住的旅馆。

正如鸽儿所说，过两天华华公司的健身娱乐场举行开业典礼，需要安排的事很多。但我的眼前仍晃动着鸽儿的身影，挥之不去……

三

鸽儿走后,我感到很失落,不知道她为什么要这样做,放下一个深爱着她的人,去与别人结婚,难道这是她心甘情愿的吗?我想,一定不可能,一个人如果纯粹是为了金钱、地位,去与一个不相爱的人生活在一起,我觉得太没意思了。但我相信鸽儿不是这样的人,她的家庭条件这么好,吃好的穿好的啥都有,会仅仅为了金钱去跟一个老板结婚吗?

这些年我想通过自己的努力,为的就是有一天能与鸽儿重逢而且走到一起,再也不分开,可盼来盼去盼到的却是这样一个结果。虽然她把什么都给了我,按说这一生再也没有遗憾了,可我却怎么也想不明白,她为什么要这样?如果她这次不回来,回来也不要见我,或许我的心里还好受些,或许这样,我的心中才会永远保留那份对她的想念,永远保留那份纯洁的爱情。

我就这样一个人静静地躺在床上。仿佛与鸽儿的那幕仍在眼前映现,与她亲热的情景仍在继续,与她紧紧拥抱着的幸福仍在延续……想着想着,心情怎么也无法平静,更是无法入睡。

我从床上爬起来,拿出手机就给她打电话,无论如何也要把我的这一想法告诉她,可她的电话却关机,她肯定知道我会再打她的电话。因为我们相爱了这么多年,她最了解我,我在想什么她都明白。但我却没有真正了解她,因为男人没女人心细,男人一般是不太注重细节的,只注重结果。

我连给她打了三次电话,都是关机。这下我真的很失望了,只好倒在床上睡觉,虽然怎么也睡不着,但还是闭着眼睛,强迫自己别再想了,越是强迫就越无法入睡，越要去想。将近半夜十二点的时候，我刚有点睡意，门外便吵了起来，是隔壁房间的小两口，像是男人喝醉了，嚷嚷着钱难挣，人难混的事，随后就听见女人开始哭了。本来我也睡不好，因为心中总想着鸽儿，正在我烦闷时，听见有人吵架，更是难以入睡，直到凌晨两点隔壁房间才安静下来。

我在床上翻来覆去，不知是何时睡着的。梦中我又回到多年前，我与鸽儿在月光下散步的情景。那晚的月色不明不暗，刚好适宜散步。我和她沿着镇里通往小河边的那条小路走，小路两边是一排挺拔的树，微风习习吹拂，树叶轻轻摇晃，发出清脆的落叶声，偶有树叶飘落在我们的脚下，她弯腰捡起一片，说："刘大为，你看这树叶多美，要是它留在树梢上多好，干吗要掉下来？"

我笑了，不知她怎么发出这样的感叹，难怪有人说她是一个多愁善感的女孩。我说："鸽儿，你怎么对这个也感兴趣，是最近又读席慕蓉的诗了吧？其实，有些事情很简单，只是你把它想复杂了，这是自然规律，就像你我一样，总有一天会老的，老了就像这树叶一样也会掉在地上。"

鸽儿笑了，笑过之后，说："我说刘大为，你怎么说起话来像一个哲学家了？像我们这种年龄，不应该对任何事情用这种眼光去看待，而应用充满梦想的心态去想象。"

我听后，觉得鸽儿说得有道理。便也没有再说什么，继续往前走着。

走来走去，我们没有目的，又返回了那条小道，也许走累了，我们就在路边坐下，鸽儿将头靠着我的肩膀，我和鸽儿完全沉浸在月色中，再往回走时，我们尽力把步子迈得再慢一些，尽情地享受这静静的夜色，仿佛能听到彼此的呼吸声和心跳声……

四

我就这样在床上躺到上午11点才起来,退了房后,脑子里一片空白,在外面吃了点东西,就去随便逛了逛,已是下午3点了。正当我准备回公司时,突然接到张兰的电话,她问我在哪里,我说在市里办事,她说她也在市里,叫我去咖啡厅喝咖啡,说是想和我说说话。我说:"说说话?你就在电话里说吧,我还有事要办。"

张兰有点生气地说:"老同学,你一定得来,我没别的,我就是想和你说说话。"

她怎么这时打电话给我,这是上班时间她还有这份闲心去喝咖啡?从电话里听得出她一定是有什么事,我挂断电话,来不及多想,就打车来到她说的这家咖啡厅,在楼上的一个小间里找到了张兰。她看见我来了,就叫我坐,我就在对面坐下。

张兰说:"我叫你来,就是想和你说说话。"

她叫服务小姐给我冲上一杯咖啡,我喝了一口,没出声,只呆愣愣地看着她。想看看她到底怎么了,是我在多想还是她真有什么事。

张兰喝了一会儿,她见我没有说话,她说:"人呀,在没钱没地位时,总想自己有朝一日能发财能过上好日子,因为穷怕了的人一心只想到发财,哪还有心思想别的。现在想来,那时虽然累但也充实,虽然苦但也快乐。可一旦有钱了,感情和爱却没有了。"

我听后便明白了,她肯定是遇到什么感情问题了。我说:"哎,老同学,我没听懂你的意思,是不是你的感情出了什么问题?我看你先生对你这么好，不可能有什么吧？"

张兰苦笑了一下，想说又不好明说出来，只说："没什么，我只是想和你说说话，随便说说。"

她继续说："我从小在农村长大，因为家里穷，我就发奋读书，后来考上大学，毕业后就参加了工作。当时我一无所有，有好多好小伙追我，我都拒绝了，因为我一门心思想嫁个有钱的老公。心想，只要有了钱啥都有了，就能过上好日子。后来我的这个愿望实现了，我终于嫁给了一个搞房地产的老板，刚开始他对我很好，渐渐的，他在外面就有了女人，我想……为了这个家庭，我装着不知道，不理不问就没事了，可他却得寸进尺，现在居然提出要和我离婚。"

我吃惊地问道："他居然这样，像你这样既能干又漂亮的女人，人家想追还追不上，他怎么这样对你，你答应离婚了吗？"

"没有。"张兰眼里似乎流出了泪水，"前几年，他隔三岔五地还会回家，那时，他只在外面与别的女人鬼混，可现在更是明目张胆地与一个年轻漂亮的女人在一起，有时还把这女人带回家来……你说，我能忍下这口气么，你说我该怎么办呢？"

我听后生气地说："跟这种没良心的人过，还不如离了好，难道天底下就没有真心喜欢你的好男人了吗？"

张兰深深地叹了口气，说："说实在的，自从跟他结婚以来，我就辞了自己的工作，一心一意地帮他，他的房地产公司越做越大，现在有上亿的资产了，县里领导、商界达人、亲戚朋友……个个都去巴结他，只要他说一声，就没有他办不到的事情。莫说他，就是我走到哪里，也觉得风风光光，人们都敬我为上宾，都向我投来羡慕的目光。表面上看我出门有小车，住的是高档小区，可谁又知道我内心的苦呢？"

我实在听不下去了，我站了起来，说："天底还有这样不讲理的人，难道就没有公理了吗？走，我帮你去找他理论去。"

张兰马上镇静了下来，招呼我坐下，说："我说，老同学，你的心意我领了，你还是别去了。再说，你说这些没用的，我不是叫你去为我打抱不平，而是让你陪我说说话就足够了，我把这些不敢对别人说的话说出来了，心里才好受些，说了心里就不再闷得慌了。"

我又坐下了说："那好，你说吧，我听着呢！"

张兰说："你们公司的小李，你知道吗？"

其实我早就知道这事，我也为此找她谈过，但都没用。此刻，我只能装着不知道，问道："小李，她怎么了？"

张兰说："小李这个人能干，办事的能力是没得说的，人也长得漂亮，不管从哪方面讲，她都比我强。可不知怎么的，我的先生却和她混在一起，以前我还不相信，可就在前天，要不是我亲眼看见他们……我还真不相信。"

我说："小李她怎么能这样呢？也太不道德了！我回去得狠狠批评她，若她还不听，我就去向李总汇报，这样一个不讲道德的人，有损公司声誉，把她开除算了。"

张兰说："老同学，就凭你这句话，我也是很感激你的，但你和李总说了，有用吗？现在谁还把那个当回事，说不定人家还把这事当笑料来说呢！"

第十七章

一

这次见面后,也没让我去多想,张兰的不幸虽然让我同情,但我也没有办法去帮她,更没有办法去改变她的处境。我明白因为小李的插足,导致王庆与张兰闹离婚,这小李也太不道德了!放着好男人不去找,偏偏要去找一个有妇之夫,去当第三者,于情于理也有点讲不过去。以我对小李的了解,她这么聪明,肯定与王庆不是认真的,顶多只是逢场作戏与他玩玩而已,是王庆在自作多情地把她当真了。不管怎样,小李这样做都不对,因为影响到别人的家庭就是让人耻笑的事。

我虽然是科长,除了工作也无法过多地干涉她的私事,我也找她谈过话,她坚持说这是她的私生活,不在我管的范围内。我也去和李总汇报了这件事,李总哪里把这个事当回事。他笑着说:"我说刘大为呀,现在是啥年代了,一个人有点风流事,很正常。别把这事看得太重,何况小李这么年轻,正是谈情说爱的年龄。我们不必过多地干涉她的私事,她有自己选择的权利,至于她的选择对与不对,那也是她的事,她慢慢会明白的。当然,你这样做也没错,关心职工嘛,你只要尽力了就行,至于她听不听,我们也没有办法,你说是不是?"

我走出李总的办公室,不知如何是好,眼前总是出现张兰那无奈的眼神。我没办法帮她什么,更没办法去阻止小李。但这种气愤,这种同情,很快就过去了。

这段时间,我还是在忙健身娱乐馆开业的事。为了搞好这个开业典礼,一切都按公司的要求,规模要搞得大,也搞得隆重些。首先我要做出财务预算,简单地说就是要花多少钱。只有这样,我们才能根据预算来制定适合自己的开业庆典方案。

在确定嘉宾名单后,我们就正式进入邀请工作,同时,我还在加紧制定一个安全方案,就是如何确保安全。全公司的人似乎都在为这事忙前忙后。可小李说:"刘科长,这只是个开业典礼,你何必这么认真呢?你看现在啥都是在搞形式,就是你费了九牛二虎之力,两小时一过,还不是原样。我看只要过得去就行了,省得你也费心,我也费力。当然,你是领导,有些事你只动动嘴,我们呀,就不同了,得跑断腿哟!不管我们布置得再好,那些头头们往台上一站,几句话一说,不就完了,有什么用,还能进入博物馆不成?"

我本来就为张兰的事烦心,要说张兰与我并没有多大的关系,她离不离婚也与我无关。小李与她争风吃醋,那只是她们之间的事,我干吗要去操这份心。可就是觉得小李有点过分,放下好好的生活不过,偏要去过那种做别人情人的日子。但我还是尽量压制心中的不高兴,说:"你怎么这样认为呢,这个健身娱乐馆,是关系公司以后的生存和发展的大事,弄不好就影响我们公司的形象。我今天要批评你,你这种观点就不对,公司的事要当自己的事做,别把什么事都不当回事!"

小李看我发火了,说:"我说刘科长,你别不识好人心哟,我这是为你好!你是个干事的人,全公司的人都知道,可有些事得多想想,值不值你这样认真。算我狗咬耗子多管闲事了,不说这个了,我还有正事要说。"

我说:"你有啥正事,说吧?"

小李说:"刘科长,我今天下午有点事,想请个假,行吗?"

我看了看她,没好脸色地说:"你没发烧吧,你看现在是啥时候,都火烧眉毛了,你还有这份闲心,你请假做什么,又是去谈情说爱吧?虽然,你做什么我没权干涉,更没权说你。但你知道,现在是工作时间,我有权不批你这个请假。"

小李有点生气了,说:"你老是这样看我,我只要一出去你就以为我是去谈情说爱。告诉你,我也没有你想象的那样不懂事好吧?我谈情说爱是我的自由,但我不会占用上班的时间去谈,再说我去约会还用得着来向你请假吗?刘科长,是我妈妈生病了,刚送进医院,说什么我也得去看看。"

我一听她这么说,又看她真的很着急,我说:"那你咋不早说?"

小李说:"我一进来你就看我不顺眼,每次见到我你就要批评我,不管我说什么你都从来没当好话听……我还怎么和你说?"

刚才看她着急,可现在我却比她更急了。我说:"你还愣着干什么,还不快去医院。哎,你钱够了吗?"

小李回头看了看我,也多少有些感激,说:"平时看你凶巴巴的,其实你还是有人情味的,我很喜欢这种个性。我走了,拜拜!"

二

这天下午,我突然收到张兰发来的短信:老同学,你一定要好好活着,你和我不一样,你有事业有梦想更有追求,我什么也没有了……永别了,你多保重。

我看了短信后,心想,张兰怎么了,她怎么说出这样的话来,是不是和我开什么玩笑?可这玩笑谁都不会随便开的,是不是她真有什么事想不通,她难道真的想到……我越想越觉得不对劲,不敢往下想了。

我便安排下属去办必须要办的事,和办公室人员说了一声,以去大兴办点事为由,忙打车来到大兴县城。由于城北镇地处大兴县的郊区,十多分钟后我就到了她的小区门口。可到了家门口,我转念一想,张兰是不是跟上次一样,用这种方式把我骗到家中,她在感情上受到挫折,是不是想从我这儿得到弥补?要真是这样一回事,该怎么应对?愣了好一阵,不知是敲门还是转身回去,在经过一番思想斗争后,不管怎样,我还是进去看看才放心。

随后,我就按响门铃,里面没人开门,我想她是不是不在家,那她会去哪儿呢?外面这么大,我该去哪儿找她呢?来不及多想,我又再按了一阵门铃,仍没有人来开门,我试着用手轻轻推了一下门,奇怪了,门居然没有关上,我又叫了一声:"张兰,你在家吗?"

里面还是没人回答,我又再叫了几声,仍没人回答。不知怎么的,我预感到有点不对劲,就大步走了进去,里面卧室的门也开着,我叫了一声:"张兰,你在家么?哎,里面有人吗?"

仍没有人回答，屋里静静的，只有墙上的石英钟在不停转动，发出有节奏的响声。我走到对面的一间大卧室门口，看见张兰躺在床上，我又大叫了一声："张兰，张兰，你怎么了？"

仍没听见躺在床上的张兰回答，也没见她动一下，我一下就感觉到不妙，开始紧张起来，来不及多想，马上走到床前一看，发现躺在床上的张兰有些不正常。这时，我在床边发现了一个小药瓶，拿起一看发现是安眠药。我拿出手机打了120，把躺在床上的张兰背起来就往外跑，一会儿120急救车来了，把她送到县人民医院，待她的老公和家人赶到了县人民医院时，我就悄悄地离开了医院。

第二天，我去医院打听张兰的病情，医生说幸好送来及时，经他们全力抢救，现已脱离了生命危险，住几天院就没事了，我听后也大大地松了口气。

也许是张兰这事对我打击太大，这段时间心情一直不好，以前没事时就坐在办公室喝茶看报纸，现在看什么都也看不进去了，做事也一点心情都没有，心里整天都空空荡荡的。

我依然按时上班，每天忙来忙去，但只要忙完后，一静下心来，又想到张兰这事，不知她这是为什么？到底爱情真这么重要吗？她也真把爱情当回事了！别人不爱她了，她得自己爱自己呀，生命与爱情相比，谁重要呢，我想大家都明白，因为生命只有一次，爱情可以有无数次。

小李走进来，她仍跟原来一样，笑着说："刘科长，你今天怎么了，看起来心情不太好，是不是昨晚又熬夜了。虽然健身娱乐馆马上就要举行开业典礼了，但我们一切都准备得差不多了，没必要再这样不放心。我负责的工作，全按你说的安排好了，保证不会出什么差错的。"

我一看小李这么高兴的样子，她肯定还不知道张兰自杀这事。我不敢说这事到底与她有没有关系，但我并不想告诉她这事，因为我不想因为这事影响到她的心情。要是以前，我肯定会为这事狠狠地批评批评她，可今天不知为什么，我却不想再说小李什么了，每一个人都有自己的生活，每一个人都有自己的选择，不管小李选择得正不正确，至少她还快乐地活着。

不管怎样，活着比什么都重要，活着就是最好的！

三

华华公司健身娱乐馆开业典礼隆重地举行了，燃放礼炮之后，李总致开场白："各位领导，各位来宾，今天是华华公司健身娱乐馆开业典礼，我代表华华公司的全体员工，对支持我们娱乐馆建设的县领导和城北镇领导，还有深圳娱乐公司和本市各大娱乐场的同仁们，表示诚挚的谢意……"

全场响起一阵热烈的掌声。

随后举行剪彩仪式，刘副县长、李总、城北镇的刘镇长，还有深圳娱乐公司的健身教练代表，各自从礼仪小姐端来的盘中拿起剪刀剪断了红绸。

随后，就是健身舞表演，首先是鸽儿带来的四人表演队，表演了精彩的健身舞。但就是没见到鸽儿，我不知她去了哪儿，这么重要的活动，她怎么不来参加呢？也许她是不想见到我，或者是不想见到她爸。我还是能够理解她的心情，她毕竟不想因为这些打乱现在的生活。

我这时根本没有心情看台上的表演，也没心思再过问什么。还好，小李这时脑子特别的清醒，她总在忙前忙后，好多事都是她在替我安排着和指挥着所有人员。我看在眼里，也记在心里。无不为能有小李这样的一个助手而感到高兴，说真的，今天也全亏小李了，我不得不在心里暗自夸她，她真是一个能干事也会干事的人！

最后是阿蓝带领那两名教练表演了健身舞。

中午的酒席上，刘镇长没有去陪刘副县长坐，也没去陪县里相关部门领导，而是走到我这一桌坐下，我说："刘镇长，你那边请吧，说什么你也应去陪陪县上的领导和我们公司的李总，到时我过来敬你一杯酒，以感谢你对我们的支持。"

刘镇长笑了："小刘呀，你还不理解我，论说今天我是应去陪他们喝几杯。可现在我却没有这种雅兴了。今天我已安排了副镇长、组织委员、宣传委员等去作陪，他们都是年轻人，也让他们有这样的一个机会好好地去表现嘛。"

我不明白刘镇长的意思，只好笑笑，并与他一同喝酒。因为县级有关领导那桌有李总作陪，我就没有必要再去了，今天我也很高兴，不说大功告成，至少也按时完工了。看得出刘镇长今天心情很好，像变了一个人似的。

我与刘镇长碰杯后，说："这个健身娱乐馆的落成，得感谢镇长您的支持。"

刘镇长笑着说："我也算为全镇老百姓办了一件好事。"

喝了好一会儿后，刘镇长也有些醉意了，但他还在与我继续喝着，我把嘴凑近刘镇长耳边："鸽儿回来了，您知道吗？"

刘镇长点了点头，显得格外的兴奋，又把一杯酒递给我说："今天我高兴，喝酒得看心情，酒逢知己千杯少。来，再喝！"

待吃完饭后，刘镇长已经醉了，我扶他走出了餐厅，提出送他回家。

刘镇长说："鸽儿昨晚打了电话回来，说她今天晚上回来，她说她已经……结婚了。"

我听后没出声，准确地说，我不知怎么和他说，更不知怎样才能表达出我此时的心情。也许是我们都喝了酒，他的话明显地多起来，有时说起话来前言不搭后语，我虽然听着，但有的我也没听清他说的什么，更不明白是什么意思，就只能听着。

刘镇长回头看了一下我，说："我之所以告诉你，就是要你有个思想准备，既然她已经结婚了，我看你就不必再见她了。我也年轻过，年轻人的想法我也明白，我怕你接受不了这个事实……我想你们如果这样相见，那还不如不见，省得你们都尴尬，对吧？"

刘镇长又说："这事，我也明白，你一直喜欢鸽儿。这一点我心里清楚的，可这事太突然了，你可能一时间接受不了。但你一定要理解、要坚强！你现在有出息了，天涯何处无芳草呢，你与鸽儿也许真的没有这种缘分罢了。"

我尽量装得若无其事地说："刘镇长，您的意思我明白。您放心，我会调整好心态的，不会因为这事想不通，更不会因为这事影响工作。"

也许是酒后吐真言，刘镇长说："其实，我也是很喜欢你的，很看好你的，要不是鸽儿说她已经结婚了，也许……真的。可事到如今，我说什么也没用了，我只希望你们都过得快乐，过得幸福。"

一会儿，快到刘镇长的家了，我说："刘镇长，说不定鸽儿已经在家里等您了，您回去吧，我就不送了，我还有其他的事呢。"

刘镇长站住了，他回头看了看我，也似乎明白了我心思，他再也没说什么，更不知用什么话来安慰我。

我挥手说:"刘镇长,您回去吧,我没事的。"

我走了很远后,刘镇长还站在那里,看着我的离去。虽然隔得挺远,但我还是看到他此时已两行热泪滚了出来……

四

回到了健身娱乐馆,阿蓝正在指导学员健身,她一边做示范动作,一边讲解说:"舞者,绝不是静止的雕像,所以不光造型要美,更要讲情感。这便要借助音乐,乐声之于舞,如松涛上的清风,如干柴上的火焰,如钱塘江面的大潮。当我们耳闻乐声而目观舞台时,更多体会的已不是形、色、物、体,而是神、是情、是韵,是一种充蕴全场、流动飘浮、深幽朦胧的美……"

随后,阿蓝就为大家表演健身舞。当斗牛士的乐曲响起时,她那狂热的西班牙舞步,便像催人上阵的鼓点,仿佛一场决斗就在眼前;当《康定情歌》飘过时,她那冉冉的舞姿,便是夏日给人小憩的阴凉……

表演完后,她继续说:"舞蹈,是一种以生命自身来塑造的艺术,因此它也最有灵性。舞者,是一面镜,能照出人的影;舞姿,是一阵风,能拂动人的情;舞台,是一座大的雷达,能接收与反射人的思想。一笑一颦,一举手一投足,挺拔、秀丽、柔美,仿佛世界上一切美的物、美的情,这时全都聚在她的身上。"

听她这么说,我眼前一亮,没想到她对舞蹈理解得这么深、这么透,真不愧是专业人才。阿蓝见我走过去，就说："刘大为，你也来试试吧。"

我摇头说："改天吧，今天确实没心情。"

阿蓝看了看我，说："是不是这几天太累了，健身馆开业典礼搞完了，也算大功告成了，你该好好休息休息了，要注意身体。"

我点头说："阿蓝，这会儿没事了吧，我们出去走走，聊聊天，行吗？"

阿蓝跟另一个教练说："这儿你照顾一下，我去会儿就回来。"

那位教练笑了一下，说："行，这儿我一人能忙得过来，你今晚不回来都没事。"

我与阿蓝走出健身娱乐馆，沿着娱乐场外那条林荫小道走去。林荫道旁边是一条河，河水清澈透明，仿佛还能看见鱼儿在水里游来游去。我们就这样慢慢地走着，一阵阵凉风掠过，使我不禁打了两个喷嚏。

阿蓝赶紧拿出纸给我擦了擦，十分关切地问："大为，你是不是感冒了？"

我笑着说："你别担心，没事的，有点感冒。阿蓝，你觉得这儿的条件，跟你原来那家娱乐公司相比，要好些还是差些呢？"

"怎么说呢，要说条件，那儿当然好多了，毕竟那家娱乐公司办了这么多年，你这儿才开业，当然比不上那儿。"

我听她这么说，心里有点过意不去，说："对不起，阿蓝，我把你叫过来，那真是太委屈你了。"

阿蓝回头，冲我一笑，说："不，我来这儿是心甘情愿的。"

我说："什么心甘情愿，还不是给我这个老同学一个面子吗？"

阿蓝说："说来也是，谁叫我们是同学呢？"

我看了看她，在说这话时，她的脸上充满着幸福的笑容，还偷偷地看着我，似乎是想从我眼睛里看出点什么，其实我明白她的心意，便用调侃的语气说:"不光是同学,我想我们还是朋友,或者也可以是恋人,对不对?"

阿蓝听后一点也不生气,甚至还有默认的表情,她用手轻轻地打我,笑着说:"你坏,不过……也坏得可爱。"

我一把抓住阿蓝的手,她顺势扑入我的怀里,我说:"阿蓝,以后我会好好照顾你的,我不会让任何人欺负你,我要让你生活得快快乐乐。我真的……很喜欢你!"

阿蓝抬起头:"其实你的心思我也明白,你什么也别说了。哎,大为,你今天怎么了?怎么老说照顾、欺负之类的话,好像你是对谁没照顾好似的,情绪怎么这么低落,你是不是酒喝多了?回去休息吧。"

我说:"没什么,我只是随便说说,也许是这几天太累了。没事,你放心我休息两天就没事了。不过,阿蓝,我说的话是发自内心的,我是认真的……"

阿蓝紧紧挽着我手臂,亲昵地说:"我知道的,其实我也一样,早就认定要跟着你了,难道你还看不出来吗?傻瓜!"

我们又往回走,到了健身娱乐场,阿蓝回到了健身房,我也赶回公司去了,真的觉得好累,把一些文件往办公桌上一扔,关上门,躺在沙发上睡着了。

第十八章

一

　　健身娱乐馆开业后，公司里的健身器一度畅销，因为娱乐馆是使用我们自己公司生产的健身器，学员前来学习后，都不约而同地买我们公司的健身器带回家自己锻炼。

　　每天我们这个健身娱乐馆成了人们跳舞健身的好去处，来这里跳舞的不光是老人，还有很多中年妇女和年轻人，他们三三两两在这里活动。尤其是晚上人头攒动、舞影婆娑。在健身教练的指导下，排着队伴随着音乐翩翩起舞，宛如一幅流动的风景。

　　我知道，现在的人们越来越体会出这健身舞的魅力与内涵，他们有的是从三尺讲台上走下来，有的从柴米油盐的烦琐中走出来；无论年长或年少，只要融入到这个群体，舞起来、跳起来，就会觉得以前所有的烦恼都没有了。

　　人一直都在努力改变环境，而后又多半是环境改变人，如果生活在一个好的环境中，肯定会有好的效果。我为此感到高兴，不但为公司赢得了经济效益，还赢得了很好的社会效益。

　　在跳完舞后，健身教练又教他们使用健身器健身，他们也纷纷试用着放在那里做宣传的健身器，一时间所有的健身器被人们抢着用，这是我没想到的。比以前公司没有自己的宣传平台,到处去求人好得多,有了这个健身馆,主动权就掌握在我们自己的手中。

效果虽不是立竿见影,但比我想象得要快得多。还不到三个月,那些前来健身的市民,也许尝到了健身的好处,不但在这儿练,还纷纷买健身器回家练,所以我们公司的健身器一下子就畅销了起来。

李总把我叫到办公室,高兴地说:"小刘,你真是个人才,你提出的这个健身娱乐馆的修建项目,让我们公司又迈上了一个新台阶。我当初没看错人,把这么重要的项目都交给了你去办,说明我对你是十分信任的,现在华华公司有了起色,更是离不开你了。好好干,像你这样的人才,你将来肯定会有出息的。"

听李总这么说,我也觉得有一种成就感,更确切地说,我付出的心血总算得到了回报。我不是个贪功的人,只要觉得真的做了点事就已经心满意足了。我说:"多谢李总的支持,这个娱乐馆的建成,只是公司拓展业务的第一步,今后还得朝这方面去考虑。"

李总又夸奖了我几句,还笑着说:"好,有头脑。小刘,我给你透露一点,我个人认为你是一个不可多得的人才,我想通过公司董事会的审议,让你去做健身娱乐馆的分管经理,因为这个健身娱乐馆是你一手办起来的,如果交由你去管理,我想你一定会管理得很好,你看如何?"

我不知道他说的是真的,还是仅仅为了留住我在他这里好好干,便说:"只要李总信任我,我一定好好干。"

李总却摆了摆手,说:"这事按规定要等公司董事会审议后才能定,我只是先给你透露一下,让你先有个思想准备。好,没事了,你去吧!"

我走出李总的办公室,边走边想,这是李总的主意还是溪溪暗中帮助呢?一般情况下,公司里的这种提拔是轮不到我的。但今天听李总这么一说,就是那个分管经理我当不成,也不觉得遗憾,因为他们有这个想法就行,证明我的付出他们是看在眼里的。

这个项目能通过并实施,多亏了溪溪帮忙。不管她是出于什么目的,我从心底感激她。

第二天,经董事会审议通过,我获得了华华公司百分之一的股份,虽然是百分之一,但对于一个白手进华华公司打工的人能获得如此股份,我还属第一人。同时,李总宣布了我为华华公司健身娱乐馆的分管经理。

当这个任命在全公司宣布后,公司里的人都为我高兴,吵着要我请客。晚上,我就在公司外的大酒店里大大方方地请了几桌,李总也到了,他端起酒递了一杯给我,说:"希望你把这个分管经理当好,使公司的经济效益再上一个新的台阶。"

"感谢李总的提拔,我一定会好好干。"

"好,大家都一起干杯,为刘经理的荣升干杯!"

喝到最后,我几乎醉了,但醉得格外地高兴,格外地幸福。

二

也许是这个健身娱乐馆带来了很好的社会效益和经济效益,不久后,公司就组织去华东五市旅游,我也高兴地跟着一起去了。要是平时,我才懒得跟着他们一起出去玩呢,不是大家对我不好,也不是我瞧不起他们,我就不想和他们一起出去。但这次,却不一样,我是主动要求去玩的。

先前我还真的好高兴，因为现在阿蓝也来我们公司当健身教练了，她也是公司的职工，要是能和她一起出去玩，那肯定既快乐又浪漫。可不知怎么的，她却没有被列入出去旅游的人员名单中。我为这事也找过李总，李总说："刘大为，你也知道，我们的健身娱乐馆才开业，阿蓝作为健身教练工作特殊，所以没被列入出去旅游的人员名单中。出去少说也要一周，她们走了，那些前来健身的人，怎么办？"

这也是一个理由，而且说得我无话可说。但我想这背后肯定有原因，一定是溪溪在背后做了手脚，因为她知道我和阿蓝的关系。在其他方面她还是一个大度的人，可涉及这方面的事，她仿佛就像变了个人似的，变得小心眼了。

既然是公司决定，我也无法改变。临走时我告诉阿蓝我要跟着公司一起出去玩，她笑着说："大为，我支持你去，你早该出去散散心了。"

我一听阿蓝这么支持我，内心幸福无比，我更高兴地说："你在家也要好好照顾自己。"

第二天一早，我们就去机场坐上飞机，两个小时后就到了上海浦东机场，随后旅行团的人就来接我们。一路上，小李那开朗的性格，常常引得大家发笑。

一上车我就开始犯困，也不想玩只想好好地睡个觉，真是后悔昨晚没睡好觉。不过，总的来说，我还是很开心的，我们并没有在这里逗留多久，才10点多我们就去餐厅吃饭了。在将近2个多小时后我们又来到了第二个城市——无锡，在无锡我们去了"三国城"，这是当年拍电视剧《三国演义》的地方。今天终于亲眼看到了，而且还看到了一场表演呢，那都是仿照拍《三国》时候的情节和场景，感觉和电视剧里所看到的真的是不一样。

因为这段时间太累了,所以当晚我就好好地睡了一觉,第二天早上,我们早早地起床,刷牙、洗脸,一切都弄好了之后就去大厅吃饭。吃完了饭,我们赶往另一个城市苏州,举世闻名的寒山寺一下子映入我的眼帘,真是太美了。大家纷纷照相,小李走过来,说什么也要和我照一张,当着全公司的人和我照相,这不成为他们的笑柄吗?但小李坚持要照,我也只好同意和她照了一张,小李这才满意地笑了。

一路上,我们继续观赏着风景,买了各种精致的礼品和特色的小吃。之后,我们就来到了杭州,真不愧为"上有天堂,下有苏杭",来杭州不到西湖就等于白去了。我是第一次来西湖,这儿实在是太美了,难怪有那么多美丽的传说,真不愧是著名的人间天堂啊!看着西湖美景,我不停地感叹道,这西湖和别的湖就是不一样,我们上了船,在船上静静地观赏着西湖的美景。湖水里,一群群的金鱼给西湖增添了一道别样的风景……

三

在上海购物店里,单位同事都纷纷给家人和亲友购买价格昂贵的宝石项链,我想起应给阿蓝买个纪念品了。就在所有柜台上看了看,一看那些令人咋舌的价格,让人望而生叹。最后,我在一个柜台前看到一条特价项链,标价888元,我看着那些各种各样的宝石,就叫服务员拿了一款象征着爱情的红宝石项链来看,看了好一会儿,觉得这块红宝石在灯光下闪烁着红色的光,显得格外地耀眼,于是我就掏钱买下了。

这时，我在想，只给阿蓝买，还有溪溪呢？这次李总安排她在公司处理一些日常事务，她也没来。不是我对她真有什么，就是作为朋友表示表示，那也应该给她买个纪念品吧！

这时，小李走过来，没想到她早在旁边注意到我的行动，她笑着说："刘大科长，你也太小气了吧？给心爱的人买纪念品，买这么便宜的，你送给她不觉得脸红？要是你这个送给我，我还不要呢，因为一个人对你的爱就值这么点钱？真爱无价，真爱值千金，你明白吗？当然，从这红宝石本身来看，也很不错，红宝石，象征爱情。你看我身上戴的这个，也是红宝石，却价值8万，比你的价钱要高百倍哟。"

我看了看小李，脸有些红了，我说："小李，你怎么老是跟我过不去，总是跟踪我，我买我的宝石，关你啥事？你戴着你价值8万的红宝石，可你想过没有，对于有钱人来说，钱再多也只是几张纸，而我买这个送给我心爱的人，虽然便宜，但却包含着我全部的爱……你说，谁重谁轻？"

小李说："不一定吧？刘科长，你别说得这么高尚，男人那点心思，我最懂，谁没有几节花花肠子，你敢说你买的这纪念品真这么贵重吗？"

我被小李说得哑口无言了，只说："我懒得和你说了，这是我的事。"

小李深深叹息了一声说："我不是有意说你什么，我只是为你要送这纪念品的人叫屈。因为我也是女人，一个女人真心实意地爱你，却被你三心二意地去糊弄，你还算个男人吗？"

我听后，没有再继续说什么。

很快一周的旅游结束了，我回来后，心情还是很好的，因为毕竟出去旅游了一次，如果不是单位组织，像我这个只知道做事，很少与外面有过多交际的人，如果不是工作需要出差，可能很难有这样旅游的机会，更不可能一个人出去旅游。但总体来说，因为那几天导游将行程安排得满满的，也确实很累，所以回来后我就躺在床上好好睡了一觉，梦中都好像还在旅途中一样。

晚上，我打电话约阿蓝出来玩，阿蓝下班后就来到河边公园。公园里的热闹堪比白天的集市。那几个锻炼的老人，一身运动装精神抖擞，健步如飞；这儿边走边谈笑的几个，该是一家子，孩子在前面奔跑欢笑，年轻的妈妈紧跟着小心呵护，而当爸的则搀扶着他的老母亲慢慢地跟随，老人一会儿叫着孙子的乳名让他小心别摔了，一会儿和身边高大的儿子聊着家常，眉眼里尽是幸福的笑意……

我和阿蓝并排走在灯火通明的人行道上，这道上行人熙熙攘攘，不一会儿，我们走在了一个行人较少的角落，我高兴地将红宝石项链送给了阿蓝，她高兴地接过项链，就迫不及待地戴上了，还说："真好看，谢谢你，大为！"

也许是阿蓝真的感动，突然变得大方起来，抱着我就在脸上亲吻起来，我看见旁边有路人走过，不好意思地推开她说："别这样，让别人看见多不好呀。"

阿蓝说："怕什么，我俩是正常交朋友。"

我说："虽然是正常交朋友，但也要注意影响，你是这儿的健身教练，有好多人都认得你的。"

也许是小李的那番话，让我真正意识到这样做，是不对的。我把红宝石项链只送给了阿蓝，而一开始准备送给溪溪的那条却没有送了，悄悄地放着。

第十九章

一

　　由于华华公司健身娱乐馆里一流的设备，一流的教练，前来报名参加健身运动的人渐渐多起来了。经过我与阿蓝商议，决定成立华华健身俱乐部，凡入会者定期缴纳一定的会员费，可以免费使用公司的健身器，这一消息传出后，不到一个月时间，会员就有上千人。

　　每天来这里健身的人们，脸上充满着欢乐的笑容。在优美悦耳的乐曲中，在那震撼人心的动感节奏里，人们跳着欢快的舞蹈。由于这个健身馆的建成，小县城那好几处跳广场舞的地方的人渐渐少了起来。健身馆里，种有花草，安有石凳。有孩子们爱玩的溜旱冰、滑轮板。大厅还有石榴花雕塑耸立在馆内的正中，格外醒目，紧里面就是跳舞大厅。

　　李总肯定了我的工作，尤其是在健身馆的项目上，我是立下了汗马功劳的，不但提高了公司的社会效益，更是让公司一度积压的健身器脱销，为公司赢得了很好的经济效益。李总还在公司职工大会上表扬了我，全体董事也对我点头称赞，我的付出获得了相应的回报。

　　那天我出去办事，晚上十一点才回娱乐馆，我没有直接去我的寝室，我想去健身房看看阿蓝，因为我知道那些健身的人们一般是十点半就散，自从她来了后，我常去看看她，与她说说话。她在这儿的工作最忙是晚上，来这儿跳健身舞的人很多,也是她们最累的时间。可我刚进门就看见阿蓝气冲冲地从健身房里跑出来,她边走边扣她的衣服,头发也被扯乱了,我吓坏了,赶忙叫住了阿蓝,问道:"阿蓝,出了什么事,快告诉我?"

阿蓝神色慌张,哭着说:"是他……想要……"

等我明白了一切,就冲了进去,只见李总坐在健身房里的椅子上,若无其事地喝茶。

我心中的怒气一下冲到了头顶,握紧拳头,真想给他一拳,但我还是忍了下来,说:"你,你……怎么能这样对她,她可是我们健身馆的教练,你这样做还是人吗?"

李总也正在气头上,他见我来了,更生气,拍着桌子,说:"这里有你什么事,这是谁的地方,还容不得你来教训我,你也太自不量力了吧?再说,我对她怎么了?只是想与她聊聊天,让她教我健身而已。你问问她,到底我对她怎么了,你不知道其中的原因就来冲我发火,你吃了老虎胆了,是吧?她作为教身教练,这是她的职责。"

天底下还有这样不讲理的人,听他这样说来还是我的错一样。不说阿蓝是我的女朋友,就是与我没有任何关系的员工,若也受了这样的欺负,我肯定也会管的,因为我是这儿的分管经理,我有责任保护她们。怪不得有些女秘书、女职员,成为老板的情人,我想就是大家看在他们是老板的份上,敢怒而不敢言。我气得不知说什么好,他不就是个华华公司的老板,不外乎有几个臭钱吗?我说:"别以为你是老板,就可以胡作非为,你要相信,天底下还是存在公理的,你这样做早晚会把你的公司搞垮。"

李总说:"你也知道我是老板,我还以为你是这里的老板哟。这公司是我的,我想怎样就怎样,还用得着你来操心吗?我看你是不是不想在这儿干了?"

我说:"人家放弃了这么优越的条件,来到你这儿工作,是看重你。她身为我们公司的健身教练,你不但不尊重人家,反而还这样对她,你还有点良心吗?再说,你知道我与她是什么关系吗?你不看僧面也得看佛面啊?"

李总也冷冷地说:"我当然知道,不过……年轻人,火气别这么大,别以为你在华华公司有一定的地位了,就可以对我指手画脚的。说穿了,你在这儿算老几?我一句话,就叫你什么也不是,明白吗?"

我更生气了,差点把握紧的拳头挥上去,说:"你以为我为了这些,连自己的女朋友都可以不要,你错了!平时我看你是老板,我尊敬你。现在看来,你就是个畜生,我想揍你,你信不信?"

李总气愤地站起来,用手指着我说:"你给我滚,滚出华华公司,你以为你是谁?分管经理,你以为你是个人才,为公司创造了不少经济效益,就可以在我面前无所顾忌了,我一样可以炒你,天底下人才多的是。"

既然都闹开了,我什么也不怕了,便走过去,指着他说:"你以为在这公司里你是老板就可以为所欲为,你错了!要是换了别人行,我刘大为就不行,我有做人的尊严,阿蓝也有她做人的尊严,她可不是你想的那种女人。"

李总继续骂道:"尊严,你还有脸跟我谈尊严。这段时间以来,你与溪溪的事,以为我不知道吗?哼,你错了,我什么都明白,只是看在你能为华华公司死心塌地付出,能为面临倒闭的华华公司找到一条出路,我才没找你算账。可现在倒好,你竟然为了这么一个女人,来对我发火,全公司里没有一个人敢,只有你敢,真让我佩服,你有骨气,你有种……"

我说:"你别胡说八道的,哪有这种事。你以为你反过来咬我一口,我就怕你了,你也太小看我了。我告诉你,今天这事肯定不会就这样算了,肯定与你没完……"

李总愣了一下,明显看得出我也是一个不好惹的人,他缓和了一下语气,说:"咱们走着瞧,这么多年不管白道黑道我哪条道没走过?识相的,你就别管这事,华华公司是我的,娱乐馆也是我的,在这个公司里,我想怎么样就怎么样,我想要谁就要谁……"

我也十分强硬地说:"那好,我与阿蓝马上离开这儿!"

李总见他这话奏效了,继续步步紧逼,多少有些得意了,哼了一下,说:"想走,没门。已经签了合同的,能随便走人吗,法庭上见。"

李总气冲冲地走出了娱乐馆,我呆呆地站在那里,不知如何是好。我已经失去了鸽儿了,现在如果再失去阿蓝,我会痛苦一辈子的。我呆着,愣着,不知怎么办?不是我舍不得离开,而现在欲走不能,欲留更不能,在我左右为难中,得要想个解决的办法。对了,那就是再去找溪溪帮忙,这也是唯一的办法了。

二

溪溪不在家,她可能出去玩去了。我就到街上找,也没找着,我想事情都这么凑巧吗?想找她时,怎么也找不着。是不是溪溪知道了我与李总这事,有意躲着我。因为她太聪明了,在这个事情上,她不管站在哪边都讨不到好,说什么也没用的。说白了她就是想插手这事也不能,不躲开又能怎么办。

正当我怎么也找不着她时，她却牵着她的小狗走了回来，我叫住她，她笑了说："哟，刘科长，你这个大忙人，这么晚了，你不睡觉还来找我，是有什么急事还是又想我了？"

我现在都快急死了，哪还有心思听她胡扯，我急着说："不是，我有事找你。"

溪溪说："也是，你是有事才会来找我，没事就会去找别的女人，现在的男人呀，都一样，没一个专一的，可你说我能去怨谁，要怨就怨自己吧。"

我一把拉着她就往厂门外的那条绿荫小道走去。这条绿荫小道上虽然有路灯，但还是很暗，仿佛要低头才能看见路，就是迎面走来的人，要到了身前才能看得清是谁，这种环境更好，省得她从我的表情里看出什么，她太了解我，哪怕我的一个眼神，她都会看出些什么东西来，仿佛我心里是怎样想的，她都知道。我边走就边把这件事告诉了她，她听后说："这下，你把事情弄糟了，我不是提醒过你，凡事不要冲动，冲动就是魔鬼。你想过没有，他再不好，也是公司的老板，老板在一个员工面前，他能向你认错，他能向你赔不是？"

现在，我只能抱着无所谓的心态，去面对这一切。我说："这个我知道。你知道我的性格，如果是其他的事忍一忍也可以，这样的事我能忍么？溪溪，再帮我一把，我不是舍不得这儿的工作，我是想让你帮帮我，让我们一走了之。"

溪溪想了想，说："这个事我能帮你，可你不能走，我可以帮阿蓝找个事干，去深圳那个娱乐公司做横向交流，从那里换来一个教练就行了，这事不就摆平了吗？"

我明白溪溪的意思，她这样安排，也是为了把这事摆平。但我仍不放心，不管把阿蓝交换到哪里，可她还是华华公司的人，李总还是她的老板，万一他还不死心，随便使点手段，还是一样地逃不出他的魔掌。再说都闹成这样了，除了这样再没有更好的办法了。我再待在这个公司里还有什么用，最好是我与她一起走。我说："要走我与她一起走，那才是最好的办法，你看行吗？"

"不行！我说了不行就不行。"溪溪伸出一只手搭在我的肩上说，"我舍不得你走。不过，我可以保证你以后仍是娱乐馆的分管经理，昨天你与李总的事完全可以像没发生一样，你可以继续干下去。"

我听后，真的被她所感动了，但还是担心，她能左右得了李总的想法和决定吗？肯定不能，我不知道她在李总心目中的地位，但我相信她的处事能力。说："如果这样，那你还要我在这儿干什么，还不如想办法让我走了更好？"

溪溪回过头来，用一种十分温情的目光看着我，说："我需要你，公司更需要你，你是一个有能力的人。再说，我们虽然已经没有什么来往，但能见面，能说话，我也算有个知心朋友在身边……你明白我的心思吗？"

听到这话，再强硬的心也都会软下来，再无情的人也都会动情的，我再也不好说什么了，我只是默默地点了点头。

三

过了两天,李总又把我叫到他办公室,亲手为我泡了一杯茶,像什么也没有发生。我纳闷了,不知他葫芦里卖的什么药,我真不想去,但也不得不去。他笑着说:"小刘,那天是我酒喝多了,说话有点失控,你也可能没有真正了解情况,只听一面之词,年轻人嘛,一时冲动,我也理解,这事就到此为止。应深圳娱乐公司的要求,要相互交换一个教练,她们点名要阿蓝去,我看就让她去吧,她的舞跳得这么好,如果再出去锻炼锻炼,肯定对她有好处的。不过,你们俩就要天各一方了,但你要理解,这是为了健身娱乐馆的发展,深圳的教练到我们这儿,娱乐馆的知名度一下子就会提高,俱乐部成员也会成倍增长,真是商机无限呀!明天你就亲自送她去深圳吧,也可以去散散心,机票我已派人订好了,你去准备吧。"

我这时才明白李总的意思,那紧绷着的心一下子就放下了。

我听后只冷冷地说:"这样也行,没事的,只要阿蓝愿意去,我没意见。"

那晚,我找到阿蓝,把这事告诉了她,她很不放心地说:"大为,最好我俩都离开这里,这里不是我们能待的地方。我走了,你一个人留下来,万一出个啥事怎么办?你想想李总是什么人,整天一副神神秘秘的样子,谁也看不清他心中想的是什么。你在他这里做事,千万要小心,说不定哪天你就钻进了他的圈套里了。"

我不敢将我留下来的真正原因告诉她,我也知道这里不是我能待得住的地方。但因为和溪溪谈好了,所以我不能走,这是条件。要是真的离开这块是非之地,和阿蓝一起远走高飞多好啊。但转念一想,只要阿蓝走了,一切都肯定没事了。

我尽力将语气放平和,不让他看出我心中的那些担忧,更不能让她发现我的秘密。我说:"阿蓝,你也别把李总想得那么坏,更不要把事情想得太严重。我没事的,你放一百个心,只要你平平安安,比什么都好。再说,他们也不会把我怎样的,他们的公司需要我,这里还有我的用武之地,我会用我的能力来证明我自己。"

阿蓝还是担心,她扑入了我怀抱中,把我抱得紧紧的,生怕我突然被谁从她身边夺走似的。她轻声说:"大为,你一定要保护好自己,凡事忍让一下,也许真是退一步海阔天空,我们不图什么名利地位,只图个平平安安,因为我不能没有你。明白吗?我等你来深圳,到那时我们再也不分开。"

第二天,我与阿蓝去深圳了。在深圳机场下了飞机后,深圳娱乐公司派人来接我们去他们公司。到了他们公司的时候。我看见鸽儿与比她大很多的老头走进了办公室,其实我看见她,心里还是很高兴的,但一看她与那个像她父亲一样年纪的人在一起,心里就有点说不出的悲伤。鸽儿介绍:"这是华华公司健身娱乐馆分管经理刘大为,这是健身教练阿蓝,他们都是我的同学。没想到,因为工作我们又走到一起来了。"

她停了一会儿,似乎看出了我心中所想,但她还是显得非常地冷静,并看不出有任何不同的表情,又指着那老头介绍道:"这是我们公司的陈董事长。"

陈董事长伸出手与我握手,又与阿蓝握手,十分亲切地说:"鸽儿和我说了,你们与她是同学,同学好呀,有了这份同学之情,工作才会干得更好的。"

我看了看他,虽说年龄能当鸽儿的父亲了,但从他那言谈举止上看,还是很有亲和力的，也具有一种企业家的风度，我说："那太感谢陈董事长了！"

他说："没事的，既然鸽儿与你们是同学，来这儿就别见外，就当在自己家里一样，玩得开心就好。"

我接过他亲手为我泡的茶，也高兴地说："那是！那是！"

鸽儿像变了一个人似的，穿着时髦，感觉也变得成熟多了。但我从她的眼睛里就看到，她还是忘不了我，只不过把这份爱埋藏在心里。我此刻也不知该说些什么好，只是呆呆地看着她。她虽然亲切地与阿蓝说着话，但却时不时地把目光转向我，像是在安慰我，又像是在向我讲述一些什么。她的眼睛里充满着忧伤，更有一种无奈。

阿蓝说："鸽儿，我们上学的时候，你在班上的成绩最好，我那时多想赶上你，可老是赶不上。我当时就想，你将来肯定会很有出息的，果然你现在发展得这么好，真让我羡慕！"

鸽儿笑了笑，说："我是平时成绩很好，可在高考时就考得很不好，到现在也没找出什么原因，也许是怯场，或者就是命运的安排吧。"

阿蓝说："后来你上高中后，你的成绩就没我好了。我想这是事物发展的规律吧，三十年河东三十年河西，各领风骚三两年嘛，要是好事全被你占了，那上天也会觉得不公平吧。"

这一句话，把大家都逗笑了，我听后也忍不住笑了。我说："阿蓝说得好，各领风骚三两年，所以阿蓝考上大学了，鸽儿没考上。我才是全班成绩最差的一个，都是愧对你们的关心了哟！"

阿蓝说："我说刘大为，你别自作多情，谁关心你呢？"

鸽儿听后，没有再说什么，我知道她是怕阿蓝不小心把我们过去那些事说出来，当然她也不一定知道，不怕一万就怕万一。鸽儿静静地看了我一会儿,她也尽力在控制自己的情绪,然后走过来说:"你们刚下飞机,可能累了吧?我看你们还是先去宾馆休息吧。"

我也无心再在这里坐下去了,尤其是看见鸽儿,心里就产生许许多多的回忆,更生出一种控制不住的情绪,总想去问她这是为什么?难道金钱地位,还有那一句"三年不碰你一下"的承诺真的那么重要吗?难道嫁给这么一个跟自己父亲年龄相仿的人会幸福吗?但每次都被鸽儿制止,或者借故走开。

四

这天,我想鸽儿说什么也要陪我们去玩玩,可她却说有十分重要的事要办,以抽不出时间为由,另外安排人陪我们,叫我们放心玩,一定要玩开心,要吃什么要买什么尽管说,一切她都安排好了。我们就来到红树林,这是一块海边的生态园,郁郁葱葱的堤岸旁,一丛丛、一树树挺立着翠枝,覆盖着碧叶,茂密的植物仿佛染绿了海岸,蜿蜒铺满了一层厚厚的绿毯,与蓝的海水比色,与坚硬的灰色水泥堤比美。阿蓝感慨道:"怎么没有人来赞美这平凡而又坚韧的物种,也许它与南方那众多的美丽物种比起来,显得过于平淡了一点吧。当大浪铺天卷来时,是怎样化解那汹涌的浪头?怎样用它那阴柔化解那份力量撞击的呢?"

我笑着说:"阿蓝,你真不愧是舞蹈艺术家,想象力这么丰富。我什么也没感觉到,只觉得好看就行。"

阿蓝笑着说:"我是有感而发嘛!"

岸上,游人徜徉在幽绿的园中,悠哉游哉。木棉吐蕊,挂一树火红,仿佛昭示着红红火火;椰树钻天,粗壮的躯干,仿佛比直上天空盛开叶的礼花还要饱满;芭蕉摇曳,晃动它那宽大的叶片;最是惹眼的要数那紫金花树了,花不奇,树硕大,一朵朵五片修长的花瓣护着花蕊,风华争艳在茂密、宽大的绿叶丛中。

我说:"红树林,不见红,却是绿。"

阿蓝笑着说:"红树护堤迎海浪,遥望远天是香港。绿也不错呀,绿色的海湾,蓝色的海水,栖息着成千上万的鸟类。这才是祥和的天空,自由的天堂。"

随后我们上车,沿途的美景不断,让人目不暇接,遥看深港大桥像长虹跨海,雄姿勃发,衔两地,贯粼波之上,如蛟龙出海。一弯海水银波粼粼,彼岸烟波托起一轮城郭,那就是香港了。海堤长长,左边一路绿茵茵漫入天际,右边蓝蓝海水就在脚下,要是夏季,真会跳下去,来个畅快淋漓。

玩了几天后,我就提出要回去,因为在这儿待着,心里总是想着鸽儿。虽然,她现在与她的老板还没有结婚,但她不久就将是老板娘了,可我还是忘不了她,她还是我深爱着的人。鸽儿也看出了我的心思,她说:"既然你要走,我也不留你了。你放心,阿蓝在我这儿,我一定会照顾好,就像照顾好我自己一样,也许她对于你来说比我还重要,我向你保证,不管一年两年,我都会还你一个完完整整的阿蓝。"

我望着鸽儿,鸽儿也望着我,她好像还有很多话要对我说,我也希望她还说点什么,可她却欲言又止。其实,我也有很多话想对她说,但最终还是忍住了。只说:"那就拜托你了。"

在我离开深圳那天,鸽儿没去机场送我,这是我早已预料到的。阿蓝却把我送到机场，依依不舍地叮嘱着我："大为，你路上要注意安全，回到公司里更要小心行事，凡事别太较真，要学会保护好自己，我真的好担心你的。"

我笑着说："阿蓝，只要你照顾好了自己，我就放心了。你别担心我，我只要等华华公司合同一到期，我马上来找你。"

阿蓝紧紧地抱着我不肯松手，说："好的，我等着你。"

回到华华公司，我把深圳来的教练带到李总的办公室，那位教练就旁若无人地与李总聊开了。中午，李总在一家大酒店里为她接风洗尘。在酒席上，她与李总套近乎，一杯接一杯地喝，我与其他陪同人员只好识趣地借故走开。

走出酒店，但里面仍传出划拳的声音，李总"哈哈"的大笑声，还有她嗲声嗲气的说话声……出来的时候，正是中午时分，火辣辣的阳光照在身上，让人感到格外地闷热、不安……

第二十章

一

  我仍是健身娱乐馆分管经理，常驻在城北镇上。如果没事，我一般不回公司，住在这儿真好，远离公司的纷争，远离一切与我无关又避让不开的烦恼，整天过着十分悠闲的生活。

  没事时，我也去镇上逛逛。虽然这里是郊区，但仍是依山傍水，远看是青色，近看全是一片绿意盎然的景象。四处都是山，山脚下环绕着几道弯弯的小河，山里的一切都倒映在河中，像是一位情窦初开的少女在妆镜面前细心地打扮。在河边还有一个作为渡口的地方，其实也就是几块大石板铺出一块平坦的地方，修一些阶梯。镇里最热闹的时候就是每逢赶集日，从县里运回来的货物在这里拿出来卖给那些居住在山里的人们，货物就摆在门前，来来往往地有很多人。

  不知是这儿清闲，还是这儿远离了公司，真有一种"世外桃源"之感。渐渐地我把那件事淡化了，像什么也没有发生一样，彼此都不再提这件事了，气氛也没有原来那么紧张，我的心情也好了很多。

  今天，也许是我心情好，六点半就起床了。我也学着小镇人去跑跑步，锻炼一下身体，不然整天就这样坐着，可能早已经发胖了。早晨的街上有点冷清，有几个清洁工在打扫卫生，零零落落的行人和车辆经过，也有一些跑步的人，因为大都不认识，所以也不必打招呼。

然后，我回到了寝室。由于出了一身汗，我便打开热水器冲了一个澡，感觉一身轻松，像完成了一项大工程一样。平时太不注意锻炼了，难怪阿蓝每天跳健身舞，看起来是那么的青春靓丽，看上去要比她的实际年龄年轻很多。哪像我，整天懒懒散散的，不是在办公室坐着就是在床上躺着，现在看来，必须要坚持锻炼，让自己每天都有一个好心情。于是，我就到外面的一个面馆里，匆匆吃完面后，我就来到办公室，也许我这人听好话听得太少了，就因为面馆老板娘一席话，我的心里就像吃了蜜一样甜。我泡好茶，喝了一口，正准备处理文件。这时，张兰的丈夫王庆来找我。我感到很吃惊，他来找我干什么？是不是因为工程没给他承揽，他是不是来找我说个究竟呢？不可能，这事他肯定知道其中原因的，他也会理解的。

我赶忙给他泡上一杯茶，我笑着说："王总，你坐会儿吧，你这个大忙人，今天怎么有空来这儿呢？"

他坐下后，喝了一口茶，看了看我，想说什么却没说出来。

我看他有些坐不住的样子，便问道："你最近的工程做得怎样呢？"

他毕竟是个老板，喝了茶后，很快就调整好了情绪，说："我哪有心情管这事，我现在人都快急死了哟。"

我从他这话中听得出他肯定是有什么急事，而且十有八九是他与张兰的事，但我不便主动提起，只能看他怎么说，也想知道他来找我的目的。我问道："王总，你最近有啥不开心的事，今天怎么了，怎么愁眉苦脸的？"

他看了看我说："刘科长，现在我应叫你刘总了。我想问一下，你知不知道张兰去哪儿了？"

我一听吃惊了，问道："她怎么了？"

他说："其实也没什么，我只是随便问问。我想你和她是同学，她肯定会与你联系的。我没别的，就是想知道她去了哪儿？"

我就一下明白过来了，张兰那次自杀不成，她可能真对他失望了，或者是他真的做得太过分，所以眼不见心不烦，只能一走了之。我一想起这事，有些生气地说："我说你呀，张兰哪点不好，要说文化有文化，要说模样有模样，你却这样对她，你说她能不伤心吗？"

他听我这样一说，叹了一口气说："其实，她对我很重要的。可感情上的东西谁也说不清，更没有对与错。我想，我只要对她好，其他的我却从来没当过真，那只叫玩，没有了她家哪里还像个家呀？"

我听后更气愤了，我站起来说："既然她对你这么重要，那你为何还这样对她？我说句不该说的话，你真是活该！"

他说："我说刘总，都到这个时候了，你还这样骂我，我受得了吗？"

我说："那你站到张兰的角度想想，她受得了吗？"

他沉默了一会儿，抬头看着我，觉得我应该知道她在哪儿，是有意不告诉他。他说："她也太小心眼了，我整天在外面忙，总少不了应酬，有时也可能有点这样或那样的事，但都是逢场作戏，哪里能当真嘛。可她就是不理解，更不支持，还认为我整天就在外面混似的。你想想，我作为一个公司老板，全公司几百号人跟着我，要吃饭，我能不想尽一切办法，这其中的苦是没人能感觉得到的。"

我听后，觉得他说的也不无道理，但也不能就这样原谅他，更不能理解他这样去伤害一个无辜的人。我说："不管怎样，你已伤害了她。"

他抬头看着我，说："这么说你知道她去了哪儿，请你告诉我吧，她已走了半个月了，我一点关于她的消息都没有，我现在天天都在找她。"

我十分肯定地说："我真的不知道她在哪儿。"

不知是他知道不能从我这儿打听到消息，或者觉得我根本就不知道她在哪儿，他起身说："那对不起，打扰了。"

二

王庆走后，我的心里一团糟，本来今天心情很好，这下却怎么也开心不起来了。说她现在去哪儿了？会不会出什么事？

整个上午我就想着她，本来她与我没有任何关系。但却总是放心不下她，也想知道她的下落，但怎样才能打听到她在哪儿呢？我相信，她一定会和我联系，她肯定会告诉我她在哪儿。因为我知道她身边虽然朋友多，但对她没有一个是真正知心的。

在下午快要下班时，溪溪突然来到我的办公室，她坐下后，说："我看你今天脸色不太好，又遇到啥烦心事了吧？你这个人，总是性子急，这样不好，不但办不好事还伤身体。是不是因为阿蓝走了，你不习惯，才显得这么没有精神？"

我赶忙给她倒上一杯水，看了看她，说："哪里，这儿的事情太多，哪有时间去想她哟。"

溪溪说："不对吧，你别骗我了，你的眼睛告诉我了。"

我知道，什么也瞒不过她，她似乎什么都知道，也什么都明白。我只是笑了笑，什么也没说。

溪溪继续说："最近你的工作可能有调整，你要做好思想准备。我知道这个健身娱乐馆你是付出了心血的，理应让你当这个分管经理，让你来管理是再合适不过了。但有的事是不由人的意志所转移的,所以,我不是来找你谈话,我是来给你透露一点消息的。"

我听后吃惊地看着溪溪,不知公司里发生什么事了。我问道:"你说明白点,到底发生什么事了?"

溪溪笑了,很淡然地说:"跟原来一样,什么事也没有发生。"

我问道:"我在这儿干得好好的,那为什么要调整我的工作?"

溪溪没明确回答,岔开了话题:"你整天这样悠闲,是怎么打发日子的,是不是整天都在想着你那些漂亮女友,那有没有想着我呀?"

我笑着说:"你看我悠闲吗?整天这样那样事多得很,你以为这个小小的健身馆,就没事呀?其实,这里的事并不比公司的事少,你明白吗?"

溪溪拉了拉椅子,向我身边靠了靠,用手亲昵地抚摸着我,说:"好了,我知道你是很忙的,你也是个真正做事的人。我只是和你开个玩笑,别当真。好了,我今天来,没别的,只是想来看看你,知道阿蓝走了,你肯定很不习惯,所以专门来陪你说说话,现在你开心吗?"

我看着溪溪,说:"谢谢你,溪溪。你一直都在帮我,这个健身馆要不是你帮忙,也不可能这么快建成。"

溪溪起身说:"你又来了,你这话我听了不止五百遍了。别把我说得这么伟大,我可不想欠谁的人情,也不想别人欠我的人情。当然,看到你开心了,我也就放心了。今天我就不陪你了,我还有事要办,你们李总还在大兴县城等我。"

我忙问:"哎,你还没告诉我,我到底要换去做什么工作?"

溪溪笑了笑,说:"这个呀,你别当真,我只是和你说着玩的。当然,也许我说的是真的,也许是假的,不管是真是假,你现在都别放在心上,算我没说好了。"

说罢,溪溪转身就走了,我也没起身去送她,只目送着她远去的背影。

三

想来想去,虽然溪溪没有明说,但从她话中,我听得出她说的应该是真的。不用想我也知道其中的原因,那一定是为阿蓝那事,李总虽然嘴上没说,但肯定输不起这个面子,而是记恨在心。如果真这样,我还待在这儿有什么意思呢?但现在我该怎么办,走也不能走,只能眼睁睁看着自己一步步地陷进去,不能自拔吗?

吃了晚饭,我也没有心情出去走走,就呆坐在寝室里对着眼前的电脑,目光飘在了电脑上。脑海里一片空白,仿佛那些所拥有的,瞬间就消失了。当我抬头往窗外看去,一切也变得那么朦胧,什么也看不清,什么都隐藏得那么深,让人看不透。

我仿佛听到了一声笑,没有声音的笑,仿佛在地壳深处传上来的,我怵然,而此时我才发现我的嘴角牵动了起来,我的手指已在键盘上了。终于明白那笑声是来自于自己,而这个字也是由自己在键盘上敲出来的……反反复复好几次,让我觉得这时是不是在梦游,或者是精神恍惚,只能任凭思绪时而飞起时而落下,仿佛身不由己。

这时我想起了鸽儿,仿佛看见她笑着向我走来;也看见了张兰,她还像那次与我对面坐着;我想起溪溪,她站在我的背后……然而,我这时到底想着谁,恐怕就连我自己都不知道。

也许是我真的太孤独了，才会想起她们。一个人要做到心无旁骛，真的很难。快乐的境界，只能在高兴时才能产生。有位哲人说过，只有人的思想是没有界限的，当一个人独坐在某个空间里时，思想远远超越该空间而变得无限宽广，但是如果对面坐着另一个人，就会因为某一话题的展开难以想入非非，因为得顾及别人的感受。看来，此时我是多么需要一个人陪我，多么需要一个人听我倾诉。

这时，桌上的手机响了，谢天谢地，终于有一个人打电话来了，也让我不由得一阵惊喜。我问道："请问，你是谁呀？"

对方停了好一会儿，笑着说："你猜猜，我是谁？"

我想了想，还是没听出她的声音。

她缓和了一下语气说："我是王莉，我们也是同学哟，你还记得我吗？"

"王莉？"我一时怎么也想不起来，问道："哪个王莉？"

她说："我们是初中同学哟，我是你老师的女儿——王莉。"

她这么一说，我终于想起来了，那时因为她是老师的女儿，在班上似乎就高人一等，谁也不敢惹她，还有的甚至巴结她。也许她出身教师之家，成绩一直都很好。尽管这样，老师对她也要求严格，作业必须完成，而且从来没让她当过学习委员或班长之类的。但不知怎么的，大多数同学还是敬而远之。我说："哦，我想起了，王莉，怎么是你呀？"

王莉说："你怎么也想不到是我？我说老同学，这就是你的不对了。"

我说："现在，哪个还记得我哟。哎，王莉，自从那次我们见面后，有好久没见了，你还好吗？"

王莉笑着说："好得很，喝酒唱歌，有时间还打打麻将，整天过得快快乐乐的。听你的口气，你好像有什么不开心的事？"

我说："可能最近有点忙，没什么，对了，我正要找你，没想到你却打来了，真是我们有心灵感应吧？"

王莉笑了，说："找我，搞错没有哟？说正事，我打电话给你，是向你打听打听，你有没有张兰的消息？"

我说："没有。我还正想问你呢，听说她失踪了，怎么大家都不知道她的下落呢？"

原来，王莉打电话给我，仅仅是为了打听张兰的下落，可她听我这么一说，不知是生气，还是有意留点悬念，早已挂断了电话。

尽管这样，我从她说话的口气中，还是听得出她仍像小时候对我那样凶巴巴的，高傲得没人敢接近。说实话，我真的很羡慕她，她出生于教师之家，不但人长得漂亮，而且穿着打扮也时髦，学习成绩也好，在我这个农村孩子的眼里，简直就是天上的七仙女，可望而不可即。

经她这么一说，我又担心起张兰来。她到底去了哪儿呢，会不会出什么意外了呢？

四

这时，我的电话又响了，我一看是小李打来的。这么晚了，她打电话来做什么呢？我愣了一会儿，其实是有点不想接的，可电话还在响着，但最终我还是接了，问道："这么晚了，你打电话来，有事吗？"

小李说："刘科长，你这就见外了，有事才能给你打电话吗？"

我从电话里明显听得出，她喝醉了。我说："你是不是喝醉了，如果喝醉了，就早点回去休息嘛。"

小李说："我是喝了酒，但没醉。刘科长，你一个人在家不好玩吧，出来陪陪我，我好想唱歌，我好想跳舞，我还想喝酒……"

我听后，急切地问道："小李，你和谁在一起，你现在哪儿？"

小李说："我一个人。哎，刘科长，你怎么也关心起我来了，平时你一直对我没有什么好感，说起话来也凶巴巴的。现在怎么改变对我的看法了，难不成对我有好感了吗？是不是你这时感到孤独了，你身边没女人了，才想起我了？"

我十分着急，也不想听她闲扯，只问道："你说，你在哪儿？"

小李说："你还听不出，这么闹，我在大兴县城的歌舞厅，你快来陪我唱歌，陪我玩呀。"

我担心小李一个人喝得这么醉，万一出个啥事可怎么办？便打车来到县城，通过打听才终于找到那家歌舞厅，看见小李坐在最里边的那个位置上，喝得很醉，身边还坐两个年轻人，在对她动手动脚的，还说着一些调情的话。

小李虽然醉了，却还有点清醒，她用手推他们，却推不开。

他们更加得寸进尺，硬拉她往外走，她死死地拉住椅子，不肯走。她大声吼道："流氓，走开，走开——"

他们使劲一拉，终于把她拉了起来，就往外拖。我一看这情景，知道要出事了，就大步走上去，拦住他们说："放开，你们这是干什么，难道要流氓不成？"

那两人这时放开了小李，却恶狠狠地向我扑来，我转身抓起一把椅子就往他们那边砸去，他们见势不妙，拔腿就跑。待他们走后，小李回到座位上，又倒上酒，说："刘科长，你终于来了，来陪我喝酒，喝了酒我们再去唱歌，再去跳舞嘛，我的舞跳得非常好的，走，我们去试试，走呀！"

我抢过她的酒杯，让她在椅子上坐下，十分生气地说："你还喝，刚才要不是我及时赶到，还不知道会出啥事，你明白吗？我说过你多少次了，少喝酒，你就是不信。你看看你，喝成啥样子了，还要喝？你这杯酒给我，我替你喝了。"

我抢过她手中的酒杯，一口就把酒喝下去了。可她仍不罢休，又倒上一杯，我只好又抢过来，一口就喝下了。

小李说："不喝酒也行，我们去跳舞，你陪我跳舞。"

说着她硬拉着我去跳舞，我也只好陪她去跳舞。可她这时哪里能跳什么舞，只扑在我身上乱转着，我也只好紧紧地抱住她。没别的，就是怕她摔倒，我一直在劝她别跳了，下去坐会儿。她就是不听，仍紧紧地抱着我，在闪烁的灯光里乱转，像一团泥一样，她的身体全靠我才能支撑了。

她一会儿要喝酒，一会儿要跳舞，这样折腾了好一阵后，我连哄带拉地终于把她带出了歌舞厅，扶着她走出去。问她今晚住哪儿，她说："我没有去处。"

最后，我打车将她送去一家宾馆。给她开好房间，把她扶进去，她却说什么也不要我走，要我陪她。我真不知怎么办，只好在她房间里坐坐，陪她说说话。

一开始，她坐在床边和我说话，可说着说着就倒在床上，一会儿就睡着了。正当我要给她盖上被子时，她却伸手紧紧地抱住我说："你别走，留下来陪我。"

随后，我使劲地掰开她的手，给她盖好被子，关好房门后，转身就走了。

第二十一章

一

这天，我刚到办公室，小李就打电话来，说刘副县长要去大兴湖玩，她问我去不去。其实我不想去，因为与官员们在一起，只能说些阿谀奉承的话，我很不适应那种场合。我说："我今天有事，你陪他们去嘛，我就不去了。"

小李说："我说刘科长，现在应叫你刘总了。我不知怎么说你呢，你想想，这种好事好多人想去都不行。你以为你这地征到了，健身娱乐馆修好了，就不再需要这种关系了？你错了，你这健身娱乐馆毕竟在大兴县的地盘上，你远方的龙神犟不过本方的土地，以后求人家的事多着呢。"

我说："我真的有事，你也是我们公司的人，你陪他们去也一样嘛！"

小李生气了，说："人家刘副县长昨天还提到你，说你能干，说你年轻有为，对你的印象不错。你就去一下嘛。我知道你是怎么想的，我也知道你上不上班都没人管你的。这么一个小小的健身娱乐馆，能有什么事忙不过来呢？就这样定了，一会儿有车来你办公室楼下接。"

我还想说什么，小李已挂断了电话。

我只好到办公室的楼下等，不一会儿，一辆崭新的宝马车开过来，坐在副驾驶座位上的小李向我招手，说："刘总，在这儿，快上车。"

我上车后，看见开车的男人长得很帅，小李介绍说这是大兴县政府办公室王副主任，也是她的同学。一路上只见小李和王副主任说说笑笑，偶尔也有些亲密的小动作，我坐在后座上，当然看得一清二楚，但只能装着什么都没看见，很快就到了大兴湖。刚下车，就看见刘副县长和招商局李局长一行人在那里等候，我们下车，与他们一阵亲切的交谈后，就租了一艘船去美丽的大兴湖上游玩。

游船行驶在清澈的湖面上，刘副县长说："没想到，刘总的健身馆修建得这么快，大半年时间就开业了。你们这个健身娱乐馆开业后，老百姓纷纷前来健身，反响也很好，也算是我们县的一大'民心工程'！"

我说："我们公司正在策划搞一个水上娱乐场，我想如有可能，我们还会来你们县投资，还得指望刘县长支持哟！"

刘副县长说："刘总，你们公司的这个想法我已听说了，所以，我今天主动邀请你们来这里玩，就是想让你们先看看这里的环境和地理位置，待会儿招商局的同志会给你们做个简单的介绍。如果适合你们的要求，欢迎你们再来投资。"

小李说："刘县长真是快人快语，正说到点子上了。我们这位刘总呀，是个了不起的人才，这个健身馆就是他一手策划的，也是他一手抓的，现在建成了。不但赢得了很好的社会效益，还为公司带来了很好的经济效益。如果刘总再策划这个水上娱乐项目，肯定会取得更大的效益。"

小李当着这么多人的面夸我，虽然我表面上没什么反应，但我在心里却非常高兴。别看小李平时说话疯疯癫癫，关键时她还是懂得把握分寸的。我说："小李看你说的，我哪有这么大的本事，都是刘县长的支持和公司所有人的努力，健身娱乐馆才得以落成。"

刘副县长笑着说："刘总过谦了，我看得出你真是年轻有为，是个潜力股啊，我就喜欢这样干实事的人。"

招商局李局长说："刘总，按刘县长的指示，我想还是给你们做个简要的介绍吧。这大兴湖系1950年代末修建的中型水库，积水面积16.5平方公里，水域面积5300亩，总库容1640万立方米，系濑溪河、小安溪河的发源地之一。景区内由形态殊异的108个小岛点缀湖中，延绵约10余公里，形成了山水辉映的独特景观。又因其坐落于西山脚下，因此被誉为"西南西湖"。如果能在这儿投资修建一个水上娱乐场，会是旅游景区的一个亮点，也为游客提供更好的游玩项目。"

我听了介绍，笑着说："这里的环境和地理位置都不错，也适合我们这个水上娱乐项目的选址条件，我们可以考虑。"

二

在游船上，我只尽情地欣赏着湖里和四周的美景。而有小李却不失时机地抢着说话，好像要尽力地展示什么，她说："刘县长，你可能不知道，这位王副主任就是我的初中同学。"

刘副县长看看他们，好像明白了什么，问道："哦，很好呀，小王也是很能干的小伙子，我说小李，你们只是同学吗，没别的？"

小李说："我们只是同学，没别的了。"

刘副县长又问道："小王，你和小李真的只是同学吗？"

王副主任有点不好意思地说："刘县长，我们没骗你，我和小李只是同学关系，真的没别的。"

刘副县长看到王副主任这么紧张，笑着说："同学好，不过任何事情都是发展的，发展才是硬道理，希望你们再发展发展。你说是不是，小李？"

小李笑着说："就按刘县长说的办，加快发展嘛！"

玩了好一阵后，刘副县长在大兴湖宾馆安排了一桌丰盛的午餐。在酒桌上，大家都纷纷敬刘副县长的酒，刘副县长却一杯接一杯地与小李碰，这种气氛并不亚于他们接待市里领导。

这次陪刘副县长去了大兴湖回来之后，小李也回到办公室。她变得十分开心，还时不时地哼着歌，她见我走进来，笑着说："刘总，你今天去了大兴湖，感受如何？"

我说："能有什么感受呢，简直是受罪。"

小李愣了愣，看着我说："你说的不是真的吧，我怎么看不出你有哪点不高兴，相反的，我还觉得你比哪天都开心。哎，是不是因为刘县长夸你几句，你就飘飘然了？"

我说："今天高兴的不是我，而是你。好了，你自个高兴去吧。"

我回到自己的办公室，但似乎想起了什么，好像记得小李以前跟张兰的丈夫王庆混在一起，怎么又与她的同学走得这么近？不对，我得问问她。

于是，我又把小李叫到我的办公室。小李进来后就说："刘总，你还有什么事？你是不是好话还没听够，还要我夸你几句？"

我十分认真地说："小李，我有件事想问问你，你得说实话。"

小李睁大眼睛看着我，她说："刘总，你有什么事，这么认真。我一看你这表情，肯定又没好事了。我说，刘总，今天我们都难得这么高兴，你就别说什么不高兴的话来扫我的兴了，有什么事以后再说吧，不如让我再自个儿开心一会儿？"

我说："你还高兴得起来，我都替你担心。我问你，你已和王庆混在一起了，怎么又和你那同学走得这么近？"

小李笑着说："我以为是什么大不了的事哟，原来是这个事。我说刘总，工作上的事你可以安排我，也可以批评我，但对于我的感情问题，那是我的事，我会处理好的，这个你放心好了。哎，我说刘总，你怎么有闲心关心起我来了？"

我更加认真了，说："小李，你还年轻，怎么把感情当儿戏呢？你想想，王庆比你大很多，你怎么可以和他混在一起呢？"

小李打断我的话，说："王庆，哪个王庆？"

我说："就是张兰的丈夫，他是什么人，除了有点钱外，还有什么呢？我真的不懂，你们女人现在是不是都疯了？"

小李一听，也生气了："他算什么东西，以为有几个钱就不得了。告诉你，我和他没什么，只是在一起吃饭喝酒唱歌，除了这些还有什么呢？你以为我是什么人，随便哪个都能得到我吗？我也没那么贱。"

我听她这么说，心里也觉得踏实多了。她说这些话，我也相信，以我对她的了解，表面上看她随随便便的，可实际上不管是办事或是为人还是有分寸的。

我笑了笑，缓和了一下气氛，说："好了，没事了，你去忙吧，我也要处理一些事。"

这天，公司组织董事们召开董事会。我不知道这次要讨论什么问题。我也准时来到会场，那些董事们好像事先知道开什么会似的，都低声地说着什么。而我却静静地坐在那里，等着开会。

等了好一阵，李总走进会议室，他坐下后提了提精神，说："今天召集大家来开个会，这个健身娱乐馆开业后，取得了很好的社会效益和经济效益，现在想听听大家的意见。"

董事们你一言我一语地谈开了。一个说："这健身娱乐馆能落成，是公司的又一个大举措，这个举措是合乎公司发展的，是有战略眼光的。"

另一个接着说："要是公司多策划一些这样有利于公司发展的项目就好了，那我们的华华公司肯定会有一个更好更大的发展，说不定哪天还会挤进全市十强企业。"

最后，李总说："今天的会议还有一个重要的议程，就是我宣布一个任命。虽然，公司的健身娱乐馆刚开业，还有许多事情要做，但那里已经不是主要的工作了，我看就让小李去那儿当这个分管经理。现在公司最主要的工作还是销售，因为公司生产的产品要销售出去，全公司这么多人要吃饭。所以，我想请刘大为回销售科继续负责，仍当他的销售科长，你们看，这样安排行不？"

董事们不约而同地说："行，行！"

李总回头看了看我说："刘大为，你还有啥意见没有？"

我说："没有，我服从公司的安排。"

李总说："好，大家都没啥意见了，散会。"

听到这个消息后，我感到很意外。但也还好，因为溪溪那天专程来告诉了我，不然，我还真有些接受不了。虽然很失落，但也只好认命。

三

下午,我就来到健身娱乐馆,和小李搞好交接工作。小李看着我十分低落的样子,她说:"刘科长,这个事你可别怪我哟。其实,我也不想当这个健身娱乐馆分管经理。我的特长还是销售,这么多年,我在这个销售行业里混熟了,也有这样那样的关系,所以,销售工作干起来轻车熟路。"

我看着她,笑着说:"干什么工作都一样,只要好好干,都会干出成绩来的。"

小李见我这么一说,她也笑着说:"刘科长,你真这么想?我就是怕你一时想不开,其实你是一个很有能力的人,大家都很看重你,我更是仰慕你,真的。你要想开点,是金子,不管放在哪儿都会发光的。"

我说:"小李,你真把自己当经理了,说起话来一套一套的了,我觉得你一下子就长大了。"

小李笑着说:"真的吗,我怎么没觉得呢?"

在一切交接手续办好了之后,我收拾好东西准备离开时,小李叫我坐会儿,她说:"刘科长,我晚上请你喝酒,你也没有离开公司,只是换了一个岗位,不能说是为你送行,只是作为朋友陪你喝几杯,你看如何?"

我知道这是她的一片心意,于情于理我也不应拒绝,便说:"那好吧,我就只好恭敬不如从命了。"

小李说:"刘科长,你这样说我就真的无地自容了。因为我把你当朋友,朋友间那种感情更真,对吧。"

这个往日看起来很熟悉的办公室,却一下子变得陌生了。难怪都说人走茶凉,我还没走,就有一种悲凉的感觉,同事们各忙各的,我也没有打扰他们,他们也没有放下手中的事来陪我,可能他们对谁来当这个分管经理一点也不关心吧。

我在办公室坐了好一会儿,终于到了六点,小李说:"咱们走吧,刘科长。"

我和小李去到一家餐馆,小李叫我进去坐,她便去点菜。这时,我惊了,怎么她没安排别人一起来吃饭呢,只有我俩,早知她这样安排,我也不会来呢。她点好菜后,我问道:"没其他人了,就我们俩?"

小李笑了笑,说:"我没叫他们了,今晚,主要是好好陪你,不是送行,是专门陪你喝酒。怎么,你不想这样?"

我笑着说:"不是,我认为人多点热闹,我这个人你是知道的,就是爱热闹嘛。"

随后,菜端上来,小李开了酒,她给我俩各倒上酒,一杯一杯地喝,酒一下肚,先前的尴尬似乎就没有了,小李先打开话题,说:"刘科长,我知道你为这事想不开,我知道你为了这个健身项目付出了很多,这些大家都看在眼里,都对你很敬仰,我也不例外。"

我又喝了一杯酒,叹息了一声:"都过去了,我不想再提了,我们只喝酒,不谈工作。"

小李说:"好,只喝酒,其他的什么也别说,今晚没外人,只有我们俩,就喝个痛快,喝个不醉不归。"

我和她慢慢地喝着,一杯接一杯,小李的酒量并不亚于男人,比我大多了,但为了不扫兴,我仍鼓起劲陪她喝着。也许我这时是在借酒浇愁,也真想一醉方休。我看不出她此时的心里是高兴或是忧愁,但从她那一双清纯而含情的眼睛里，定然沉浸了万种心绪……

小李说："刘科长，谢谢你陪我喝酒，今晚真是喝得痛快。"

我说："也谢谢你陪我，我很高兴的，来，再喝！"

这时，她的手机响了，她拿起手机问道："喂，哪位？"

也许是她真的喝得差不多了，拿起手机时也没看来电显示，直接就接了，很快她从手机里听出了对方的声音，说："哦，是李总呀，您有什么事吗？"

于是，她走出去接了，然后又走了回来，酒也好像醒了很多似的。说："对不起，刘科长，我不能陪你喝酒了，李总找我有事，他的车马上来接我。"

说罢，小李去结了账，提起包就走，临走还说："刘科长，对不起，我今晚不能陪你了，我们改天再喝。"

四

在小李走后，我也走出了餐馆，独自在街上走着。这时的小镇不像县城那样有路灯照耀，只有少数的店铺还亮着灯火，其余的地方都是黑乎乎的。这时我走过了一栋建筑还没有完工的二层工地，一些脚手架围绕着屋子。大门是敞开的，几个男人围坐在一盏白炽灯下，大声地说着笑着。也许是喝了酒，走起路来有点东倒西歪，但我还是觉得十分清醒。不一会儿，又到了一个中学门前，校园里显得很宁静，一些少男少女在校园里漫步。

这时，我又想起了初中时代，是那样的天真快乐。更重要的是能天天与鸽儿在一起，或认真听课，或窃窃私语，或忙碌着写作业，有时也会痛苦地想着对方。有时，我在有月光的夜晚，总爱一个人在校园走走，看看头顶的月亮，心中总是充满着最美好的梦想……

这时，我的手机响了，是阿蓝打来的，她问我："你在哪儿？"

我说："阿蓝，你还好吗？我这时在街上走走。"

阿蓝听出了我喝了酒，她担心地说："大为，你别喝这么多酒，对身体不好。哎，你告诉我，最近是不是有什么不顺心的事？"

我说："没有，阿蓝，你放心吧，我一会儿就打车回公司休息。"

阿蓝仍不放心，听得出她真的很担心，说："你现在哪儿呢？还在城北镇吗？打车回去这么远，你一定要注意安全哟！"

我说："不回公司我在这儿没住处了，我不再是这健身娱乐馆的分管经理了，我又回公司仍当销售科长。"

阿蓝听后，似乎明白我此时的心情，她再也没说话，也许是不知用什么话来安慰我。

由于这段时间我负责健身娱乐馆的工作，销售科几乎处于无人管理的状态，那个临时委任的科长，对工作不熟，也没把这销售真正当回事，我根据最近公司的实际情况，又重新思考着销售科接下来的工作。

那天，我组织销售科全体人员召开会议，想听取大家的意见。在会上，有些人夸夸其谈的声音又在会议室里回荡："这个月，虽然小陈负责的区域销售情况较好，但是，这仍然不能说明成绩是属于小陈的。试想，如果公司的产品价格定得再高些，成本降得再低些，小陈能做出这么好的成绩来吗？小陈之所以取得这样的成绩，完全依赖于公司的销售政策和领导决策……"

小陈听后心里非常难过，他说："这个月我的销售成绩是最好的，是取决于我个人的努力，我找关系托熟人，话没少说，东西没少送。为啥还是得不到大家对我工作的肯定？非要说我取得好成绩是依赖于公司的销售政策，那么你们哪一个不是在同样的销售政策下工作的呢？"

小陈说完后，或许是他的这话真说到点子上了，大家都变得哑口无言。

我说："小陈说得对，我们都是在同样的销售政策下工作，为什么小陈能取得如此好的销售成绩，可你们却不能，这得认真找找原因。今天呢，除了听你们谈上个月的销售情况，我还想听听你们对下一步销售工作有什么好的建议。"

老佟说："我看，我们这健身器虽然全部脱销，但总的来说，还是价格偏高，设计老化，是不是给公司建议建议，价格降一点，在设计上不光是注重实用，还要在外观上有所改观。我想，这样可能更受群众欢迎一些，就可能好推销得多。"

刘丽说："我看呀，刘科长，还是像你原来那样，严格实行奖惩制度，月月兑现，调动大家的积极性，你看如何？"

我问道："难道这几个月，你们没兑现奖惩吗？"

大家几乎异口同声地回答道："没有。"

怪不得，大家工作起来，都这么懒懒散散的，一点激情也没有。没有规矩不成方圆，没有严格的奖惩制度，哪有很好的工作效益。我说："从现在起，严格按原来的奖惩制度实行，月月兑现，该奖的奖，该惩的惩。但我丑话说到前头，我是严格按制度执行，没有人情可讲的。"

随后，我就按我拟定的《销售计划》给大家谈了几点意见。

我说："一、天道酬勤。管得住自己，战胜自己要比其他人来管要难得多，只要管住自己，战胜自己，相信我们会充实地度过每一天，每天会建立更多的信心，往往是最后销量最多的人，也是成长最快的人。二、学会资源整合，实现资源最大化。结合我们公司现在的方式，给大家提供如下三方面资源最大化利用：第一方面团队作战的最大化利用，销售人员容易陷入个人利益最大化，重视单兵作战，忽视团队作战的重要性；第二方面招商会议的最大化利用，会议品牌推介对客户来讲，是全面、系统了解我们公司全貌以及我们营销方式的最好方式，会大大提高大家的工作效率，同时通过会议促单这才是我们最终的目的；第三方面，总代理最大化发挥作用。为了市场维护，业务经理如果视总代理于不管，只是自己在总代理市场上去拜访乡镇市场，一定是效率最低的，自己激情受挫，丧失信心，容易迷失。三、准确定位，务实工作，以结果为导向。很多销售同事要么把自己定位过低，对自己的客户只有建议性作用，或者是仅仅起到政策活动通知的作用，要知道销售工作最为关键的是说服客户行动。让客户心悦诚服地接受并行动起来是结果。另外也有一些同事容易定位过高，只是理论，而且高屋建瓴，对于实际问题和需要解决的瓶颈置之不理，最后失去客户的信任，得到的是客户的不认可。四、心态和学习力。对于一名销售人员心态是非常重要的。没有好的心态，即使有能力也会发挥不出来，心态差的同事主要体现在对自己公司的抱怨，对自己团队的抱怨，对市场的悲观，对客户失去信心。针对以上问题给大家的分享如下：没有任何一家公司会十全十美，进入任何一家企业都需要自己先适应公司，自己心态要归零，如果抱着自己原先的观点来评判现在，希望公司改变最终只是自己的不适应。最后希望我们一起努力，提高自己的学习能力，工作着，成长着，快乐着！"

会后，我偷偷地问小陈："小陈，你有没有给别人送礼？"

小陈笑着说:"没有。"

我有点不相信,说:"那你这个月怎么销售得这么好呢?"

小陈说:"可能是我运气好吧。"

第二十二章

一

我刚回到办公室,溪溪就走来了。她笑着说:"哟,刘科长,我以为你还在失落和痛苦中哟,没想到你这么快就振作起来了,又变得有精神了。不错,我就敬佩你这样的人,不管处于什么情况,不管遇到什么困难,都能若无其事地面对,这种心态好。哎,你今天组织销售科开会讨论得如何?"

我看了看她,今天打扮得很漂亮,我问道:"溪溪,你今天怎么打扮得这么漂亮呢,是不是有什么特别开心的事?"

溪溪在我身边站着,她说:"我天天都这么漂亮,你没觉得吗?今天呀,我知道你又回公司来了,又当你的科长了,就是想来看看你,怕你还在因工作的变动而想不通。没想到你却这么快就调整过来了。这我就放心了,没事了,我走了。"

我看着溪溪走出去的背影,是那样的轻盈那样的美丽。此时的我,就好像看到了鸽儿的背影。记得那年夏天,风轻轻地吹着,穿过我们的头发,抚摸我们的脸颊。那天,我们初中毕业,烈日早已高高挂起,同学们都已经收拾行装,准备回家去了。就在那一刻,我遇上了她,或许是参加前一晚的毕业聚会过于疲劳,她的脸上带着倦容,但是她还是友好地答应了和我合照留念,那是我和她唯一一张两个人的正式合照。到现在,我仍然好好地收藏着。接着，她离开与我们相伴了一年的教学楼，我在阳台上目送她远去的背影，直到她消失在校门口，直到我视线模糊……

我又花了很多时间，重新拟定了一份《销售计划书》，我要把看似一盘散沙的销售科重新组合，更要把懒懒散散的工作作风转变过来，让销售科的工作在现在的基础上再上个台阶。

在我将这些计划拟好后，我就来到李总的办公室，给他汇报了一下："李总，销售科的工作有待规范，我不在的这几个月来，销售科几乎处于松懈的状态。"

李总抬起头，他不想再听下去了，说："刘大为，你是不是还不了解销售科这几个月来的情况，销量非常好，公司里所有积压的产品全部脱销，他们能取得如此好的成绩，你怎么说处于松懈的状态呢？我想，销售工作，不能纸上谈兵，得实打实地干，你说是不是？"

我说："李总，虽然销售科这几个月来销售量不错，但在管理上却出现了很多问题，得好好规范才行。不然，再这样下去，销售工作肯定是做不好的。"

李总看了看我，问道："你想怎么规范？"

我说："第一，人员得重新组合；第二，得严格实行奖惩制度；第三，得按我草拟的《销售计划书》实施。"

李总听后，有点不高兴地说："我说刘大为呀，我劝你一句，别把过多的心思放在什么无关紧要的计划上，得讲点实际的。不管是白猫黑猫，抓到老鼠才是好猫。"

二

不管怎么说，我还是按我的计划行事。我对销售科的人员进行了重新组合，对销售业绩也严格按照制定的奖惩制度执行。

首先我建立了一套"对内具有公平性，对外具有竞争力"的薪酬体系，这样才能改变销售科目前松懈的状态。员工薪酬制度是寻求经营成功的最有效的管理工具之一，制定明确的薪酬体系，使其能够提供有效的信息并最终促成预期的经营成果，这对公司取得成功来说是至关重要的。

为此，我多次给李总汇报我这一想法，才征得他的同意，召开董事会评议，在董事会上，我进一步做了解释，说："员工的薪酬在人力资源体系中占有重要地位。企业用薪酬和员工交换劳动，它是员工在人力市场中的价格。正如商品市场中的供求规律通过商品价格决定商品供求关系，而供求关系又反过来影响商品价格一样，影响着销售人员的人力市场。这个市场的指挥棒就是销售人员的人力价格——薪酬。较低的岗位进入壁垒，使销售人员，尤其是有一定工作经验的销售人员，经常在各个企业之间、各个行业之间跳来跳去。"

不知是董事们在认真听，还是他们都无法听进去，他们只听着没有发言，我继续说："牵引销售人员工作流动的驱动力有很多，但最主要的一条就是薪酬水平的高低。薪酬像一只看不见的手，将销售人员从低收入的企业推向高收入的企业，从低收入的行业推向高收入的行业。另外，薪酬还是企业的隐形传播器。薪酬体系体现的是组织内部的一套全新的价值观和实践方法。它是一套把公司的战略目标和价值观转化成具体行动方案，以及支持员工实施这些行动的管理流程。从某种程度上说，市场的生命力决定了企业的生命力，销售队伍的生命力决定了市场的生命力。"

等我说完后，李总便开门见山地说："刘科长，你就别再做进一步地阐述了，看大家对刘科长的这个销售人员按薪酬提成的方案有无意见？"

董事们纷纷举手说："没意见！"

李总宣布说："好，大家若没意见那就按这个执行，散会。"

可这个方案实施后，有的员工积极性很高，有的却更加地失望，第一个月下来，销售情况还是不理想。这也是有原因的，因为在健身娱乐馆建成后，通过宣传，老百姓都纷纷购买我们公司的健身器，市场也出现了一些饱和现象。在新的销路还没打开之前，确实很难有更大的突破。

为了这个，李总把我叫到办公室，十分生气地说："我说过多次，你别老是制定这样那样的计划，销售不比其他的，是一个实打实的具体工作。你的想法是好的，可要根据实际情况，你这个什么销售人员按薪酬提成的方案出台后，把你们销售科搞得人心惶惶的，有能力的就努力干，没能力的认为反正完不成，就干脆不干，工作嘛，要调动大家的积极性才行，光靠少数几个人能干好吗？"

我说："李总，比起上个月来销售额下滑，是有原因的。"

李总更生气了，说："我不想听你说原因，我只看实效。干工作，哪有这么多原因？你去听听，对你有意见的人不少，有好多人还亲自跑到我这里来反映，有的还把辞职书都交来了，你看怎么办？"

李总越说越生气，我想再解释也没用了，只呆呆地坐在那里，任他批评。

最后，李总问道："现在这种情况，你说，你怎么来收场？"

我似乎明白了他的意思，我说："李总，那我就辞去销售科长这个职务吧。"

李总说："好，你总算还有点自知之明，我要的就是你这句话。"

三

没几天，在公司职工大会上，李总宣布免去我的销售科长，由小陈来接替。我走出会议室，真的感觉一身轻松，但多少也有点失落，我没直接回办公室，我想这时去办公室，不知那些同事如何看我，说不定有人高兴也有人替我惋惜，可能还有人会骂我。

此时，我真正地体会到什么是无奈，什么是惆怅。我慢慢地朝着离公司不远的湖边走去。正值秋季，秋风吹拂着脸，也不算冷，相反的还觉得凉爽。湖畔显得那么宁静、平和。我漫步在小道上，只听见自己细碎的脚步声在回响，从湖边的这头走到那头，湖水在朦胧的夜色之下显得波光粼粼，宽阔无边。空气怡然清新，我的心情也跟着荡漾起来。

我喜欢这里，也喜欢将自己的失落和痛苦释放在烟雾弥漫的空气中。如果此时有一叶小舟，我站在中间，让微风轻轻抚弄着我的脸庞，头发随风飘荡，小舟缓缓地向前滑动，我会吟唱着诗歌，或放飞一首优美旋律的歌曲"起舞弄清影，何似在人间"，是否犹如一幅如梦如幻的画面？

这时的天气异常好，没有阳光，只有凉凉的风，我远望着对面是一幢幢矗立的楼房，有一个钟鼓楼特别引人注目，形状标新立异，吸引了我的目光。湖水绿悠悠，不断地翻动着波纹，我靠近栏杆，望着湖水出神，感觉整个人悬空起来，就像在一叶小舟上面随湖水一起移动，身体轻飘飘的。

　　我继续往前走着，令我感兴趣的是芭蕉叶，形状像一把巨扇，每一枝叶又是独立的个体，分布那么均匀而对称，一排排直立在绿茵茵的草地上，像哨兵一样守卫着这静静的湖。我不禁羡慕这种幽雅的景致，毕竟是静中有动，动中有静，仿佛彼此有一种默契，真是一幅情景交融的画面。我沉迷着，不知不觉就来到了休闲的中间地带，边上有很多成排的木椅子，是供游人休憩的场所。中间是木板铺上去的月牙形的钓鱼台，很多人在专心地钓鱼。

　　累了我就坐在椅子上休息片刻，让纷飞的思绪向着远方飘散。一个可爱的小伙子手里拿着牵狗用的绳子，他的旁边是一条可爱的棕色狗，身上浓密的棕色毛发，两只大大的耳朵，甚是可爱。主人在喊着它离开，它的可爱劲也出现了，故意绕着树干跑两圈，然后又回头望着主人，眼睛充满了调皮的光晕，几次重复这样的动作，就像一个可爱的小孩。我也被这种情景所感染了，郁闷的心情一时缓和下来。

四

　　这时，我接到阿蓝的电话，她在电话里说："大为，你现在哪儿，你一定要坚强哟，我好担心你。"

　　我明白，阿蓝一直很担心我，也许她是出于女人的心细，也深知李总的为人，怕我在那儿出点什么事。至于目前的状况，我也真的说不准接下来会发生什么，但我想我是一个男人，不管怎样也得坚强地面对。我说："阿蓝，我没事，我现在好好的，你不用担心。哎，你还好吗？"

阿蓝停了一会儿，从声音中能听出她哭了，我这人心软，最听不得女人哭，尤其是我最心爱的女人在哭，这让我更难过，但我却不知道怎么去安慰她，只能一个劲地说："阿蓝，你真的别担心，我不会有事的。"

可不管我怎么说，阿蓝好像都不听我的，只听见了她的抽泣声，在我不断地安慰中，她的情绪好像平稳了许多。她说："你还说没事，刚才我听鸽儿说，你的科长职务又被免了，你别把那个看得太重，想开点。我早说过，那里容不下你的，也不是你能久留的地方。"

我吃惊了，我的科长职务被免了的消息怎么传得这么快，一下子就从这里传到了深圳。哦，我这才想起，李总身边有一个从深圳来的健身教练。说不定是鸽儿让她时时关注我的一切，从这一点上看，我不但不生气，反而还觉得高兴，因为这证明鸽儿心中还有我。是的，她心中肯定是有我的，我也一直是这么认为的。

阿蓝又说："大为，我已写好辞职书了，明天通过鸽儿的公司直接转给华华公司，我想辞去工作，去干我最喜欢做的事。"

我问道："阿蓝，你别激动，等想好再辞嘛。"

阿蓝说："我早想好了，大为，听我一句劝，你也辞职吧，到时我们都去干自己想干的事情，好吗？"

我何尝不想辞职走呢？可哪里像她想象得那样，我与溪溪达成了协议，我不能走，但这事我却不能告诉她，我只好说："我合同没到期，我不能走。"

阿蓝没有言语，不知她是在替我担心，还是在想别的，我问道："阿蓝，你怎么了？"

阿蓝说："我没事，就是担心你，鸽儿也很担心你，她叫我告诉你，做事别太认真，有些事是不由自己做主的，好好保重身体，一切都会好起来的。"

我说："鸽儿，她还好吗？"

阿蓝说："鸽儿她很好！"

阿蓝辞职后，通过鸽儿介绍进了深圳一个歌舞团从事她最喜欢的工作，我为阿蓝终于实现了她的梦想而开心。阿蓝也打电话一次又一次地催我把这儿的工作辞掉，也去深圳，在那儿去找我最想干的事情，可我却想走都走不了。

这天，我在办公室坐着发觉很无聊，现在不当科长了也没人找，更没事做，闲得都不知如何打发时间。我真想马上离开这里，我觉得出去走走，对我来说是不错的选择。我就沿着河堤漫无目的地闲逛。出来走走真好，心情一下子就好多了。这时，不知溪溪怎么也出来了，她牵着那条小狗，朝我走了过来。她说："刘科长，你还有如此雅兴，来这儿散步，这儿多美呀。你看到这么美的景色，心情好点了吗？"

我看了看她，说："你别叫我科长了，我现在什么也不是了。哎，溪溪，你怎么也来这儿呢？"

溪溪笑着说："怎么，你能来这儿，我就不能来吗？正好你在这儿，我也好陪你走走。"

我和溪溪并排走着，说真的，自从那次溪溪为了我，向李总保证不和我来往后，我再也没有机会单独见她了，可她今天来陪我走走，我还是很高兴的。我说："溪溪，你明白吗，我这几天的心情真是坏透了。"

溪溪说："我能理解。但我相信你很快就能调整好的，一切都会好起来的。"

我吃惊地问道："在这里，我还能好起来吗？你别安慰我了，我都明白，我真不想再在这儿待下去了，我想走，去很远的地方，做我自己想做的事。"

溪溪听后，她一点也不感到意外，好像我的想法早就在她的意料之中了，她说："你的心情我是理解的，也早知道你有这种想法了。其实，在哪儿都一样。"

我说："溪溪，你能不能再帮帮我，叫李总把我的辞职书批了，让我一走了之。"

溪溪看着我，一时不知怎么说，看起来很难过。我走过去，抱住她，亲昵地说："溪溪，说真的，我也舍不得离开你的，只是我现在的处境，你也明白的，李总已知道了我俩的关系。我想，我走了对你也有好处。"

溪溪想了想，看得出她经历了一番思想斗争，她说："看来我是留不住你了。不过，你这个忙，我现在帮不了你了，你如果真要走，你就去找小李，她现在在李总那儿说句话比我说的管用。"

突然，我一下子明白了，溪溪说这话的时候，眼睛里还含着泪水，我说："小李她怎么能这样呢？"

随后，我又找到小李，请她帮我这个忙，想办法叫李总把我的辞职书批了。小李先是感到吃惊，说："刘科长，你是怎么了，是不是因为我当了你这个分管经理，你若想不开，我就不当了，还是让你来当。我没事的，我干什么都行的。"

我笑着说："小李，这不关你的事，是我自己不想干了，趁现在还年轻，去干点自己想干的事。"

小李说："刘科长，我认为华华公司不能没有你，你为公司做了这多事，大家都在背后夸你，你走了，不说他们，就是我都觉得有点可惜。你还是留下吧，你有什么想法，我去和李总说，他可能会听我的。"

我说："谢谢你小李。我今天只求你一件事，就是请你在李总那儿帮我求求情，请他放我走，我就千恩万谢了。"

第二十三章

一

很快小陈就被公司任命为销售科长，平时看他老实巴交，实际不是这样的。自他当上科长后，他就组织销售科的全体人员召开会议并宣布道："一切都得按以前的《员工的薪酬制度》执行，完不成任务的扣工资，超额完成的给予相对应的奖金。"

我感觉到，他这话是说给我听的，我也不在乎，小人得志犹如秃顶长头发，多风光呀！现在，他是科长了，我还能说什么呢？还是装着不知道。他说完这话后，还特意走到我的身边，有点得意地说："刘科长，当然现在我是科长了。这个制度是你提出来的，你看我这样执行行不？如果你觉得不行，可以提出来，如果你觉得没有意见，就按这个执行哟！"

人就是这样，处于哪种地位就说哪种话，看他得意的样子，我真不知说什么好，我看了他一眼，这个制度是我提出来的，按理说是应该这样。可他这时说话的语气，真让我有些接受不了，但我想他也许没有经历过这些，三十年河东三十年河西，别一时好强，把话说过了头，以后的事谁也说不清楚。当然，他是想在我面前展示一下，我没和他计较，因为他人年轻，也是在春风得意时，就让他高兴高兴。我说："你是科长，你爱怎么执行就怎么执行吧。"

小陈说:"好,就这么执行,但我丑话说到前头,谁要是完不成任务,我不会讲人情的,严格按制度办。没规矩不成方圆,既然有了制度,大家都得遵守,我也不例外。"

都说人走茶凉,我人还没走茶就凉了,更没想到能凉得这么快。当然,现在我不是科长了,谁还给我好脸色看?现在,我是销售科一名小小的员工,只能想办法去完成那销售任务。因为没有直接参与到销售工作,现在却突然要去从事销售工作,我的脑子里一片空白,简单地说,一点门路也没有,但这是铁定的任务必须完成。

难怪有人说,凡当领导的,看他表面能说会讲,样样事都好像比别人干得好,其实不然,要是真让他去做事,说不定哪样事都做不好。那些在台面上说的话,我想谁都说得成,而且说起来头头是道,可如果真要做起来,还是难,说与做完全是两码事。走出办公室,我想,这销售工作不需要本事,只需要关系,有了关系肯定是能完成任务的。首先我想到的是市里那家大公司,因为我与王科长见了一面,说什么也有一点交情,他总不会将我拒之门外吧。再说,上次他们公司也购买了我们公司的健身器,说不定他们公司已经在用了,看他还能不能再购买一些。

当我乘车去到那公司里,王科长正好在办公室。他见我来了,十分客气地叫我坐,并给我泡上茶,笑着说:"哎呀,刘科长,你这个大忙人,好久没见到你了,今天怎么有时间来看看我了。"

我笑着说:"王科长,你才是大忙人哟。我今天来,不会打扰你吧?"

王科长说:"哪里,你来我高兴还来不及。哎,小李怎么没和你一起来?"

我苦笑了一下,喝了一口茶说:"她现在已经荣升为健身娱乐馆的分管经理了,有出息了,怎么还会跟着我来呢?"

王科长听后大吃一惊,但又马上镇静下来说:"她这人不简单,我早就料到她会有这么一天的。没想到她这么快就当上经理了。哎,刘科长,听说你也是经理,她现在也当上了经理,那她是副还是你是副呢?"

我不知怎么回答,只淡淡地笑了一下。但我知道他喜欢足球,我有意将话题转开,问道:"王科长,你这么喜欢足球,最近又有什么关于足球的新鲜事没有,说来听听。"

王科长笑着说:"谁喜欢那玩意,那次我是看小李喜欢,随便说说,闹着玩的。你想想,像我们这种工作,整天忙来忙去,哪有时间看足球?再说现在哪个还喜欢那玩意儿?"

我一下子就明白了,他那天为什么对足球感兴趣,原来他是看见小李喜欢,其实我也知道小李也不喜欢足球,看来他们都是逢场作戏。也难怪人们常说"见到人说人话,见到鬼说鬼话"。生意场上的人,没一个对人是真心的,都是糊弄一个算一个,不管采用什么手段,只要达到目的就行。

王科长说:"刘科长,无事不登三宝殿,请问你今天来有啥事?"

难怪有人说,王科长是很难对付的,而且也是最聪明的,他这一问我就明白了,他早已看出了我来找他的目的。那他既然知道了,还问我干什么?他毕竟是"老官场",心里凡事都明白,只是表面装糊涂。我笑着说:"王科长真是个爽快人,快人快语。我确实有事请你帮忙,不知你们公司还购买健身器不,如果要购买,是不是可以再购买点我们公司的健身器?"

王科长笑了笑,没有明确回答,只说:"这个嘛,我现在不好回答你。如果要购买,我再与你联系。"

我听他这样说,并不感到意外,其实早就知道是这种结果,但我还是笑着说:"王科长,这事请你一定要放在心上,也请多多关照,毕竟我们是老朋友了，你说是不是？"

王科长起身说："对不起，刘科长，我还有点很重要的事要办，不能陪你了，你看？"

我说："都快六点了，不如我们去喝几杯？"

王科长装出很为难的样子，说："实在对不起，改天吧。我确实还有点事要办，失陪了。"

听王科长这样说，我不知说什么好，只好走出他的办公室，王科长也锁上门出来了，他走到楼下后，上了他的小车挥手说："再见，刘科长。"

我感到很失望，更是一片茫然。此时，正是下班的时候，外面的大街上更是人来人往，人们说着笑着，脚步匆匆的，不是去应酬就是往家赶，从他们的笑容中可以看出，他们仿佛过得快乐无比，没有忧愁和烦恼。

此时，我不知道是失望还是失落，随便在街边的餐饮摊上吃了饭，就来到附近的公园走走。太阳的最后一点光辉终于隐去，城市笼罩在一片灯海之中。城里的人们还是三三两两地从或大或小的"鸽子笼"里走出，去附近的公园里散散步。蛰伏在空调房里一整天了，谁都想呼吸几口自然界的空气。

广场上，这边是欢快轻盈的秧歌曲，阿姨们随着音乐跳得正带劲；那边是劲爆动感的舞曲，年轻人和孩子们在旱冰场上滑行旋转；任凭耳畔歌乐飞舞，打太极拳的却始终淡定安然，进入物我两忘的境界。

最热闹的要数儿童乐园区了，孩子们刚结束了一个学期的学习，在这里尽情地玩耍着。黑漆漆的沙池，依然有不少孩子在这里堆砌梦想的城堡；人气最旺的是滑滑梯，从两三岁的幼儿到十三四岁的少年，大家都可以去撒欢一把，从上面飞驰而下的时候，他们的感觉肯定是在飞翔。不用去想还有多少作业没有完成，不用担心明天上学会不会迟到，今晚，这里是一片欢乐的海洋，孩子们无忧无虑地欢笑，像豆子一样散落一地，也洒在了父母的心上。

二

也许是冲了一个热水澡，冲掉了白天所有的烦恼，很快我就进入了梦乡，在梦中，我见到了鸽儿，我不知道怎么会梦到她呢？按理说现在她在我心中已经被阿蓝覆盖了，或许鸽儿在我心中是永恒的，想忘也忘不掉的，因为她是初恋时的悸动，不管她是不是当初的鸽儿，也不管我现在和谁在一起，在我心中对鸽儿的爱以及对当初的那份回忆是永远无法抹去的。

哦，我突然记起了今天是鸽儿的生日。这个特别的日子天气也有点特别，早上是晴天，下午却淅淅沥沥下起了小雨，傍晚也还是零星地飘落着雨点，像是给这个情意绵绵的日子再添几分缠绵。我反复拨打鸽儿的手机都无人接听。我的心情每次都随着那"嘟嘟"的忙音跌入谷底，我猜想她是否身在闹市，手机铃声被喧嚣的噪音湮没。可是，这特别的日子我不甘心放弃一份祝福，怀着希望的心情一次又一次按下那刻在心上的11位数字。或许，是我的执着感动了上苍，不一会儿，鸽儿拨了电话给我，说："大为，你打电话有什么事吗？"

我说："鸽儿，今天是你生日，你忘了，我可记得，一直都记得的。"

鸽儿听后，似乎有些激动，她笑着说："大为，谢谢你记得我的生日，要不是你提醒我，我还真忘了今天是我的生日哟！"

我想她说的不是真的，因为每一个人啥都可以忘记，但自己的生日是不可能忘记的。她这话是用来感谢我对她生日的祝福，也表达出她对我的那种亲切。我高兴地说："鸽儿，要是你还在家乡，而不是在很远的深圳多好，我晚上肯定请你吃饭，可现在隔得这么远，只能电话祝福一声了。"

鸽儿笑着说："我就在家乡，现在离你也很近的。"

我有点不相信，说："真的，鸽儿？你在哪儿，你有时间吗？我想见见你。"

鸽儿说："好，我有时间，你在哪儿等我，我马上来。"

在我想好了地点后，我就告诉了鸽儿，接下来就是漫长的等待，天空细雨蒙蒙，似乎并没停下来的意思，丝毫不亚于我那份等待的焦急。时间嘀嘀嗒嗒地从身边慢慢流淌。往日繁华的街上有些清冷，三三两两的人群在细雨中穿行，好像都在这个特殊的日子去寻找属于自己的那份温馨。

风吹在脸上有点儿冷，但这似乎没能降低有情人期盼相会的热情。晚上六点，鸽儿来了。手里拿着一把粉红色的伞，身着浅红色的开衫，咖啡色休闲裤，彰显着秋日靓女的别样风情。今晚的她比平常更妩媚，或许是为庆祝自己的生日吧，头发特意做过，脸上化了淡妆，让她的眼睛更加迷人。

周围一下子静了下来，我们都没有撑开手里的伞，任清凉的雨点落在身上。

"鸽儿，你今天很特别，好漂亮哟！"我首先打破了沉默。

"是吗？"鸽儿反问道。

"你今天的穿着打扮很时尚。像一枚染红的枫叶，也正应了你委婉热情的性格。"

她用手拍了我一下，说道："谢谢你，大为，你想要什么奖励？"

"什么奖励都行,但今晚上让我请你吃饭,怎么样!"

"非常乐意。"

因为这是第一次为鸽儿过生日,所以没有任何礼物,一声满载真诚的祝福更胜过红玫瑰、项链……我们都不是追求物质享受的人。我们去了经常吃的那家小饭店,要了两瓶啤酒,两个菜,一个汤。桌上的饭菜仿佛是生活中的点点滴滴,她吃饭的样子似乎是在品味人生,很安静。

她像是感觉到了我注视的目光,抬起头笑着问:"你怎么还不吃啊?"

我开玩笑地说:"看着你吃饭的样子,比我碗里的饭菜更有诱惑力。"

听了这番话后,她说:"那是不是就不饿了,如果是这样我天天让你看着吃饭,把你的饭钱省下来,说不定将来你还能买套房子呢。到时候别忘了谢谢我哦。"

"你舍得天天和我一起度过一顿饭的时间吗?那样就是我的荣幸了!"

"我是舍不得你饿肚子!"

两个人目光瞬间相遇,我们都会心地笑了。

吃完后,我送鸽儿回了她所住的地方,我也回到了宾馆,准备好好地睡一觉,可就在这时,我的手机响了,是小李打来的,她说:"刘科长,你睡了吗?这么晚打扰你,我真有点不忍心,但考虑到你心情肯定不好,没办法只好厚起脸皮给你打电话了。哎,我这时给你打电话是让你开心呢还是不开心呢?"

我听着有点心烦,也不想理她,可又想了想,最后,还是不冷不热地问道:"小李,你这时打电话来,到底有啥事,快说。"

小李仍不温不火地说:"我说刘科长,你心情怎么这样不好呢?你曾是我的领导,一个领导总不能随便对员工发火哟,虽然现在你不是我的领导了,但我们还是同事呀,同事之间更应和和气气,对吧?刘科长,眼光看远点嘛，山不转水转，说不定哪天你又是我的领导了，你说是不是？"

我真不知小李这时打电话来的目的，她这个人我太了解，她说话总是绕来绕去的，不到最后是听不出她到底要说什么的。但我想，我现在不是她的上级，她现在是健身娱乐馆分管经理，她不可能再向我汇报工作，更不可能向我请教什么。那她今晚为什么打电话来呢？是她闲得无聊，或是她真的有事？

我说："小李呀，我告诉你，我现在睡觉了，你这没完没了地说，还让不让我睡觉呀？"

小李笑着说："刘科长，你这时真的能睡得着吗？要说别人我不了解，但你我还是比较了解的，你是个急性子，你的事没办好，你还真的有心思睡大觉？如果真是这样，你也不会像现在这样了。"

我一听就生气了，我说："我现在怎样了，我还是生活得好好的。你以为我丢了分管经理，又丢了销售科长了，就不能活了，就去跳河就去撞墙……我才没那么傻吧。相反的，无官一身轻，活得自由自在，活得轻轻松松，难道不好吗？"

小李说："刘科长，你骗别人行，你骗得了我吗？你真这么伟大吗？真这么想得通？不可能吧？"

我真不想理她了，难道这么晚了打个电话来，就只是为了瞎扯这些么？我说："小李，你到底有啥事，你不说我就挂电话了哟。"

小李说："刘科长，你快来北环路上的那家歌舞厅，我们正在这儿唱歌喝酒，有好事正等着你呢！"

我听后想，小李又在玩什么花样，她说有好事等我，现在这种情况，我还能有啥好事呢,是不是她和张兰在一起？一想起张兰，我好像来了精神，虽然张兰与我没什么，但她失踪了这么久我都没有她的消息，真让我有点担心。我急切地问道:"小李,你告诉我,到底你说的好事,是啥好事呢?"

小李有意地给我留点悬念,她没有直接告诉我:"你猜?"

我说:"你这时……是不是与张兰在一起?"

哪知,我这一问,小李却十分生气了,"哎,我说刘科长,你怎么突然又说起张兰了,你是不是心里一直想着张兰,你这样也不道德吧,人家是有夫之妇,你老想着人家,现实吗?我明确地告诉你,我现在和王科长在一起,你也知道我叫你来的目的是什么,你愿来就来,不来就算了。"

说罢,小李挂断了电话。这下,还真把我弄得糊里糊涂,我愣了好一阵,不知是去好还是不去好?

三

我放下电话,心想,小李在搞什么鬼呢?这么晚了还打电话来,是不是她又喝醉了,也真是。哪一次不是她喝醉了酒才找我,我难道就是她在酒醉后才想起的人吗?

我躺在床上,再也无法入睡了。小李是不是真喝醉了,像那次一样,又在哪个歌舞厅混,万一王科长对她图谋不轨可怎么办?不知怎么的,就是睡不着,还真有点放心不下。

于是,我起床穿好衣服,洗了洗脸,就赶忙打车来到北环路上,找到那家歌舞厅,我走了进去,看见小李和王科长正在喝酒。小李见我来了,她叫我坐,给我倒上一杯啤酒,说:"刘科长,你终于来了,听你说话的口气,你是不想来。你怎么能这样呢,难道我在你心目一点也不重要吗?要是你不来,就真不够朋友了。"

我坐下后,看见王科长在,更没好脸色,因为他这人太势利,十足的一个"白眼狼",以前我和小李去时,他多热情,而后来我单独再去找他时,他却爱理不理,其实我明白他心里那点花花肠子,但又能把他怎样呢?我说:"本来我是不想来的,可又怕你喝醉了。万一出点这样那样的事,多麻烦。小李,你什么时候才能变得成熟,才能让人省心呀?"

小李笑了笑,说:"哦,光顾我们说话,还忘了介绍一下了,这位王科长,你也认识吧?"

我看了看他,心里还真不想答理他,便说:"认识,王大科长嘛!"

王科长端起酒,说:"刘科长,你是不是还在生我的气呀,来,喝酒,我给你赔个不是?"

我冷冷地说:"我哪里敢生你的气哟,王科长说得言重了。"

小李看看我,又看看他,不知我们之间到底发生了什么事。但她十分聪明,十有八九已经猜到了,她想说我,可看王科长在,话到嘴边也没说出来。过了好一会,她说:"哟,没想到你们还有气可生呀,这像你们男人的风格吗?生气一般都是女人的专利,这专利哪时被你们拿去了,我可没给你们签转让书,你们也没给我转让费,这气还能随便生呀?"

小李的一席话,说得我和王科长都笑了,大家端起酒,碰杯后一口干了。

随后,王科长请小李跳舞,她也没有推辞,陪他跳舞去了。

今晚来舞厅跳舞的人真不少,但永远是女人多于男人,除了少许舞伴很亲密之外,闲聊的也大有人在,人们觉得跳舞比赌博打麻将要高雅得多,一来神经不用高度紧张,二来可以释放压力、享受生活的轻松美好。

小李和王科长跳完舞,回到座位上,我们继续喝酒。不知怎么的,小李专找王科长喝,而且还把椅子往他那儿拉了拉。我看了她一眼,却不知她又在玩什么花样。

小李端起酒,说:"王科长,我俩碰一杯!我俩呀,以前谈足球,这么谈得来,我还想听你说说足球哟!"

王科长端起酒就喝,他已喝得有几分醉了,借酒发疯,拉着小李的手,色眯眯地说:"好,我也想和你聊聊足球。1992年在巴西举行的一场比赛中,客队射出了一个必进的球,正当此时,突然一声枪响,足球在半空中被击中爆开,这位扰乱比赛的射击者是当地一名警察,他是一名出色的飞碟神射手。此时,他正在场外"表演"射击凌空飞起的足球"节目",裁判只得换球继续比赛;1994年在瑞士洛桑举行的一次比赛中,瑞士队屡攻不下,眼看临近终场,瑞士队发起最后一次攻击,前锋拔脚怒射,客队门将欲扑,不想观众席上飞下一顶警察帽,正扣在守门员头上,待其摘下警察帽,球已飞入网内……"

王科长见小李听得入神,接着说:"德国多特蒙德队与吉尔布雷队在1995年的一次比赛中激战到最后时刻,双方仍无建树。此时,一只警犬突然跑进场内,将球叼起跑进吉尔布雷队大门,全场欢声雷动。最后,裁判判此球无效。1996年在澳大利亚的一次比赛中闹了个大笑话,上半场快要结束时,一个进攻队员在门前拔脚怒射,球正中了门楣后,又撞上正在执行警卫任务的一名警察的小腿,因力量过大,该警察小腿骨严重断裂,面对这突如其来的变故,比赛只得提前结束……"小李听了笑着说:"我说王科长,你说的这些足球趣事也太旧了吧?"

王科长说:"是的,我最近没怎么看足球了,哎,我想听你说说,最近有什么新鲜事?"

小李端起酒,与王科长碰杯后,说:"别谈足球了,我们谈正事。"

王科长似乎明白她要说什么,但他还是装着不知道,说道:"小李,你请我唱歌,不是说没正事,只喝酒吗?"

小李却显得十分亲热地说:"王科长,你怎么这么不相信人呢?我就是请你来喝酒嘛,但喝酒总不能不说话,一说话总得要谈一些事,你说是不是?"

我见他俩低声耳语,无聊之际我起身点歌唱,在我唱完歌回来,小李笑着说:"刘科长,你的事我给你办好了。"

我疑惑地问:"哎,小李,你是不是喝醉了,我啥时候叫你办事了?"

小李倒上一杯酒,端起来就喝了,她说:"哎,刘科长,这就是你的不对了,人家帮你办了事,你一句感谢的话都没有?你也太没人情味了吧。好,你不敬我酒,我自己喝了。"

王科长端起酒说:"刘科长,你那天找我销售你们公司的健身器,我跟公司领导汇报了,他们同意我的意见,决定购买一批你们公司的健身器,明天你就来我办公室签合同!"

我一听,原来是这样,这几天我为销售的事伤透了脑筋,现在却意外地找到一个大买主了,我便端起酒,说:"王科长,真的太感谢你了,我敬你一杯!不过,王科长,这事是不是真的定了?"

王科长端起酒,正要和我碰酒时,小李也端起酒说:"刘科长,你也太不够意思了吧?只敬王科长,难道就因为他买了你的健身器,你也太势利了吧?"

我恍然大悟,说:"不好意思啊,小李,我也敬你,真谢谢你!"

第二十四章

一

第二天,我就来到王科长办公室签了合同。虽然,这事是小李帮的忙,但我还是要谢王科长,说:"王科长,感谢你关照,你公司能购买我们的健身器,你确实帮了不少忙,还希望以后继续关照!"

王科长笑着说:"刘科长,你太客气了,以后呀,你尽管来找我,只要我能帮忙的,我一定会帮忙,如果有可能的话,我还会向领导建议,多买点你们公司的产品,那次买了你们的产品,大家的反响还不错。"

他这人我太了解了,嘴上说的一套,做的又是另一套。现在的人,有几个不是这样呢?我走出了王科长的办公室,心情特别地好,再也不会为完不成的销售任务而发愁了。也许是高兴,我便去街上逛了逛,逛了好一阵,觉得肚子饿了,便来到一家路边店,随便点了几个菜,还要了几瓶啤酒,一人喝起来。一个人喝酒的感觉真好,不必担心有人打着"劝人喝酒,终无恶意"的幌子灌我酒,不必因为宾主尊卑的座次而不知自己该坐哪一席而左右为难,不必为搜肠刮肚想一些阿谀奉承的祝酒词去恭维上司而煞费苦心。独自喝酒,爱怎么喝就怎么喝,喝的完全是一份轻松和率性。

一壶小酒,一碟花生米,再加上一个咸鸭蛋和一盘炒肉,一个人就可以自斟自酌,悠然啜饮。虽然没有高朋满座、觥筹交错的浮华热闹,却有一份独处时的淡然和惬意；虽然没有满桌的山珍海味、美酒佳肴，却有一份家常小菜熟悉的滋味；虽然没有豪华的包间，却有一种家的温馨。当然，此时我不是在喝闷酒，更不是借酒消愁，而是在为自己喝庆功酒，因为这段时间以来都没有这样开心过，这样或那样的事总是缠着我，像有意与我过不去似的，这简直就是一种难得的小憩和放松。

这时，溪溪打电话来，她说："大为，你现在哪儿，你快回来，县工商局的人来检查我们公司的工作，你回来陪一下嘛！"

我一听就很生气，我现在不是健身娱乐馆的分管经理，也不是销售科长了，凭什么要我去陪，公司里那么多人，除了我就没人陪了吗？我说："我现在啥也不是了，公司里大大小小的科长、主任多的是，还用得着我去陪吗？"

溪溪肯定知道我心里是怎么想的，她笑着说："道理是这样，可那里有一个人说是你电大同学，她强烈要求说要见见你。"

我听后有点不相信，她肯定又在编什么故事来骗我，但我感觉，这不像是在骗我，我又说道："溪溪，你别骗我了，我现在这个样子了，哪还有什么人记得我，更别说工商局的人，你别取笑我了。"

溪溪不但没生气，反而笑了，她说："你相信就回来不相信就算了，我没骗你。另外，我还说一句，她可是个美女哟！"

美女？我怎么没印象，到底是谁呢？于是，我带着好奇心，还是赶回了公司。心想，到底是哪位美女同学要见我呢？我在脑子里搜索了一大圈，都没有想出来，到底是谁还记得我。正当我为此纳闷时，无意间在公司的走廊上碰到了上电大时的同学刘靓靓，虽然几年没见面了，但我还是一眼就认出了她，问道："靓靓，你怎么在这里？"

刘靓靓笑着说："老同学，听说你在这华华公司，我们今天是来你们公司检查工作。怎么，你不欢迎？还躲着不见我，我只好主动问起你咯。"

我笑了笑，说："哦，我忘了你是县工商局领导，欢迎你来指导工作啊。"

刘靓靓说："看你说到哪里去了，我只是陪同领导来的。老同学，你来这儿几年了？"

我说："三年多了。"

刘靓靓吃惊地说："三年多了，一直都在当销售员，也没进入管理岗位？"

我真不知道怎么和她说，只笑了笑，说："怎么进入得了管理岗位呢？其实，当个销售员也很好的，整天在外面跑，也自由自在。"

刘靓靓说："你知道不，我们电大的同学蒋波混得最好，毕业后去了一所乡级中学教书不到半年，就进了政府部门，现在可是大水镇的副镇长了。"

我一听，忙说："蒋波可是我大学时最好的朋友，他现在真的混得这么好？"

刘靓靓说："当然，前几天我还碰到他的呢？"

我苦笑了一下，说："他真有本事，有出息。"

刘靓靓看了看我，欲言又止的样子，她站了一会儿，说："老同学，我先忙去了，一会儿见。"

刘靓靓转身去了李总办公室，我也回到我的办公室。可我却没心思干事，不由自主地想起刘靓靓刚才说的话。要说刘靓靓，我对她没有什么特别好的印象。说真的，要不是今天碰到她，我还真没想起过她。刘靓靓长相一般，在电大时成绩也不是很好，可大家却记得她，因为她有一个当县教委主任的老爸，上学回家都有小车接送。

刘靓靓提到的蒋波，却让我想起了很多事情。要说蒋波，在读书时成绩很一般，当时我也在想，他这个师范学院是怎么考上的？他虽然学习一般，但在其他方面却很有一套，而且他凭着父亲是一个中学教师，家里有钱的优越，时常请同学们吃饭，人缘也相当的不错。

快毕业的那个晚上，蒋波约我去学校外的林荫小道上散步。蒋波说："刘大为，快毕业了，你有什么打算？"

我说："我还能有什么打算呢，能去哪儿就去哪儿吧。"

蒋波说："我不是说这个，我是说你上电大这三年，有一个相好的人没有？"

我说："没有，再说，我们又不是像正规大学那样天天上课，一周才上两天课，哪能与女同学天天相处，再说我一个打工的，还能有什么相好的人呢？"

蒋波说："你没有，我可有一个，就是我们班上的徐丽。我们打算一起去大水镇中学，我老爸已找人联系了，看能否特招进去。"

"徐丽？"我以为听错了，再问道："你和徐丽好上了？"

蒋波说："就是徐丽，怎么，你还不相信？"

我忙笑笑说："相信，怎么不相信呢，以你的本事，不说徐丽，就是刘靓靓你也能搞到手的，祝贺！"

二

吃中午饭时,李总却破例叫我去陪县工商局的领导,我没有推辞,就和李总等相关人员一起来到镇上最好的酒楼。酒桌上,在李总、办公室主任、会计等敬了酒后,我也开始主动敬酒,这时,一位工商局的领导向我问道:"你叫什么名字?"

我感到很惊讶,他问我名字干什么?我一个小小的职员,他这么感兴趣吗?不可能,也许他是随便问问,就是我说了他也不会记住的。但出于礼貌,我还是告诉了他,说:"我叫刘大为,没上过正规大学,电大毕业后就来到华华公司。"

他听后,似乎是突然想起了什么,说:"那次县里举行诗歌朗诵赛,你是不是参加了的?"

说其他的,我可能忘了,要说那次诗歌朗诵赛,我肯定记得,因为那时写诗读诗就是我的爱好,而且还能上台朗诵,我说:"是的,我那时业余爱好就是写诗,所以参加了那次诗歌朗诵赛,我朗诵的是海子的《面朝大海,春暖花开》,还得了个二等奖。"

他笑着说:"那次我是评委之一,因为我们工商局赞助,所以局里就派我去当评委,其实我也爱好诗歌。只是后来因工作忙不写了,但还是很喜欢读诗,尤其是你朗诵海子的那首诗,我就觉得你把那首诗中的感情朗诵得淋漓尽致,所以给我留下了很深的印象,难怪看起来那么面熟。"

我端起酒说:"谢谢领导的关心,我再敬你一杯!"

最后,我敬刘靓靓酒时,我说:"老同学,你今天来到这里检查工作,我也尽地主之谊，敬你一杯！"

这下，在座的所有人都知道我们是同学了，公司办公室主任问道："刘大为，你说你们是同学是不是真的？人家的父亲可是我们县的副县长哟！"

我看了看她，十分认真地说："肯定是真的，刘同学，你说我们是不是同学？"

刘靓靓也大大方方地说："我和刘大为是上电大时的同学。说来见笑，虽不是正规大学，但也算是正宗的大学同学嘛！"

有人便说："既然你们是同学，喝一杯可不行，说什么也得连喝三杯，你们说是不是？"

大家也跟着起哄，"对，喝三杯！"

没办法，我只得和刘靓靓连碰三杯！

不久，公司给我恢复了销售科长的职务。至于我这个销售科长是怎么恢复的，我没有想到也没有想明白。也许是因为我这个月销售任务完成得很好？不会，绝对不是，肯定是刘靓靓帮的忙，也不对，她凭什么帮我呀？我与刘靓靓没有任何关系，要不是这次她陪工商局的领导来公司检查，电大毕业后我们从没见过面也没有联系过。想来想去，我就是想不出恢复这个销售科长的理由来。

那天，我以去县城办事为由，专程来到县工商局找到刘靓靓的办公室，正好办公室的其他两位同志出去检查了，只有她一个人在。刘靓靓见我来了，赶忙叫我坐，又给我倒上一杯水，十分热情地说道："老同学，你怎么有空来，是来办事还是开会？"

我看了看她的办公室，比起我们公司办公室好多了，难怪大家都想进正规单位，不说其他的，就是看办公环境就明白事业单位与民营企业的差距在哪儿了。我说："我来不是办事也不是来开会，我是专程来看你的。"

刘靓靓听后，似乎明白了我的来意，十分热情地说："老同学，听说你当销售科长了，我先祝贺你！"

我借机说道："这得感谢老同学你，要不是你帮忙，我能当上这个销售科长？"

刘靓靓说："老同学，我可没帮过你什么忙哟，完全是你自己努力当上的。我还是前几天才听人说，真为你感到高兴，你这么年轻就当上销售科长，将来肯定是前途无量。"

我高兴地说："以后嘛，还得请老同学多关照才行。"

我和她说了一些客套话后，又接着说："老同学，哪天我做东，约几个在本县工作的同学聚聚，到时你一定要来哟。"

刘靓靓说："好的，到时我一定来，我也好久没见过他们了。"

一个周末的晚上，我特地在县城最豪华的"五星华府"定了一桌，请来了几个在本县工作的同学，他们有的当上副镇长副局长，还有的是校长，之后，再打电话把刘靓靓叫来，大家都十分高兴地去迎接她。服务员上好菜，大家一起举杯，一饮而尽。同学见面，气氛格外的热烈，连碰三杯后，大家就彼此敬酒。

随后，那位当副局长的女同学也敬大家的酒，她说："我平时不喝酒，可身不由己，陪县上领导要喝，下乡镇检查工作要喝，去外面办事也要喝。可今天呀，我更要喝，来，我先敬大家一杯！"

刘靓靓也敬酒，她说："各位同学，没想到毕业后，你们都混得不错，都有了一官半职。我呀，几年来没什么进步，现在仍只是一名办事员，你们真让我好羡慕哟！"

他们个个都显得春风得意，此时，只有我感觉自己是混得最不好的那个，一直在听他们说话。偶尔也应付几句，说："看刘同学说到哪里去了，你是县工商局的领导嘛，你才让我们羡慕哟！"

我这一说，立即得到大家的认同，都端起酒杯，大家又喝了起来。

吃完饭后，大家又去歌舞厅唱歌，由于都喝了酒，大家都比较随意，有的唱歌，有的跳舞，当了副镇长的同学蒋波专找刘靓靓跳舞，我只唱了两首歌，就坐到那儿看他们跳舞，听他们唱歌，偶尔也有女同学请我跳舞。一直到了深夜，大家都觉得玩得差不多了，就都各自散了回家，我主动要求送刘靓靓回家，刘靓靓没有拒绝，我们就步行回去。

我问道："刘同学，你结婚了吗？你爱人是哪个单位的？"

刘靓靓说："我结婚了，爱人是交通局的副局长。哎，老同学，你呢？"

我笑着说："没有，我现在这样，哪个又能看得起我呢？"

刘靓靓说："老同学，我记得你的诗写得很好，现在还写诗吗？"

我苦笑了一下，说："以前，我确实很喜欢写诗，梦想当诗人。现在呀，哪个还写那玩意哟，写诗的人，都被大家当成疯子了。"

刘靓靓听后，哈哈大笑起来。

我说："刘同学，你的舞跳得这么好，毕业后进县文化馆工作肯定没问题，在那儿上班，整天唱歌跳舞的，多快乐呀！"

刘靓靓叹息一声说："我当时也是这么想的，老爸就是不同意，还说年轻人靠自己的努力才行，在哪儿不是一样工作呢？没办法，县文化馆没去成，后来就考进了县工商局工作了。其实，我现在觉得，正如我老爸说的，在哪儿工作都一样，只要努力一样地有出息。"

不一会儿，我们就到了刘靓靓的小区，把她安全送回家，我就转身打车回公司了。

三

我又成为销售科长了,这对于我来说不知是应该高兴还是应该难过,转了一圈我又回到这里。也许生活就是这样,有意捉弄人,但经过这一番折腾,我好像明白了许多。不管怎样,只要还在这公司,工作还是得干。这次我去体验了一下销售员的工作后,真的感受到了销售员的不易,销售的任务,公司越下越重,作为科长却不能因此退缩,再难也得坚持,既然是任务还得安排下去。

那天,我又召集销售科的人员开会,我说:"转了一圈,我又回来了,可这一圈转得好,因为有了销售员的亲身经历,才能感受到这工作的不易。以前,我对大家的工作要求有不当的地方,请多多包涵!"

这一席真诚的开场白,不知是说到大家的心坎上,还是大家出于对我回来的欢迎,他们都热情地鼓掌。我说:"尽管这样,销售工作还需加强,一切规定还是按原来的那样,完成的奖,完不成的扣工资。"

有人举手,他说:"刘科长,你离开销售科长这个岗位这么久了,可能不知道现在的情况吧?这几个月大家几乎都没完成任务,因为现在健身器的销售正处于淡季,是不是可以减少点任务?等过了年后,在健身器销售旺季的时候再加任务,不然,大家都要被扣工资了,拿什么吃饭?"

他说的我也明白,现在正是冬天,健身器销售处于淡季也是我最头疼的问题,我想了想说:"这个问题,等我向公司汇报后再定,散会。"

散会后,我正要回办公室,正巧碰到了溪溪,她笑了说:"刘科长,祝贺你哟,你又是销售科长了,转了一圈,又回来了,高兴吗?"

我苦笑了一下,说:"怎么高兴得起来,工作嘛,总得干。"

溪溪看了看我,好像知道我心里是怎么想的,她说:"别这么低落嘛,当科长总比你出去跑销售好吧?人要懂得知足,别小看这科长,也不是人人都能当得上的。"

我说:"是的,放心,我会把工作干好的。"

溪溪听我这么一说,她会心一笑,笑得很开心,说:"刘科长,这就对了,凡是工作,只有干好了才是真。"

溪溪走后,我回到了办公室,随手拿起桌上关于销售的书翻着。这时,李总打电话叫我去他办公室。他说:"刘大为,你现在是销售科长了,销售科的工作,你得抓起来哟。年底了,得把公司生产的产品销售出去,才好计划明年的生产任务嘛!"

我说:"李总,现在是冬季,是健身器销售的淡季,是不是可以减少点销售任务?"

李总生气了,他说:"你怎么能这样对待工作,销售科是干什么的?就是要销售产品的,不然,公司还要你这个销售科干什么?你作为销售科长,要对工作有信心,这销售任务是公司董事会定的,改得了吗?年底了,股东们要分红,我拿什么分给他们?"

我看李总生气了,就再也没说什么了,他摆摆手,示意我可以出去了。

从李总办公室出来,我觉得非常憋气,但又能有啥办法,回到办公室,无心做事。早知这样,我还不如就当个销售员,轻松得多,干吗还要来受这种窝囊气。

这时,我才想起阿蓝好久没打电话来了,我就拨通了她的电话,我说:"阿蓝,我当销售科长了,你还好吗?"

不知怎么的,她没有说话,却突然挂断,仿佛还听见电话那头一个男人的说话声。再打过去,已是关机。此时的心情,就像有一把利刃直戳我的心头,我不得不开始胡思乱想起来……

第二十五章

一

接下来的一段时间,我想了很多办法,但销售工作仍没有起色。很多销售人员都没有完成任务。不管怎样,我还得按规定扣了他们的工资,弄得很多人都对我有意见。我也没办法,从心里讲,我真不忍心扣他们的工资,我也知道现在是健身器销售淡季,完不成销售任务不是他们没努力,而是市场的原因。这大冷天,哪个还买健身器呢?鉴于这种原因,就是神仙也很难完成销售任务。但也不得不按规定办,如这次没执行,那下次谁还遵守这规定,没有规矩不成方圆。

平时什么也不说的人,一旦涉及自己的利益时,就像变了一个人似的。平时看似老老实实,三天不说两句话的小陈,气冲冲地来到我的办公室,"刘科长,你也太不讲人情了,论销售工作,我也努力了。虽然我这个月没完成规定的任务,但我前几个月超了很多,你为什么不把我前几个月的销售任务拿来一起算?说扣就扣我工资了,我一个月才这点工资,家里有老有小,你难道不让我们全家吃饭了吗?"

我正在为销售工作发愁,所以也没好心情,就大声地说:"不管你前几个月销售完成得怎样,我只看这个月,因为我是这个月才接手销售科的。我也给每个人下了任务,完不成任务的就得扣工资,这是规定。总不能因为哪一个人，或者什么原因就特殊对待，要是真这样，工作还怎么开展呢？"

他把手中的资料往我桌上一扔，说："刘科长，凡事都有个变通。你才当几天科长，如果你继续当销售员，我看你也好不到哪儿去？销售工作你又不是没干过，你这是何苦呢？"

我看他这样，气愤地说："你算老几，还敢在这儿教训我？在这个销售科，是你说了算还是我说了算。那好，你愿干就干，不愿干就走人。"

他气得快要哭了，说："我是公司招来的，我走不走，还不由你说了算，我找李总去。"

"请便，你就是去找天王老子，那也得按规定办。"

我心里乱糟糟的，哪还有心思坐在办公室里，于是我走了出去，这时也好像没别的去处，我便到小镇上的一家茶馆里，叫老板泡上一杯茶，听那些喝茶的人聊天。有的说，张某的女儿技术好，外出打工挣了好几万；又有人说，李某的儿子聪明，用挣来的钱，建了一幢三层的洋房……有传递从外面带回来的新闻，有说天文地理……

小李不知何时也过来的，她见了我说："刘科长，你真悠闲呀？该上班时你却不上，还躲到这儿来喝茶，要是大家都像你这样，工作谁来干？"

当着这么多人，我不好说什么，付了茶钱与小李从茶馆走了出来，我说："小李，你怎么知道我在这儿？你不上班吗？"

小李笑着说："刘科长，你太不够意思了，我帮了你这么大的忙，让你完成了销售任务，现在因为你销售任务完成得好，又当了销售科长了，说什么也得请我喝酒，也得感谢我一下吧？"

我本来心情就不好，一听她这么说，我更不高兴了，说："小李，你现在可是分管经理了，我还请得起你吗？你在李总那儿是红人，你的应酬这么多，哪能还想着和我喝酒？再说，谁还稀罕这个破科长？"

小李看了看我，说："你没发烧吧，我以为你被烧糊涂了哟？我说，刘科长，你是不是因为现在销售完成得不好而不高兴？我不知说过你多少次了，工作得慢慢地来，你就是不信，急性子一个，对你没好处的。走，我请你去喝几杯？"

我哪有心思喝酒，便说："我不去了，你自己去喝吧。"

小李见我转身就走，她拉住我，说："刘科长，别为一点小事就想不通。走，喝酒去，酒一喝，保你啥事都没有了，而且心情好得很，因为我别的本事没有，让人开心却是我的本事，走吧。"

随后，我们来到渝西大酒店，这是小镇上装修最华丽的餐厅。还没到正式营业的时间，进店的人三三两两，他们有说有笑。这家餐厅一般都是那些有钱人在这儿办生日宴或结婚酒席，而里面的包间才是接待散客用的。

我们走进一个包间，小李叫我坐下后，她去点了菜，回来坐下说："刘科长，我请你在这儿吃饭，够高档的吧？"

我看了看她说："我说小李，就我们两个人来这么高档的餐厅吃饭，是不是有点浪费？"

小李笑着说："我平时都没来过这里吃饭，今天难得正式地请你吃一次饭，总不能随便找一家小餐馆吃吧，你重新当上了科长，这么好的事总得好好庆贺一下吧？"

菜上好了，服务员打开啤酒，倒上酒后，小李说："先吃菜，别只喝酒，不然这么多菜怎么吃得完？"

我说："小李，你今天带我来这高档的餐厅吃饭，还点这么多菜，有这种必要吗？"

小李看了看我，说："我说刘大科长，来都来了，菜也点了，你愿吃就吃，不愿吃就算了，反正我是酒也要喝，菜也要吃，不管吃不吃得完，起码要尽到我的心意。"

不管怎么说,看到小李的盛情我还是很开心的,她手中端着酒杯,浅斟慢饮,金黄的灯光透过血黄色的酒液影射出来,慢慢地晃动,投在桌子上,拉长了淡淡的斑驳,就像她眸子里的一泓醉意,这才是真正的酒不醉人人自醉。她喝起酒来,虽不若男人的那般豪情万丈,却也有其自身独特的韵味。

小李说:"刘科长,我敬你一杯,祝贺你又当上销售科长了,你一定要好好干,说不定哪天,你又回到我这个健身娱乐馆的分管经理位置上,到那时,我还得要你关照哟!"

我笑着说:"小李,你别笑话我了,莫说什么分管经理,就是我这个销售科长,说不定哪天又要被罢免掉。不过,谢谢你,小李,这杯我喝。不管以后怎样,但今天我还是科长,干杯!"

小李因为喝了酒的缘故,脸变得红红的,她说:"刘科长,这就是你的不对了,你怎么对自己这么没有信心?如果你对自己都没有信心,那别人还对你有信心吗?"

我没有再说什么,只管喝酒,喝了好一阵,我也有些醉了,小李把我送回我的宿舍,她就走了。正如小李说的那样,喝了酒后,不管什么不高兴的事仿佛这时都没有了,都可以忘却,我倒在床上就呼呼睡去。

二

刚上班，李总叫我去他的办公室，我看他脸色不太好，十有八九就猜到了他想说什么，肯定是销售科的人去他那儿说了我什么，不然，他不会这么生气的。

我坐下后，李总说："我不知怎么说你，以前你的销售科搞得很好，销售也有起色，可你现在，重新当上销售科长后，怎么就变了呢？"

李总的一席话，如云里雾里一样，说得我不知所措，但我还是轻声地问："李总的意思？"

李总更生气了，他的脸色变得极其难看，生气地说："看看你的销售科，现在成什么样子了？有的来我这儿告状，有的还交来了辞职书。我不知怎么说你，好好的一个销售科，却被你搞得人心涣散，乱七八糟的，这还成什么体统？"

我说："李总，这个是有原因的，不能全怪我，我被公司免来免去的，人家怎么看我……"

李总打断我的话说："哪有这么多原因？免你是根据工作的需要，哪有一个人一辈子固定不变地在同一个岗位？你如果真当不好这个科长，你就写辞职报告来。不然，别人会在背后说我李某人不会用人，公司里能当你这个科长的人多的是，没事了，你去吧，我还有事。"

我走出李总办公室，心里真的不好受，坐在办公室里，把正要处理的文件一扔，心想，这个科长我不当了，谁想当谁就来当吧。我大不了辞职离开，走得远远的，去干我想干的多好！当我正要写辞职书的时候，溪溪走了进来，她在我办公桌前坐下,说:"我想你这时肯定是在写辞职书,对吧?刘科长,你也太性急了点,有些事不必想得这么复杂,还是冷静了再做决定。"

我看了看溪溪,说:"你不了解我内心的痛苦和挣扎,对上我没完成任务,是工作不力;对下我扣了他们的工资,也成了恶人。你说,我若不走,再这样干下去,那还有意思吗?"

溪溪知道我的性格,这时说再多也是徒劳,也不会改变我的主意。她笑着说:"刘科长,我们现在不谈这个好不好?我想告诉你一件你非常关心的事,你听了一定会很感兴趣的。"

我急切地问:"什么事,你快说。"

溪溪想了一下,她有点不想告诉我似的,又问道:"你是真想听,是真的有兴趣吗?"

她这个人,什么时候也学起小李来了说话也绕来绕去的,我说:"你愿说就说,不愿说是算了。"

溪溪说:"好吧,我告诉你,鸽儿公司的陈董事长,昨天因为脑出血去世了。"

我一听很惊讶,真有点不相信,问道:"你说的是真的?"

溪溪十分认真地说:"是真的,我昨晚就得到消息了。真不幸,他们过几天就要举行婚礼了,没想到他却这么突然就去世了。"

这下我相信是真的了,我说:"鸽儿现在怎么样了?也太难为她了。"

溪溪看出了我心思,她起身说:"刘科长,说不定你的鸽儿哪天又会回到你身边了。你明白我为什么要告诉你这消息,因为我知道,这个公司再也留不住你,我也留不住你了,或许我也会离开这里。因为我在这儿,现在什么都没有了。"

溪溪走了之后,我就静静地坐在那儿,正如溪溪所说得那样,不但没有先前难过了,更没有想马上辞职了,而是想请假去深圳看看鸽儿,不知道她能撑得住这突如其来的不幸吗?

下午,我就向李总请假,说明去深圳的原因,没想到,他很痛快地给我批了假,说:"刘大为,你趁这次去深圳的机会,好好去玩玩嘛,我看你最近的心情不太好,希望这次出去了,好好调整一下心情,回来后能好好工作。"

我在网上订好了第二天早上的机票,下午就来到市里,找好一家宾馆住下,不知是担心鸽儿,还是因为最近心情不太好,根本没有心情去逛街,一到宾馆就睡觉了。

三

早上六点,手机闹钟响了,我赶紧起床,收拾好东西,打车去机场,准备登机了。两个小时后,终于到达深圳机场。我与阿蓝联系,她说她正在排练一个大型舞蹈,走不开,不能来机场接我,叫我自己打车去歌舞团找她。

我走出机场,没有直接去鸽儿的公司,此时我最想见的是阿蓝,毕竟她已经是我的女朋友,所以就先打车去见见阿蓝,说不定到时她也会和我一起去鸽儿的公司。阿蓝来深圳这么久了,我俩也好久没见面了,我不知有多想她,而她肯定也很想我。

出租车在深圳街上行驶,我高兴地看着车窗外。一幢幢充满现代气息的高楼，让我看得眼花缭乱。不一会儿，出租车到达了"深圳顶尖歌舞团"门口。只见高高的大楼，是很现代的建筑，我给阿蓝打电话，她马上走了出来，笑着说："大为，对不起，我没去机场接你。"

我笑着说："没事，我知道你在忙，你这个人我还不了解吗？事业第一嘛！"

这时，一个男人走了出来，说："现在是啥时候了，这个舞蹈马上就要公演了，你还有闲心谈情说爱？"

阿蓝不好意思地说："对不起，李导，我一个朋友刚来深圳，我和他说几句话就来。"

那男人看了看我，又看了看她说："好，快点，别耽搁了排练。"

说罢，他走了进去，阿蓝叫我在休息室休息，她去排练了。我就坐在休息室等，一直等到十二点，阿蓝换了装出来，她说："对不起，大为，你先去鸽儿那里吧，我还要陪李导吃饭，等我忙完了再来陪你。"

说罢，她就赶忙走了出去，李导在门外等她。我看到这一幕，心一下就凉了，感觉阿蓝变了，而且她似乎与李导的关系非同一般。我再也没说什么，只是觉得一时间难以接受，便走出了休息厅，也没有直接打车去鸽儿的公司，就想在街上走走，让心情平静一点再去见鸽儿。

走着走着，突然一辆小车在我身边停了下来，一个人伸出头来叫我："老同学，真的是你嘛？"

我回头看了看，一时却想不起来，她说："你是刘大为吗？"

我说："我是刘大为，你是？"

她笑着说："老同学，快上车，我是张兰，你不记得了？"

我上了车，张兰说："老同学，你几时来深圳的，没想到能在这儿见到你，真是有缘千里来相会呀，对吧？"

我看了看她,感觉她的精神面貌要比原来好。我问道:"张兰,你怎么来深圳了?我担心你好久了。"

张兰笑着说:"我那次出走后,没办法,只能来这儿试试。现在,我在一所私立学校教英语,因为我英语很好嘛。"

我看她生活得有滋有味的,心中不禁地为她高兴起来。她又接着说:"你难得来深圳一次,我带你去转转,正好我今天没事。可以好好陪陪你。"

随后,她边开车边和我聊天。她现在在深圳仿佛找到了人生的价值,在一所私立学校教书,日子过得很充实,这也许就是她想要的生活。随后,车就到了红树林,我们便下了车。我眼前的红树林是一片铺天盖地的绿,在金色阳光的照耀下如梦如幻。正值海水退潮,高高低低的红树全部裸露出根部,千姿百态,让人仿佛进入了一个根雕艺术世界。也就是那一天,看着写在木牌子上的关于红树林的文字说明,我才知道,红树林的美丽仅是其次,最重要的是红树林作为湿地的一种,是海堤的天然卫士,可消耗波浪的能量,其防波性能比石头砌的堤坝还好……

张兰说:"深圳红树林与香港米埔自然保护区只有一水相隔,共同构成了深圳湾湿地生态系统,也成为深港边界上最具特色的风景线。一片滔滔的海水,连接着对面的香港,视线顺着海的牵引看去,便是香港新界元朗的群山与高楼。"

我笑着说:"张兰,你才来深圳不久,怎么对这里这么了解了?就像一个本地的深圳人一样。"

张兰看了看我说:"我才来的时候,总感到孤独,就一个人常去一些景点游玩,渐渐地把过去不愉快的事都忘了。现在呀,我就像一切都重新开始了一样,我又找到自信。"

我们沿着红树林中的小径向前走,看见了红树林中有数不清的鸟儿,鸟声像透明的雨滴,点点地潜入了人的心里。有人细数了一下,其中一株树上竟有六十多只白鹭。谁能相信呢?深圳这么繁华的都市,竟然也是鸟的天堂!这片城中天然的生态林,吸引各种珍稀候鸟纷至沓来。

　　以前是阿蓝陪我来玩了一次,现在却是张兰陪我来玩,现如今想来,我不知道是应高兴还是感到失落。我似乎想通了,阿蓝的心中估计是没有我的存在了,但还是难以接受。还好,遇上了张兰,有她陪我逛逛,心里至少得到一丝安慰。

　　我们步行在红树林海滩边的休闲道上,海风扑面,让人无比惬意。沿着休闲道走下去,远远地还可以望见通向香港的深圳湾跨海大桥。这两岸的高楼群和跨海大桥,构成一个恢弘的框架,体现了深港地区城市文化的繁荣。而这海面、群山、红树林,却又是大自然美丽的极致,城市与自然,在这一片景色当中得到了完美的统一。

　　随后,我们到一个叫"国国大排挡"的地方,一瞧,人还挺多的,张兰说:"我们就在这儿随便吃点吧,深圳这地方,不像我们那儿,办招待要讲档次,这儿是以简单为荣。"

　　我说:"是的,深圳人的观念就是不一样。"

　　刚坐下来,服务员便走了过来:"先生,吃点什么,我们这里有很多有名的特色菜。"她随后说了许多的菜名,可我一样也没有记住,我就问:"这里的招牌菜是什么?"她说:"香焖鱼是我们这里的招牌菜。"并说:"你们吃过后就会知道是什么味道了。"听着好像还挺神秘的。

　　张兰说:"好吧,那就来一个。"

　　然后,她又点了一些其他的菜,我们俩就坐在那里慢慢地品茶聊天等菜。也许是人多的缘故,等了好久,都没有上来一个菜,我们也催了几次，才慢吞吞地上了两个菜。鱼一定是要最后才上的，管他的，先喝酒再说。她打开啤酒倒上后，我们慢慢地品尝起来，味道的确不错。一道炒田螺端了上来，这是江西的一道家常菜。据说此菜做法特有讲究，买回来的田螺一定要在清水里泡上几天，然后再剪掉尾部，再在清水里放上一段时间，将粪便和泥沙排出来后，方可烹制。否则，不干净的田螺吃到嘴里，满嘴的沙粒。吃田螺也很有讲究的，嘴对着吸，不能让空气进入，不然，你即使用再大的劲，肉也吸出不来，你也只好望螺兴叹。

我是享用此物的老手，每吸必出，我吃了一颗，一吸，哇！葱、姜、蒜、辣椒味一同进入口中，细细品尝，那才叫一个爽啊！

"来了，本店特色菜香焖鱼，请二位慢用。"随着一声甜甜的叫声，一道鱼端了上来，还没有动筷便感觉到味道一定好极了。细一观看，此鱼主料是一斤左右的鲤鱼，从肚子上剖开，正面扣在盘中，面上是葱段、姜丝、蒜粒和完整的干辣椒，星星点点地散在四周，鱼表面勾着一层薄芡，在高度油温的作用下，鱼显出一片金黄色，一阵香味扑鼻而来。此色、香足以勾起人的食欲，我轻轻地拨开一块，夹起来递给张兰，让她先行品尝。

"怎么样？"我迫不及待地问道。

"好吃、好吃，真是好吃，鲜、嫩、香、微辣，合我的口味。"张兰边吃边回答。

听后，我也赶紧夹了一块，真如张兰所言，我慢慢地喝着酒，看着盘中之鱼，她问："你在想什么？"我说："我在想这道菜是怎么做的。"

张兰笑着说："别想了，你如果喜欢吃，以后去我家，我做给你吃。"

我端起酒，说："张兰，没想到，我们还能在这儿见面。也谢谢你陪我，来，干杯！"

张兰喝下酒，说："老同学，你还没告诉我，你这次来深圳是出差还是来游玩？"

我看了看她，她已经是被伤害过的人了，再也不能因为我而让她想起自己的那些伤心往事，最好不告诉她阿蓝和鸽儿的事，让她远离是非，远离情感纠缠，好好过她现在的日子。我笑着说："我这次来深圳是出差，去一个公司谈点业务。"

张兰说："老同学，如果你那公司不好混，换句话说，如果你在那儿觉得干不下去，随时来找我，我那学校还要老师，我知道你的诗写得好，这里很重视素质教育，你来教他们写作文，学校肯定需要你这样的语文老师。"

张兰举起酒杯，高兴地说："老同学，我为你到来的那一天，先干杯！"

随后，吃完饭，我便去了鸽儿的公司，她正在办公室处理一些事，见我来了，既没吃惊也没高兴，只说："大为，你怎么来了？"

我看了看她，显得有点疲惫，陈董事长刚刚去世，这么大一个公司，里里外外都全靠她一个人打理，不说她作为一个女人，就是像我这样的男人，也有些吃不消吧。我说："我来看看你，你可一定要撑住哟。"

鸽儿勉强笑了笑，说："坐吧，这么远来，怎么不早说一声，我好安排人去机场接你。"

此时，我见到了鸽儿，本来应该很高兴，可怎么也高兴不起来。我说："没事，我来看看阿蓝，她很久没和我联系了，我怕她出什么事，所以请假专程来看看她，也顺便来看看你。"

鸽儿似乎明白了什么，她听我这么说，抬起头看了看我，想说什么，却没说出来。阿蓝是她介绍进那歌舞团的，那里肯定有她最知己的朋友，阿蓝在那里的情况，她肯定知道。我知道，鸽儿这几年，跟着陈董事长，不说是呼风唤雨，至少在商界也算是个人物，难不成还有她不知道的事吗？何况她也知道我和阿蓝的关系，她肯定会格外关注她的。她转过身去，好像在隐瞒什么，好一会儿，她才转过身来，说："她还好吗？"

我很想把见到的都告诉她，可觉得没有这个必要。我说："她很好，只是太忙了，听说在赶排什么大型舞蹈，马上就要公演了，所以很忙。"

鸽儿也坐下来，陪我说着话，她好像成熟了许多，更像一个董事长在对一个职员说话一样，少了几许亲切感。她说："大为，有些事，你一定不要看得太重，顺其自然，才是人生的最佳境界。比如感情，能走到一起当然好，不能走到一起，那就别强求；比如工作，能干好尽力干好，不能干好也不要灰心，凡事只要努力了，只要无愧于自己就行。"

我似乎明白她说这话的意思，她是在暗示我和阿蓝的事，叫我不要因为阿蓝而影响工作，更不要因为阿蓝而想不开，她虽然没明说，但我听出了她是在暗中安慰我。这么多年了，我最懂她，她也最懂我，我会意地笑了笑。

鸽儿看了看我，仿佛没看出我为这事而想不开，更没看出有任何不同寻常的表现。她说："现在，陈董事长去世了，他的丧事我已安排妥当。现在主要是要处理一些公司里的事，他刚走，好多事我得理顺，因为事多，我就不陪你了，一切我都安排好了，一会儿老杨来带你去宾馆，你就好好休息。"

这次见了鸽儿，不管怎么说，我还挺高兴的，虽然这些年我遇到过很多女人，但她们都好像没有真正进入我的心里，只有鸽儿，或许才是我心中的最爱。我说："鸽儿，陈董事长不幸去世了，你得照顾好自己身体，工作得慢慢地来。如果可以的话，我就辞去那里的工作，来这儿帮你，你看如何？"

她说："这事以后再说，我现在要处理的事情很多，你就好好休息吧，我还有事，先忙去了。"

说罢，鸽儿就走了出去。之后，老杨把我送到一家宾馆，安排好了我的食宿。老杨说："刘科长，你如果有什么要求，就打我的电话，我先走了，你早点休息吧！"

四

也许是真的累了，我就躺在床上休息。到了晚上，阿蓝却打电话来，问我住在哪儿，她要来看我。我告诉她我住的宾馆后，不到半个小时，她就到了。她说："大为，对不起，为了赶排那个大型舞蹈没能陪你，这个舞蹈下月就要公演了，这对于我来说是个千载难逢的机会。所以就不能陪你玩了，请你理解！"

我看了看她，她好像变了一个人似的，不管是穿着打扮，还是说话，都让我感觉她不再像以前的那个她了，我说："没事，你现在终于从事你最喜爱的舞蹈事业了，实现了你的梦想，我为你高兴！"

她笑了笑，那笑里有得意，更有苦衷，她说："大为，有些事，我不知道怎么和你说。"

我似乎明白她要说什么，但我还是尽力地控制着自己的情绪，若无其事地说："阿蓝，有什么事，你就说吧。"

阿蓝低下头去，看得出她是不想说的，好像又不得不说，沉默了好一阵后，她抬起头说："大为，我知道你对我好，也是一心一意爱我的。我们分手吧，因为我很爱我的事业，这个社会太现实了，事业和爱也许不能兼顾，那我只能选择事业了。因为要事业，就得牺牲一些东西，那就是爱情，请你原谅我。"

我听后，虽然我尽力让自己冷静下来，让自己变得更加坚强，但听她这一说，心里还是难受极了。想想这两年来，为了她，我和李总闹翻，被一度地打压，一直忍到今天，还不是因为爱她。现在，没想到她却要与我分手，虽说我心中有鸽儿，但我自从有了阿蓝后，却只能把对鸽儿的爱深深地藏在心里，成为过去式。强迫着自己去爱阿蓝，没想到我的付出，却得到这样的一个结果。我说："阿蓝，你为什么要和我分手，我做错什么了？你追求你的事业，我一直都很支持你，从来没要你放弃你的事业。再说，我也知道你是很喜欢我的，我希望你改变主意！"

阿蓝又沉默了一会儿，好像有很多难言之隐，她说："大为，有些事你不懂，任何一个行业都有潜规则，什么是潜规则，我想你也懂吧？如果我们不分手，我觉得真的对不起你，你这么一心一意对我，我也真心爱你。可现实就是现实，我们谁也改变不了，不管我有天大的本领，我要想演主角，就得按无形中的潜规则办。大为，请你原谅我！"

阿蓝这么说，我终于明白了，正当我还想说什么，她的手机响了，她接起电话说："李导，你在哪儿呢？哦，你在宾馆楼下，好，那我马上下来。"

阿蓝回头看了我一眼，我看见她流下了泪水，说："对不起，大为，你要好好爱惜自己，好好生活，我们以后还是最好的朋友，我会永远把你珍藏在心里的，再见！"

阿蓝走了，我心里空空的。这一夜，我又失眠了，回想着与她以前的快乐时光，我不知是想哭还是想笑。

也许是因为阿蓝和我分手了，让我感到伤心和失落，我再也无心在深圳玩了。第二天我就在网上购买好了机票,晚上的飞机。下午我就去向鸽儿辞行,这次是她亲自开车送我去的机场,她好像看出了我的不开心,她说:"大为,你不要太难过,你和阿蓝的事,我知道了。"

我装着没事,不想让鸽儿再为我担心,因为她太苦了,也太累了,陈董事长刚刚去世,她经历了太多的事,不能再给她增添不必要的心理负担。我说:"没事,阿蓝需要事业,我理解她。我们分手了更好,她才有更多时间和精力去做她想做的事,希望她能在演艺事业上,走得更远。"

鸽儿笑了,问道:"大为,你心里真是这么想的?"

我强装笑脸,说:"是这样想的,怎么,你还不信?"

鸽儿也笑了说:"我信,你真这样想就好,证明你现在成熟了。哎,你以后还有什么打算?"

我摇了摇头,说:"不知道。"

鸽儿说:"如果你愿意,把你那公司的工作辞了来深圳找我。我昨晚想了一夜,我身边确实需要一个像你这样的人,这么大一个公司,我一个人撑起来实在是太难了,如果有你在,对公司以后的发展肯定有好处!"

我高兴地说:"鸽儿,你说的是真的?"

鸽儿十分肯定地说:"真的。"

第二天,我回到华华公司上班,把昨晚写好的辞职书交给李总,李总说什么也不批,最后我把那辞职书扔在他桌上。李总用祈求的语气说:"刘大为,你能不能不走?现在公司快要倒闭了,只有你才能挽回公司这种局面,你看在全公司这么多员工的份上,你留下来吧。"

不知我不在的这些天究竟发生什么事了,在我刚想问他时,李总说:"溪溪前几天带着公司的巨款跑了,不知去向了,我想只要你在,她肯定会和你联系的,说不定她还会回来。再说,你是个人才,你的办法多,说不定只有你才能救活这个公司。"原来是这样，我早就知道他会有这么一天的。我再也不想说什么，因为我去意已决。我准备转身就走，没想到这时，李总却给我跪下了，他说："刘大为，你留下吧，算我求你了！"

我头也没回，径直走出了他的办公室，而他依然还在那儿跪着，而且还大声地哭了起来……

—End—